孙建勇 著

人人都爱苏东坡

长江出版社
CHANGJIANGPRESS

图书在版编目（CIP）数据

人人都爱苏东坡 / 孙建勇著．
— 武汉：长江出版社，2022.12
ISBN 978-7-5492-8518-1

Ⅰ．①人… Ⅱ．①孙… Ⅲ．①散文集－中国－当代
Ⅳ．① I267

中国版本图书馆CIP数据核字（2022）第181774号

人人都爱苏东坡 / 孙建勇　著

出　　版	长江出版社	
	（武汉市解放大道1863号　邮政编码：430010）	
选题策划	天河世纪	
市场发行	长江出版社发行部	
网　　址	http://www.cjpress.com.cn	
责任编辑	钟一丹	
印　　刷	三河市腾飞印务有限公司	
版　　次	2022年12月第1版	
印　　次	2022年12月第1次印刷	
开　　本	710 mm×1000mm　1/16	
印　　张	20.5	
字　　数	270千字	
书　　号	ISBN 978-7-5492-8518-1	
定　　价	58.00元	

版权所有，盗版必究（举报电话：027-82926804）
（如发现印装质量问题，请寄本社调换，电话：027-82926804）

自序

面对残酷的人生,他却活成了人间清醒

一个人如果是有趣的,那么连他的影子也不会乏味。

苏轼就是这样一个连影子都很有趣的人。著名作家林语堂曾说:"苏东坡是个无可救药的乐天派……智能优异,心灵却像天真的小孩。"诗人余光中说得更接地气:"如果我要去旅行,我不要跟李白一起,他这个人不负责任。跟杜甫在一起呢,他这个人又苦哈哈的,太严肃了!我愿意和苏东坡在一起,他是一个有趣的人。"因为有趣,所以在他离去后九百多年的岁月里,苏轼依然被人关注,被人研究,被人喜爱,被人模仿,被人怀念。

但凡喜欢苏轼的人,可能都会感谢九百多年前那个太阳刚刚露脸的清晨,因为在那个清晨,一个宁馨儿顺利降生了,一个独一无二的有趣的灵魂被带到了人间。

让我们把时间倒回到985年前——宋仁宗景祐三年十二月十九日,也就是公元1037年的1月8日。这天卯时,即早晨六点钟前后,苏轼出生在四川眉州眉山纱縠行的苏家大院里。传说当时天有异象,在眉山境内的彭老山上,草木开始枯萎,飞禽走兽都远遁他处。当时人们对此现象的解释是——这彭老山的灵气都被苏轼一人独占了。

两年多以后的宝元二年（1039）二月，苏轼那聪明可爱的弟弟苏辙出生了。眉山是孕奇蓄秀的诗书之城，正所谓环境育人，苏轼和苏辙两兄弟从小就在这里接受到了丰富多彩的文化熏陶，加上他们的第一任老师——父母——都是博学善教的实力派，所以两兄弟从小文学功底就很扎实，都堪称"神童"。苏轼七岁发蒙[①]，八岁入小学，十岁就能够提笔做文章，十二三岁居然能够给自己的老师刘微之修改诗句，以至于这位刘老师无比感慨地说："我没有资格做他的老师了。"也是在这时，苏轼和苏辙才被父亲苏洵正式取定学名，一个名轼，字子瞻；一个名辙，字子由。"轼"和"辙"，都与车子有关：轼，是车厢前的扶手横木；辙，是车轮印儿。苏家又不是开车行的，为什么苏轼的父亲要给两个儿子取这样的名字呢？原来，苏轼的父亲觉得自己的大儿子性格张扬，容易吃亏，希望他内敛一些，像那才不外显的车扶手一样；小儿子比较朴实，希望他能像车轮印一样，有作为但不居功。知子莫如父，苏轼的父亲对两个儿子的优点和缺点看得很准，对他们未来的人生走向有着神一般的预判，也算是奇事一桩。

宋仁宗至和元年（1054），虚岁十九的苏轼与十六岁的王弗成婚了，两人从此开启了神仙眷侣般的婚姻生活。第二年（1055），虚岁十七的苏辙也迎娶了年仅十五岁的小史姑娘。兄弟俩之所以早婚，是因为他们打算一同出川去京城考进士，把婚姻先稳定下来后，就能专心考取功名。

宋仁宗嘉祐元年（1056）三月，苏轼和苏辙跟随父亲出眉州，走栈道，穿剑阁，越秦岭，历时两个多月，终于抵达了京城汴梁。八月开封府试，苏轼以第二名的优异成绩中举，苏辙也榜上有名。第二年正月，当时的"文坛盟主"欧阳修担任礼部考试的主考官，苏轼和苏辙两兄弟又凭借超强的实力，双双进士及第。苏轼尤其幸运，其考试所作文章《刑赏忠厚之至论》

---

① 旧指儿童开始识字读书。

获得了欧阳修的"关注+点赞+转发",可谓深受赏识,这让苏轼立时爆红。从此,苏轼的新作品只要一问世,即可马上在京圈儿流传开来,被莘莘学子当作范文。后来,据说有人甚至因为喜欢他的文章而冷落貌美如花的娇妻,以至于闹出婚变。

遗憾的是,正当苏轼和苏辙在京城备考期间,他们远在眉山的母亲程老夫人不幸病逝。不过,噩耗传到京城时,科考已经结束了,好在没有影响到他们考试水平的发挥。但是,按照规定,在这种情况下,进士及第的兄弟俩不能马上做官,必须回乡为亡母守孝三年(实际上只有二十七个月),也就是"丁母忧"。这似乎是一种暗示:他们兄弟俩的仕途注定不会一帆风顺。

嘉祐六年(1061)八月二十五日,仁宗皇帝主持殿试,苏轼考了第三等(一等、二等空缺),相当于拔得头筹,是自有制科考试以来获得最高等次的第二人。苏辙则为第四等,也是极好的成绩。这一年,苏轼被派到凤翔,签书凤翔府节度判官,是个从六品的官儿,正式开启了从政生涯。

宋英宗治平二年(1065),苏轼遭遇了难以承受之痛——与他十年来相濡以沫的爱妻王弗不幸病故。第二年四月,父亲苏洵也在京城病逝,这真是祸不单行。按照规定,苏轼和苏辙扶丧归故里,在眉山守孝三年,他们的仕途再次中断。

宋神宗熙宁元年(1068)七月,丁忧期满。十月,苏轼续弦,迎娶王闰之。她是亡妻王弗的小堂妹,一位才貌双全的女子。这是苏轼的生命中另一位极为重要的女人。她陪伴苏轼走过了二十五年的风雨岁月,留下了另一段婚姻佳话。

熙宁二年(1069)二月,苏轼回到京城,正赶上王安石变法。苏轼的师友们,包括欧阳修在内,因为跟王安石的政治观点不同,都被迫出京。

苏轼"拥欧反王",站到了改革派的对立面。

熙宁四年（1071）十一月，受到改革派诬告排挤的苏轼，离开京城到杭州担任通判。在杭期间，他开始重视"流行歌曲"的创作，尝试填词，而且收获颇丰。在杭州，他遇到了生命中另一位重要的女人——少女王朝云，她是苏轼晚年的情感生活中最大的慰藉。

熙宁七年（1074）九月，苏轼离开杭州，北上密州担任知州。在密州，他迎来了自己文学创作的第一个小高峰，先后写下了《江城子·十年生死两茫茫》《江城子·密州出猎》《水调歌头·明月几时有》等一批名作。其中，《江城子·密州出猎》完全摆脱了传统词作柔婉妩媚的特点，树起了词风词格的一面新旗帜。

熙宁十年（1077）四月，苏轼南下徐州担任知州。到任才两月，他就带领徐州百姓夺取了抗洪抢险斗争的胜利，受到了朝廷嘉奖。这一次成功，充分体现了他的政治魄力和才能。

元丰二年（1079）四月，苏轼被调往湖州当知州。不久后，政敌李定等人故意从他的诗文入手，大做文章，指控他以文字毁谤君相、讽刺新法，将其拘捕下狱，这就是当时震动朝野的"乌台诗案"。好在有众多朋友出面帮苏轼说情，被关押四个多月后，苏轼被赦免了。他被下放到长江边上的黄州担任团练副使，但是不得处理公务，也不准到处乱跑。

黄州四年又四个月的劳动改造成就了一个更加成功的苏轼。在黄州，苏轼躬耕东坡自食其力，结交儒释道朋友，吟诗作赋，著书立说，达到了其文学创作的最高峰，留下了《念奴娇·赤壁怀古》《前赤壁赋》《后赤壁赋》等大量杰作，书画艺术日益精湛，人生境界也得到了极大提升，可以说是脱胎换骨。正如余秋雨所说："黄州成就了苏东坡，苏东坡也成就了黄州。"

元丰七年（1084）四月，苏轼奉旨离开黄州，到汝州去的途中，他登庐山，写下了著名诗句"不识庐山真面目，只缘身在此山中"；游石钟山，写下了游记名篇《石钟山记》；过金陵时，专程拜望了早就远离朝廷并隐居在此的王安石，并消弭隔阂，达成和解。

元丰八年（1085）三月，哲宗即位，保守派重新掌权，苏轼迎来了真正属于自己的春天。从当年五月到次年九月，他不断升迁，从登州知州一直升到翰林学士知制诰，实现了从正六品到从三品的超常规跨越。然而，由于苏轼的一些政见不受新党和旧党的待见，再加上党争愈演愈烈，于是，在京城的处境日益尴尬的苏轼不断递交申请，要求到地方任职。

元祐四年（1089）七月，苏轼回任杭州知州。在这里，他结交了许多朋友，写下了大量作品，为百姓做了数不清的好事，度过了一段惬意时光。他主持治理西湖，用挖出的湖泥筑起一道长堤，这就是我们现在看到的"苏堤"。

元祐六年（1091）三月，苏轼奉诏回京，升任翰林学士承旨、知制诰，兼侍读，既是皇帝的秘书，也是皇帝的老师。然而不久，他又因为跟当权派政见不一而遭到围攻，因此他又多次申请到地方上任职。

元祐八年（1093）九月，一直提携苏轼的宣仁太皇太后高氏去世，哲宗亲政，新党上位，再度执掌大权，苏轼的人生便开启了一贬再贬的模式，从定州到英州再到惠州，最后到儋州，由北到南，从大陆到海岛。不懂的，还以为那是公费旅游；懂得的，知道那是从繁华到蛮荒的千里流放。

但是，苏轼却能坦然面对所遭受的不公，并努力把苦日子过得充实而甜蜜。在惠州，他说"日啖荔枝三百颗，不辞长作岭南人"；在儋州，虽然食无肉，病无药，居无室，出无友，冬无炭，夏无寒泉，但是他依然能够该吃就吃，该写就写，该玩就玩，硬是把"地狱"变成了"天堂"，过着"超然自得，不改其度"的生活。

元符三年（1100）正月初九，徽宗即皇帝位，大赦天下，苏轼终于熬出了头，他奉诏渡海北归，返回大陆。正当人们都认为他很有可能重返中枢时，不料他却在常州不幸染病，而且日重一日。

建中靖国元年（1101）七月二十八日，苏轼与世长辞，一个有趣的灵魂回归天国。

就在生命终结的前四个月，苏轼曾在六言诗《自题金山画像》中，以自嘲的方式对自己的一生做出了这样的总结："心似已灰之木，身如不系之舟。问汝平生功业，黄州惠州儋州。"

纵观苏轼六十四年的人生历程，可谓起起伏伏，坎坎坷坷，四处漂泊，历经磨难。但是，他始终以一种积极昂扬的姿态去面对，一直保持着由骨子里透出来的纯真、豁达、浪漫，以及有趣。他每到一处，总能结交到赤胆真心的朋友，总能写出蕴藉心灵的文字，总能创作出诙谐幽默的故事。你会发现，他不仅能在诗词文赋画的艺术世界里大开大合，也能在烹煮炸卤炖的美食世界里大快朵颐，还能在耕酿筑修造的劳动世界里大显身手。

有趣的灵魂一半是山川湖泊，一半是烟火人间。与其说他的一生是动荡不安的一生，不如说是充满雅趣的一生。你会发现，他能昂首执管笔，也能俯身拾瓦砾。即使面对着残酷的人生，也能活出自己的人间清醒。

公元2000年，法国《世界报》组织评选"千年英雄"（1001—2000），全世界一共评出十二位，苏轼名列其中，是唯一入选的中国人。这个评选结果无疑是合理的。一个吃尽苦头却从来不曾低头的人，当然是英雄，是生活的英雄！

本书截取苏轼一生之中一个又一个精彩片段进行拼接组装，全方位立体地展示"千年英雄"苏轼别样的雅趣人生，在浅易中不乏诗意，在幽默中蕴含哲理，是献给广大青年朋友的修行参考书和写作素材库。

目录

辑一： 文艺大师：这个学霸不简单

01 读书之趣：被对联激励的读书郎 / 003

02 吟诗之趣：喜欢在写诗时"弄险" / 012

03 填词之趣：改变流行歌曲的老套路 / 021

04 写赋之趣：从故意叹穷到画饼充饥 / 033

05 作文之趣：妙手落笔"最"文章 / 041

06 书画之趣：出新意于法度之中 / 051

辑二：生活大咖：被耽误的美食博主

07 美食之趣：点"食"成"精" / 065

08 文房之趣：能讲究的尽量不将就 / 075

09 赏月之趣：每有情思共婵娟 / 083

10 饮茶之趣：哥喝的不是茶是品位 / 092

11 收藏之趣：强拿硬要是圈子里的流行病 / 100

12 琴棋之趣：文人四友三缺一 / 110

辑三：技术大拿：彪悍的人生不需要解释

13 科举之趣：关关难过关关过 / 121

14 水利之趣：不与人斗与水斗 / 131

15 躬耕之趣：手不握笔，改拾瓦砾 / 139

16 断案之趣：这个大人有点儿暖 / 149

17 医疗之趣：违背誓言施药方 / 157

18 创造之趣：被诗文耽误的"创客达人" / 166

辑四：知行大德：人生名利皆为梦

19 惜花之趣：为何偏爱海棠红 / 177

20 积善之趣：喜欢不求名利的付出 / 189

21 交友之趣：朋友的影响有多大 / 197

22 提携之趣：不遗余力帮后学 / 208

23 歌筵之趣：善待那些美女艺术家 / 221

24 教子之趣：好孩子都是夸出来的 / 235

辑五：率真大士：千帆过尽自从容

25 述奇之趣：真亦假时假亦真 / 247

26 论人之趣：来生莫做毒舌男 / 256

27 避祸之趣：搞不赢就走 / 266

28 奉道之趣：我本一道士，奈何入红尘 / 281

29 信佛之趣：西方不无，但个里着力不得 / 291

30 归葬之趣：身在郏县，魂归岷峨 / 302

附录一： / 309

附录二： / 311

后 记 / 313

辑 一

文艺大师：这个学霸不简单

博观而约取，厚积而薄发。

——苏轼《稼说送张琥》

神宗熙宁年间，辽国派使臣来到汴京。其中一人因为会写几句诗就自我感觉良好，瞧不上大宋翰林院里的那些大儒们。神宗安排苏轼负责接待工作，辽国使臣拿诗让苏轼解读，大有故意为难之意。他哪里想到，这简直就是班门弄斧。苏轼对辽使说："写诗真是太容易了，比较难的是观诗。"注意，苏轼在这里强调的是"观"诗。辽使不以为然。苏轼便创作了一首神智体诗《远眺》拿给辽使看。那家伙一见，顿时傻了眼，根本就不知道该如何读通这首神智体诗。从此以后，这个辽使再也不轻易谈论诗了。

……

东汉佛学家牟融曾说:"见博则不迷,听聪则不惑。"比他稍晚的思想家、文学批评家王充则说:"人不博览者,不闻古今,不见事类,不知然否,犹目盲耳聋鼻捕者也。"他们都强调知识广博的重要性。一个有所作为的人,往往就像一块海绵,呈现出对知识的贪婪的吸纳性。他们通过对知识的博取以夯实人生的基础,从而构建起人生的辉煌大厦。

苏轼就是一位博学的人,在文学和书画艺术领域是一个地地道道的多面手,堪称文艺大拿。在诗、词、文、赋、书、画等门类里,他并非"玩玩而已"的票友,而是货真价实的资深专家,对这些艺术门类的发展都有着开拓性建树。

01 读书之趣：被对联激励的读书郎

苏轼是个超级学霸，这是无疑的。不过，天下没有"一口就吃成胖子"的事情，那么，从顽皮少年到超级学霸，苏轼在这之间究竟经历过哪些事情呢？

1

宋仁宗景祐三年十二月十九日，苏轼出生在眉州眉山（今四川眉山），字子瞻，一字和仲，号东坡居士，又号铁冠道人。我们知道，在中国古代历史上，但凡重要人物的降生，似乎总会伴随着一些异象的发生。比如北宋第一个皇帝赵匡胤的降生就是如此——后唐天成二年（927）的一天，洛阳城北的夹马营将军赵弘殷的家笼罩在紫气红光之中，不久后赵匡胤出生了。他从娘胎里出来的时候被一股异香包裹着，久久不散——古人写书，都喜欢搞这一套，也不管是否符合常理。苏轼也享受了这样的"待遇"。相传，在苏轼出生的景祐三年，眉州眉山境内那座秀丽的彭老山忽然禽兽远走、草木凋敝、百花不开，直到六十多年后苏轼去世，彭老山才又满山翠绿、生机盎然。当地人对这种异象的解释是：彭老山的灵秀之气全部被苏轼一人占去了。

传说当然不可完全确信，但是苏轼自小聪明灵秀却是事实。他活泼好动，是个孩子头儿，经常带领小伙伴到附近的醴泉寺爬树采橘，登山捡果，在故乡眉山的山山水水间尽情释放着天性。

当然，玩归玩，苏轼并不贪玩，他知道除了玩之外还有正经事儿要做，那便是读书学习。苏轼七岁那年开始读书，八岁入小学。当时，有个道士叫张易简，很有学问，在天庆观北极院办学，课讲得好，搁到现在估计能上《百家讲坛》，拜在他门下读书的学生近百人，苏轼就是其中之一。苏轼一入张道士门下，就因聪明可爱、成绩好而受到了张道士的青睐，享受同等待遇的还有一个学生，叫陈太初。当时，他们俩被认为是天庆观北极院里的大学霸，是张道士重点培养的学习标兵。

张道士看人的确很准。苏轼的聪明过人可以通过一件事情得到证实。他七岁那年，碰到了一个姓朱的老尼姑，这位老尼姑已经九十多岁了。她向苏轼讲述了发生在自己年轻时的某个夏夜里的故事。当时，在蜀主孟昶的皇宫里，老尼姑看见孟昶和爱妃花蕊夫人在摩诃池上乘凉，还填了一首词进行演唱，虽然已经过去了几十年，但老尼姑至今还记得那首词的全文，于是她就念给苏轼听，其中首句为"冰肌玉骨，自清凉无汗"。朱老尼只念了一遍，并没有特地强调苏轼要记住这首词，但是，小苏轼对那句很有画面感的句子印象深刻，一下子就记住了，整整四十年不忘，后来还写进了自己的词作《洞仙歌》里。

在张道士门下大约学习了三年，苏轼的老师换成了自己的母亲程夫人。程夫人是一个好老师，她有自己独到的教育思想和教学方法，在儿子课程的选择上很讲究。通常情况下，四书五经肯定会被当作重点，程夫人则不,她把历史教育作为重点。因为她觉得历史事迹不仅可以传授给人以知识,还能引起人的思考,培养人的品格,训练人的是非判断能力。很快,程夫人的教学工作就有了显著成效。

一天,在程夫人的指导下,苏轼读到了《后汉书·范滂传》,对范滂产生了崇敬之情。范滂是什么人呢?他是东汉的一位名士,正直清高有气节,是当时引导舆论的大咖,字孟博,南阳新野人。建宁二年(169),灵帝刘宏诛杀大批党人,诏令汝南督邮吴导火速捉拿范滂等人。吴导是范滂的忠实拥护者,接到圣旨后,他来到县里,实在不忍对范滂下手,就趴在驿馆的床上大哭,不知该如何是好。范滂听到这消息,毫不犹豫地前往县衙投案。令人意想不到的是,县令郭揖不仅没有捉拿他,还表示愿意跟他一起逃跑。但是,范滂坚决不同意。他说:"我死了,祸患就没了,哪能连累您呢?"——这叫好汉做事好汉当,让人不得不佩服范滂的勇气!范滂束手就擒后被押往京城,他的母亲带着孙子赶到县衙与他诀别。范滂对母亲说:"弟弟仲博很孝敬,足以供养您老人家,我呢,跟从父亲大人命归黄泉,也算各得其所,希望您老人家莫要悲伤。"范母说:"你现在能够与李膺、杜密这些大人物齐名,死了也没什么遗憾。想要有好名声,又想长寿,世上没有这等兼而得之的好事。"

范滂拜别母亲,慷慨赴死时,年仅三十三岁。

苏轼读完《范滂传》后,幼小的心灵受到了极大的震撼,他对母亲说:"假设我是范滂,您会同意我的做法吗?"

程夫人没有犹豫,朗声道:"如果你能做范滂,难道我就不能做范母吗?"

正是在这样的教育熏陶下,苏轼在学识和做人两方面都很成功。

苏轼还有一位老师叫刘巨,字微之,在眉山城西寿昌院招收学生授课。

有一次，刘巨写了一首咏鹭鸶①的诗，有两句是："渔人忽惊起，雪片逐风斜。"苏轼对刘老师说："先生的诗好倒是蛮好，就是最后两句差了点味道，不如改为'渔人忽惊起，雪片落蒹葭'。"

刘巨听后，不得不服，慨然对他人说："我没有资格做那孩子的老师了。"

这大概算得上一个学生能够获得的最高褒奖吧。

不过，我们知道，当一个人完全被赞美所包围时，其实是很危险的。当然，这种危险不是指性命之虞，而是指自我的膨胀。成年人尚且难以抵御这种危险，何况一个十来岁的孩子呢？苏轼也曾面临这样的问题。

话说有一天，在读书学习这条道路上风光无限的少年苏轼，自题了一副对联，得意扬扬地把它挂在书房。对联是这样的："识遍天下字，读尽人间书。"此联一出，不久之后就在眉山被传得尽人皆知。

就在小苏轼感觉良好、自我陶醉的时候，一位白发老者拿着一本书找上门来，对苏轼说："我已经求问过许多读书人，他们都不认识这部书上的字儿。听说你博学多识，是个神童，所以我专门前来请教，希望能得到你的帮助。"

苏轼自信满满地接过老人的书，翻看之后，不禁羞愧难当。原来，这本书他不但没有看过，就连书名都没听过，而且书中有很多文字自己根本就不认识。——这哪里是来求教，分明是来打脸的！

苏轼知道自己的错误之后，赶紧取下书房里的那副对联，分别在上下联各加两字，重新挂在书房里。人们在读过新改的联语后，都夸苏轼是个有志气的人，将来必有大作为。就连程夫人看后也频频点头，表示儿子修改得非常不错。

---

① （lù sī）鹭的一种，羽毛为纯白色。顶有细长的白羽，捕食小鱼，也叫白鹭。

那充满傲气的联语被苏轼修改成了"发奋识遍天下字,立志读尽人间书"。

这就不再是危险的自我膨胀,而是受益终身的自我激励。从此,这副对联上的联语就成了苏轼时刻不忘的座右铭。也正是因为有了这样的一种自我激励,苏轼在读书学习上更加勤奋自觉,涉猎的范围也更加广泛,最终成了一位兼通儒释道的大文豪。

2

欧阳修是北宋的文坛领袖,也是苏轼生命中极为重要的人生导师。这位老先生曾经说过:"立身以立学为先,立学以读书为本。"他把读书看成是人生成功的基础性工程。作为后辈的苏轼则是这句话最好的注脚。

苏轼风神潇洒,文思横溢,纵横文、词、诗、书、画诸多领域,不仅是受宋代文人推崇的大文豪,就是在今天也令我们崇拜无限。可以这样说,苏轼从读书中享受到的红利,既显见又令人艳羡。

其中最为主要的原因当然是金榜题名。嘉祐元年(1056年)三月,苏轼与弟弟苏辙一起,告别母亲,跟随父亲苏洵第一次离开家乡,千里迢迢来到京城汴梁参加科举考试。八月,苏轼和苏辙两兄弟在开封府参加举人考试(即府试)就首战告捷。接下来,在第二年(1057年)正月举行的礼部考试中,苏轼以一篇《刑赏忠厚之至论》征服了主考官欧阳修,以第二名的成绩顺利通关。接着是礼部复试,苏轼又以"春秋对义",也就是回答《春秋》一书的相关问题,获得第一名。紧跟着三月,他们兄弟二人参加了由皇帝主持的殿试,在这场殿试中,苏轼和苏辙双双进士及第,正式进入朝廷为官为国效力。嘉祐六年(1061年),苏轼又参加了制科考试，这是在一众优秀的人当中进行的考试，苏轼凭借雄厚的实力拔得头筹，被宋仁宗看作未来宰相的人选。从此，苏轼的才名世人皆知。

由于自幼接受了良好的家庭教育，苏轼的史学知识非常渊博，所以在后来的写作中，他能够做到引经据典，信手拈来，而且文采斐然，令人叹服。苏轼曾任知制诰，在皇帝身边负责起草诏书，相当于皇帝的"秘书"。他先后写过八百多道圣旨和诏书，文辞既准确又典雅，能够充分体现皇家威严和体面。后来，有位大才子也供职于翰林院，负责起草圣旨，他因为自己的文采不错，而且写字速度也快，便有些自得。恰好这天他见到了一个曾经在苏轼跟前服务过的老仆人，大才子便问："当年苏学士拟写圣旨时，他的速度大概也不过如此吧？"老仆人回答："苏学士的速度的确跟你差不多，不过，他当时引经据典都是一气呵成，根本不用停笔去翻书查资料。"老仆的话表明苏轼对所学知识已烂熟于胸，可以随用随取。能够达到这种程度，平时没有一定的积累，谁能做得到？

自古天才常有，全才却不多，苏轼便是不可多得的全才之一，堪称文人的天花板。在诗、词、文、赋、书、画、烹饪、政治等多个方面，他都有涉猎，而且成就卓著。就写诗而言，他与黄庭坚并称"苏黄"，苏诗题材广阔，清新豪健，入理而又不失趣味，在北宋诗坛独树一帜。就作词而言，他与辛弃疾并称"苏辛"。他以诗为词，开创了豪放词风。就辞赋创作而言，他的辞赋写景抒情，挥洒自如，疏宕萧散。就散文创作而言，他名列唐宋八大家之一，其散文题材多样，文有诗味，运思宏远，语必明达。就书法而言，他与黄庭坚、米芾、蔡襄并称"四大家"，其传世书品《黄州寒食帖》为"天下第三行书"。就绘画而言，他反对形似，提倡画有所寄，为"文人画"的发展奠定了理论基础。就烹饪而言，他擅辨食材、精通厨艺，其自创的东坡美食流传至今。就从政为官而言，他心怀"致君尧舜"的理想，为官一任，就造福一方，徐州抗灾、黄州救溺婴、杭州修苏堤……甘棠遗爱，流芳千古。

应该说，这一切都源于苏轼一生爱读书、勤读书、善读书。他把读书作为一生中主要的活动之一，可以说，书籍是他最重要的寄托和最大的慰藉。苏辙曾在《东坡先生墓志铭》中评价苏轼："幼而好书，老而不倦。"

3

《弟子规·余力学文》中说："读书法，有三到，心眼口，信皆要。"意思是说，读书要眼到、口到、心到，三者缺一不可。这是读书的基本要求，当然没有错。不过，相较于苏轼关于读书的独门秘籍来说，这个"三到"读书法就显得有些平淡无奇了。

苏轼的读书法，究竟有何特别呢？

话说苏轼谪居黄州时，有位后生前来求教，他对苏轼说："先生您学识渊博，才华横溢，不知在治学方面有何诀窍？"苏轼回答："《孙子兵法》里有个重要原则，就是'我专而敌分'，如果八面受敌，不应八面出击，而要集中优势兵力，以众击寡，将敌分割包围，各个击破，读书也要如此，不必兼收尽取，囫囵吞枣，而应集中精力，逐一深入探究问题，再融会贯通。"接着，苏轼举例说，当年他读《汉书》时，不是读一遍就完事，而是将书分成治道、人物、地理、管制、兵法、财货等几个方面，每次都专门研究一个问题，直到把全书读懂弄通。——这就是苏轼的"八面受敌"读书法。我们的毛泽东主席曾对此法极为推崇，他老人家说："苏轼用'八面受敌'法研究历史。用'八面受敌'法研究宋代，也是对的，今天我们研究中国社会，也要用个'四面受敌'法，把它分成政治的、经济的、文化的、军事的四个部分来研究,得出中国革命的结论。"

苏轼除了常用"八面受敌"读书法之外,还经常用到另一种独特的读书法,就是抓纲提要的手抄读书法。据南宋陈鹄在《耆旧续闻》中记载,苏轼谪居黄州,与司农朱载上成了好朋友。有一天,朱载上去拜访苏轼,可是苏轼迟迟没有出来相见,朱载上心中不悦,不明白一向热情待客的苏轼为什么要这样。过了好久,苏轼才迎出来真诚道歉,说刚才他在完成每天的功课,所以才出来晚了。朱载上问:"你每天的功课是什么呢?"苏轼说,我每天抄写《汉书》,一直没有间断过,至今已经将《汉书》抄了三遍。第一遍,我每段抄三个字;第二遍,每段只抄两个字;第三遍,每段只抄一个字,现在无论你报出什么字,我都能背出其中的原文。"朱载上不太相信,于是当场验证,只提示了一个字,苏轼果然背诵得一字不差。朱载上感到十分惊讶,他对苏轼说:"你有天纵之才,能够过目不忘,何必要手抄呢?"苏轼说:"天下字,人间书,如果不施以迂钝之法,又怎么能够做到过目成诵呢?《史记》我也是这样一遍一遍抄写的。"至此,朱载上口服心服,大赞苏轼"真谪仙人也"。后来,朱载上就拿苏轼的这个故事教育儿子朱新仲,朱新仲又用以教育自己的儿子朱辂。

直到六十多岁,走到人生边缘,苏轼仍为不能继续日夜"抄书"而遗憾。在《与程全父书》中,他说:"儿子抄得《唐书》一部,又借得《汉书》欲抄。若了此二书,便是穷儿暴富也。呵呵。老拙亦欲为此,而目昏心疲,不能自苦,故乐以此告壮者尔。"这应该是晚年苏轼在切实享受到了抄书乐趣之后的肺腑真言。

苏轼的第三个读书秘籍是注重读旧书。"旧书不厌百回读,熟读深思子自知。"苏轼曾经对二十八岁的秀才安惇这样说。那一年是宋神宗熙宁三年(1070),秀才安惇在礼部进士考试中失败,将要动身返回老家四川广安。时年三十五岁的苏轼在京城为官，是考场上的过来人。在送别考场失败的安惇时，苏轼结合自己的切身体会，劝慰这位四川老乡回家继续安心苦读，不要急于求成，只要对旧书熟读深思，自然会理解书中真义，他日定能在考试中脱颖而出。成语"百读不厌"，就源自苏轼的这一次劝慰。

4

苏轼好读书、勤读书、善读书，皆源于他对书籍的独特认识。

在苏轼看来，象牙、犀角、珍珠、美玉这些奇珍异宝，虽然能够让人赏心悦目，但是不实用；金石、草木、丝麻、五谷、六材，虽然具有实用价值，可是用后会破损，而且还有用完废弃的时候。书籍则不同，它既能悦人耳目，又具实用性，读过之后不会有缺损，只有书籍，能被人们各取所需，读后各有发现，即便人们资质天分不同，只要把书拿来读，就会有收获。

正因为有如此认识，所以苏轼不仅自己好读书、勤读书、善读书，而且还劝人读书，教人读书，赞人读书。

他赞美读过书的人："粗缯大布裹生涯，腹有诗书气自华。"

他告诫正在读书的晚辈："博观而约取，厚积而薄发。"

他，"尝言观书之乐，夜常以三鼓为率。虽大醉，归亦必披展，至倦而寝"。

显然，与书籍为伴应该是苏轼一生中最大也是最持久的兴趣。

"发奋识遍天下字，立志读尽人间书。"苏轼用其人生的高度和价值，兑现了年少时的誓言。

02 吟诗之趣：喜欢在写诗时"弄险"

苏轼是大诗人，一生创作的诗有几千首。苏诗具有立意高远、深邃独到、运思巧妙、挥洒自如、妙趣横生等特点，仔细品读，既优美动人，又饶有趣味，是货真价实的理趣诗。除了那些我们耳熟能详的诗作之外，苏轼还有一些"另类"诗作非常有趣，通过它们，我们可以看到一个才高八斗又极为有趣的诗人形象。

1

苏轼练习写诗，是从游戏开始的。现代的孩子们在一块玩儿，无外乎捉迷藏、跳房子，或者来个"老鹰抓小鸡"之类的。少年苏轼则不同，他常常跟几个小朋友一起，拟一个题目，然后每人轮流吟出一句或两句，再合起来，组成完整的诗。这种游戏叫"联句"，在苏轼那个时代的学童中一直流行不衰。现在看来，这真是不错的益智游戏，比起现代孩子们的某些游戏高级得多。苏轼和苏辙就是在与小伙伴们玩"联句"游戏当中学会写诗的。

很多年后，苏轼还在《记里舍联句》中饶有兴味地记述了当年联句的情景。有一天放学的时候,突然下起了大雨,苏轼和苏辙与小伙伴程建用、同学杨尧咨都被困在私塾里回不了家,他们便一块玩起了联句游戏。程建用起头,吟道:"庭松偃仰如醉。"句子不错,有点味道。杨尧咨想了想,接上一句:"夏雨凄凉似秋。"也很好。苏轼联上第三句:"有客高吟拥鼻。"相比前两句,这句显得有点一般。最后,轮到苏辙作结,可是,当时苏辙还不到十岁,玩这种游戏有些吃力,便胡乱凑了一句:"无人共吃馒头。"大家听后,都笑得东倒西歪。

这个故事说明,即便如苏轼和苏辙那样的"神童",在作诗的起步阶段也可能会出糗。

然而,不出几年,苏轼和苏辙的诗才就达到了令人叹服的境地。嘉祐二年(1057)是苏轼和苏辙兄弟俩的才华大放光彩的一年,他们在科举中一考即中,金榜题名。不过,那时主要考的是文章写作的才能,作诗还在其次。嘉祐四年(1059)十月,苏轼和苏辙为母亲程夫人守孝结束,带着家眷跟随父亲苏洵二次出川,在南行的路上,他们作诗的才华有了一次集中展示。这一次出川,苏轼一行走水路,历时六十天,经过十一州二十六县,于当年十二月八日抵达江凌,过完年再北上京城。这是一次举家搬迁,也是一次观光旅游,在途中,父子三人诗兴盎然,作诗一百多首,编成一部《南行集》,其中收录了苏轼的诗作四十二首。据专家考证,这些诗作是现存苏诗中最早的作品。

在那个时候,作诗可不像现代人写自由诗一样,没有什么约束,只要敲个回车键,分一下行就叫作诗。那个时候的诗有声韵格律上的严格要求,限制极多。即便如此,苏轼和苏辙还觉得不够过瘾,他们要玩更加"惊险刺激"的。比如在十月小寒时节,当时苏轼一家船行江上,突然下起了大雪,山河大地银装素裹,兄弟二人诗兴大发。苏轼提议学"欧阳体"作《江上值雪》诗。这个"欧阳体"可不简单,按照欧阳修设定的限制,写雪景的诗不得使用盐、玉、鹤、鹭、絮、蝶飞舞之类的比喻字眼。不仅如此,苏轼和苏辙兄弟俩还在此基础上再加限制：不准用皓、白、洁、素等形容词，这就极考验作诗人的聪明才智了。

兄弟俩不愧都是思维敏捷的作诗高手，即便在如此严苛的限制之下，也只不过略一思忖，便一挥而就，各自都拿出不错的作品。其中，苏轼就写出了"青山有似少年子，一夕变尽沧浪髭①"。"沧浪髭"，就是白头发。苏轼把被白雪覆盖的山峰比作白头翁，这样的诗句既符合限制要求，又生动形象，真可谓险中求胜，令人叫绝。

2

苏轼写诗喜欢"弄险"，还体现在用韵上，具体说，就是用险韵。

什么是险韵呢？通俗地说，就是在作格律诗时，所押的那个韵脚字很少被人选用，比如在平水韵中的"江、佳、肴、侵、咸"这几个韵部中，可供选择的用作诗歌韵脚的字极为有限，这几个韵部一般被看作"险韵"，还有一些冷僻字作韵脚，也属于"险韵"。险韵诗发端于南北朝，经过唐代众多诗人的不断尝试和探索，逐渐走向成熟。到了宋代，险韵诗的水平如何，被当作衡量一个诗人是否有才华的标尺。在这种风气下，才华横溢的苏轼当然也会有所表现。

熙宁七年（1074）十一月，苏轼到密州担任知州。话说这一天，密州下了一场大雪，搅动了苏轼的诗情，他兴致勃勃地创作了《雪后书北台壁二首》。第一首为：

> 黄昏犹作雨纤纤，夜静无风势转严。
> 但觉衾裯如泼水，不知庭院已堆盐。

---

① 髭（zī）：嘴上边的胡子。

> 五更晓色来书帷，半夜寒声落画檐。
> 试扫北台看马耳，未随埋没有双尖。

这首诗押的是"盐"字韵，韵部可供选用的韵字少，属于险韵，而且还选用了"尖"这个没有人用过的韵脚字。第二首为：

> 城头初日始翻鸦，陌上晴泥已没车。
> 冻合玉楼寒起粟，光摇银海眩生花。
> 遗蝗入地应千尺，宿麦连云有几家。
> 老病自嗟诗力退，空吟冰柱忆刘叉。

这首押的是"麻"字险韵，而且选用了"叉"这个没人用过的韵脚字。苏轼这两首诗都用到了险韵险字，而且一气呵成，行云流水，毫无滞碍之感，充分展现了苏轼高超的遣词用字水平。所以，这两首诗很快便流传开来，引起了一阵仿效热潮。很多人在咏雪的七律创作中，也用上"尖""叉"的韵脚，形成别具一格的"尖叉诗"。就连王安石和苏辙这样的诗坛大咖，也按捺不住，纷纷次韵和诗，王安石甚至一口气次韵和诗五首，但仍觉得意犹未尽。

不过，苏辙和王安石的"尖叉"诗，都没有超过苏轼。

3

还有一种堪称"弄险"的诗体，苏轼也玩得很溜，那便是回文诗。所谓回文诗，就是能够回环往复，正读倒读皆成章句的诗篇。

有一年的十二月二十五日，苏轼做了一个梦，梦见自己以白雪煎煮小团茶，旁边有美丽的歌姬唱着动听的歌曲。于是他在梦里写下了一首回文诗。只可惜，梦醒之后，苏轼只记得诗中的一句"乱点余花吐碧衫"，其余都忘记了。

不过，苏轼才思敏捷，很快提笔续写完成了两首绝句。

其一：
酡颜玉碗捧纤纤，乱点余花吐碧衫。
歌咽水云凝静院，梦惊松雪落空岩。

其二：
空花落尽酒倾缸，日上山融雪涨江。
红焙浅瓯新火活，龙团小碾斗晴窗。

如果我们将这两首诗倒着读一下，就会发现，它们又是另外两首意境俱佳的好诗。且看其一倒过来就是：

岩空落雪松惊梦，院静凝云水咽歌。
衫碧吐花余点乱，纤纤捧碗玉颜酡。

其二倒过来就是：

窗晴斗碾小团龙，活火新瓯浅焙红。
江涨雪融山上日，缸倾酒尽落花空。

这两首《记梦》诗，不改一字，颠倒顺序便成新诗，其立意新奇，构思精巧，真的是妙不可言！

苏轼还有一首回文诗，也是堪称一绝，令人叹为观止。那是苏轼游镇江金山寺后所作的《题金山寺》。全诗如下：

> 潮随暗浪雪山倾，远捕渔舟钓月明。
> 桥对寺门松径小，槛当泉眼石波清。
> 迢迢绿树江天晓，霭霭红霞晚日晴。
> 遥望四边云接水，碧峰千点数鸥轻。

此诗所写眼前之景，从近潮到远浦，从寺门松径到天边红霞，视野逐渐开阔。倒读则是：

> 轻鸥数点千峰碧，水接云边四望遥。
> 晴日晚霞红霭霭，晓天江树绿迢迢。
> 清波石眼泉当槛，小径松门寺对桥。
> 明月钓舟渔捕远，倾山雪浪暗随潮。

这一首写景，视角从上到下，由远及近，与上一首刚好相反。《题织锦图回文》也是苏轼回文诗中的精品。顺读为：

> 春晚落花余碧草，夜凉低月半梧桐。
> 人随雁远边城暮，雨映疏帘绣阁空。

倒读为：

> 空阁绣帘疏映雨，暮城边远雁随人。
> 桐梧半月低凉夜，草碧余花落晚春。

如此美诗，对比着仔细品读，真的会满口余香，极为有趣。

苏轼创作的回文诗中，还有一类回文诗很特别。比如，由"采莲人在绿杨津一阕新歌声漱玉"十四字重叠回环而成的七言绝句："采莲人在绿杨津，在绿杨津一阕新。一阕新歌声漱玉，歌声漱玉采莲人。"再比如，由"赏花归去马如飞酒力微醒时已暮"十四字重叠回环而成的绝句："赏花归去马如飞，去马如飞酒力微。酒力微醒时已暮，醒时已暮赏花归。"

不得不说，苏轼高才，令人倾倒。

4

苏轼作诗还有更绝的，那就是创作"神智体"诗。

什么是"神智体"诗？不妨先看看下面这张图：

这就是苏轼首创的一首"神智体"诗《远眺》。看明白了吗？这些文字的形体结构有多种变化，读者需要根据这些变化来琢磨它们的意思，再联成诗句。这种诗作，因新奇有趣，启人神智，类似猜谜，十分烧脑，所以被称为"神智体"，也称"形意诗"或"谜象诗"。

根据宋代桑世昌的《回文类聚》卷三记载，神宗熙宁年间，辽国派使臣来到汴京，其中一人因为会写几句诗就自我感觉良好，瞧不上大宋翰林院里的大儒们。神宗安排苏轼负责接待工作，辽使拿诗让苏轼解读，大有故意为难之意。他哪里能想到,这简直就是班门弄斧。苏轼对辽使说:"写诗真是太容易了,比较难的是观诗。"——注意,苏轼在这里强调的是"观"诗。辽使不以为然。苏轼便创作了一首神智体诗《远眺》拿给辽使看。那家伙一见,顿时傻了眼,根本就不知道该如何读通这首神智体诗。从此以后,这个辽使再也不轻易谈论诗了。

那么,苏轼创作的这首《远眺》(如前图),究竟是何意?又该怎么读呢?《回文类聚》卷三给出了答案:

长亭短景无人画,老大横拖瘦竹筇。
回首断云斜日暮,曲江倒蘸侧山峰。

5

宋徽宗建中靖国元年(1101)七月二十八日,苏轼在常州病逝。相传,他在临终前,给小儿子苏过留下了一首诗,这首诗在内容和形式上都有些特别,也是堪称"弄险"之作。这首诗就是《观潮》。全诗如下:

庐山烟雨浙江潮,未到千般恨不消。
到得还来别无事,庐山烟雨浙江潮。

从形式上来看,全诗四句,首尾两句完全相同,这在七言律诗中大概绝无仅有。从内容上来看,题为《观潮》,诗中却没有对奔涌的潮水进行描写,而是直接写观潮感受,极具禅味。大意是说,庐山的风景和钱塘江潮令人向往,如果不能身临庐山,目睹钱塘,就会感觉此生留有千般挥之不去的遗憾。可是，等到欣赏了庐山烟雨和钱塘江潮，反倒觉得一切都平淡无奇了，烟雨还是原来的烟雨，潮水还是原来的潮水。

苏轼这首诗中蕴含的禅意，与《五灯会元》卷十七所载，青原惟信禅师的一段语录完全契合："老僧三十年前未参禅时，见山是山，见水是水。及至后来，亲见知识，有个入处，见山不是山，见水不是水。而今得个休歇处，依前见山只是山，见水只是水。大众，这三般见解，是同是别？有人缁素得出，许汝亲见老僧。"青原惟信禅师的"三般见解"，指的是禅悟的三个阶段，或者说是入禅的三种境界。

传说终归是传说，这首充满禅意的特别诗作虽然未必真的是苏轼所作，但其足以反映出苏轼晚年时期那种历经沧桑后看透一切的超然状态。

事实上，苏轼的临终绝笔是另外一首诗，那是在他七月二十六日去世前两天写给维琳禅师的偈子《答径山琳长老》："与君皆丙子，各已三万日。一日一千偈，电往那容诘。大患缘有身，无身则无疾。平生笑罗什，神咒真浪出。"诗作明确表示了苏轼在生命即将终结之时对迷信虚妄的摒弃。

6

苏轼的一生，是写诗的一生，也是诗意的一生。他的才思，他的情怀，他的性格，他的理想，全都熔铸于诗中，历经岁月的糅合发酵，成为香醇的佳酿，从宋代走来，滋润着我们，启迪着我们。

苏轼作诗"弄险"，"弄"出才华，"险"有情趣。

03 填词之趣：改变流行歌曲的老套路

说到苏轼，人们往往会联想到"大江东去，浪淘尽，千古风流人物"，以为他只是一位大词人。的确，苏轼作为词人的形象千百年来已经深入人心，不过，鲜为人知的是，苏轼作词其实是半路出家。可是，即便如此，他也能把词"玩"得出神入化，令人仰止。根据《全宋词》收录的作品进行统计，苏轼存世的词作共计351首，采用的词牌有80个，这是个不小的量，充分说明了苏轼作词水平之高。

1

为什么说苏轼作词是半路出家呢？

从现存的苏轼词集来看，苏轼开始作词是在杭州担任通判的时候，也就是在宋神宗熙宁五年（1072）以后，那时他已经三十七岁，算是中年大叔了。

熙宁四年（1071）四月，殿中丞直馆判官告院兼判尚书祠部（这个官名有点长）的苏轼接到新的任命，要他到杭州去当通判，七月，苏轼拖家带口离开京城汴梁，一路观光兼带访友，直到十一月二十八日才到达杭州，就任通判之职，也就是杭州的"二把手"。"一把手"另有其人，名叫陈襄，陈襄为人不错，跟苏轼也合得来，两人之前的合作还算愉快。

熙宁六年（1073）正月下旬，苏轼到杭州府辖的富阳、新城等县视察，一个多月后返程，走水路出富春江，经桐庐，过严子陵钓台，在船上写了一首词——《行香子》：

一叶舟轻，双桨鸿惊。水天清、影湛波平。鱼翻藻鉴，鹭点烟汀。过沙溪急，霜溪冷，月溪明。

重重似画，曲曲如屏。算当年、虚老严陵。君臣一梦，今古空名。但远山长，云山乱，晓山青。

在这之前，苏轼没有写过词①，所以这首《行香子》流传以后，苏轼的那些文朋诗友都觉得很新奇，想不到才高八斗的苏子瞻居然也玩起了"流行歌曲"。远在徐州的刘攽甚至还给苏轼寄来一首诗，调侃道："千里相思无见期，喜闻乐府短长诗。灵均此秘未曾睹，郢客探高空自欺。不怪少年为狡狯，定应师法授微辞。吴娃齐女声如玉，遥想明眸啭黛时。"意思是说苏轼居然作起了"流行歌曲"，肯定是在倚翠偎红时那些美丽歌女"唆使"的。

这样的调侃搞得苏轼很不好意思，他赶紧回赠刘攽一首诗进行辩解："十载飘然未可期，那堪重作看花诗。门前恶语谁传去，醉后狂歌自不知。"

---

① 注：一说认为，苏轼于1065年妻子王弗去世时，作自度曲《翻香令》："金炉犹暖麝煤残。惜香更把宝钗翻。重闻处，余熏在，这一番、气味胜从前。背人偷盖小蓬山。更将沈水暗同然。且图得，氤氲久，为情深、嫌怕断头烟。"因存疑，故本文不采用此说。

意思是说那首"流行歌曲"是自己喝醉之后随口唱的，连我自己都不知道是什么情况呢。

为什么苏轼作词会被朋友们调侃呢？这与词这种文体在当时文人眼中的地位有关。词，在我国文化史上是一种非常独特的文学样式。从根本上讲，词就是歌词，而且最初是存在于民间的"流行歌曲"，隋唐以后才逐渐被文人关注，成为酒席上由歌伎演唱助兴的娱乐品。所以，倚红偎翠、浅斟低唱、文辞华丽、浪漫柔靡在当时是词的显著"标签"。说到底，词是一种纯娱乐消遣的抒情文学，往往被正经文人所轻视。比如苏洵就不"玩"这种东西，不仅自己不"玩"，还不准两个儿子"玩"。这就像现代的某些父母，严格要求子女，除了狠抓功课学习，其他诸如流行歌曲、手机游戏之类统统禁止。所以，年轻时刻苦攻读学业的苏轼很少有机会流连歌宴酒席听歌赏曲，更没有时间学习写作这种被认为是消遣娱乐的"流行歌曲"。到后来做了官，整整十年，他的精力基本都用在关注政务大事上，也不曾"玩"这个东西，直到到杭州做通判，碰到了一个重要人物，这才开始学习作词。

这个重要人物就是张先。

张先，字子野，北宋婉约派词人的代表人物，其词与柳永齐名，尤其擅长小令。因为他特别擅长在词中写影，有"云破月来花弄影""娇柔懒起，帘压卷花影""柳径无人，坠风絮无影"等名句，所以人们称其为"张三影"。苏轼到杭州任通判时，闲居杭州的张先已经八十多岁了，经常被一帮写诗词的朋友邀约，在一起办"沙龙"，搞"派对"，其中就有苏轼。

关于苏轼与张先的交往，现在最为人熟知的当然是"一树梨花压海棠"的故事。这个故事说的是八十岁的张先娶了十八岁的女孩为妾，苏轼等人问张先抱得美人归后有何感想，张先回答：

"我年八十卿十八,卿是红颜我白发。与卿颠倒本同庚,只隔中间一花甲。"苏轼则当即和诗一首:"十八新娘八十郎,苍苍白发对红妆。鸳鸯被里成双夜,一树梨花压海棠。"

这里的"一树梨花压海棠"就是"老牛吃嫩草"的委婉说法。

其实,这个传说故事是后人杜撰的,与历史不符。真实的情况是,苏轼的确曾因张先纳妾而写有和诗《张子野年八十五尚闻买妾述古令作诗》:"锦里先生自笑狂,莫欺九尺鬓眉苍。诗人老去莺莺在,公子归来燕燕忙。柱下相君犹有齿,江南刺史已无肠。平生谬作安昌客,略遣彭宣到后堂。"张先原诗现在不存,叶梦得《石林诗话》里只有两句:"愁似鳏鱼知夜永,懒同蝴蝶为春忙。"

这是题外话,言归正传,苏轼正是得遇作词高手张先,并受其影响,才改变对词的看法,开始学习作词。在杭州任通判的三年,苏轼对作词的兴趣与日俱增。熙宁五年(1072),他仅仅写了两首,算是练笔;熙宁六年(1073),所作的词的数量多了一些,写了五首(一说七首);到了熙宁七年(1074),词的数量竟然达到了四十二首,这是苏轼作词最多的一年。

不写则已,要写就写出名堂,这就是苏轼。

2

爱上作词的苏轼,从一开始就表现出了自己的与众不同。

苏学专家王水照、崔铭在《苏轼传》中有这样一段很到位的评说,他们指出苏轼在杭州三年的词作"虽然与传统词作并没有本质的区别,依然以应歌侑酒、赠答送别的社交之作为主,但已明显地表现出新的倾向:不再'以男子而作闺音',词人自己直接成为抒情主体;心头常有特定的人物作为写作对象,使没有个性的小词变得个性鲜明;语言明净,风格清丽;每首词的词牌之下差不多都有说明题材或主题的副标题,这也是传统词人很少有的写法"。

也就是说,苏轼不走当时"流行歌曲"的老套路,有意识地对词的传统写法进行创新和颠覆。传统词人在柔婉妩媚中打转,苏轼反其道而行,试写的词作铿锵豪迈。这一试,就试出了一片新天地。

熙宁七年(1074)十一月初三,苏轼结束杭州通判的任期,调到密州任知州,也就是密州的一把手。从这年十二月到熙宁九年(1076)十二月,苏轼已在密州为官两年,他凭借智慧才干最终创造了自己的人生小巅峰。在工作上,他组织灭蝗、祈雨、缉盗,抵制手实法,修建超然台,干成了一件又一件颇有影响力的事情,充分展示出了卓越的政治才华;在创作上,他写下诗文词作共计209篇,进入第一个创作高峰期。最令人瞩目的是,在这里,他写下了其一生当中第一首豪放风格的词作。

那是在熙宁八年(1075)十月,苏轼在重修的常山庙做完祭祀活动后,返回密州城的途中,与同僚们一起举办了一场颇具规模的狩猎活动,类似于一次士兵军事演习。作为主政官,苏轼身披貂裘,骑着骏马,架鹰纵狗,带领一队人马纵横驰骋,意气风发,英姿飒爽,恰似回到了年少时光,心中顿时涌起以身许国、报效疆场的豪情,于是,一首风格豪放的词作在他的胸中成型。这便是《江城子·密州出猎》:

老夫聊发少年狂,左牵黄,右擎苍。锦帽貂裘,千骑卷平冈。为报倾城随太守,亲射虎,看孙郎。

酒酣胸胆尚开张,鬓微霜,又何妨!持节云中,何日遣冯唐?会挽雕弓如满月，西北望，射天狼。

词的上片，描写了狩猎的盛况，以及狩猎者的英武与快意。在这里，苏轼自比东吴领导者孙权；词的下片，苏轼又自比作西汉名将魏尚，表达了渴望为国效力的强烈愿望。这就与传统的柔婉妩媚的小词完全不同了，它以一种崭新的姿态呈现于世：情绪昂扬、感情奔放、铿锵有力。这是一次大胆的尝试，更是一次伟大的突破——开创了豪放词风。

对于自己的这首词，苏轼颇为得意。在给好友鲜于子俊的信中，他说："近却颇作小词，虽无柳七郎（也就是柳永）风味，亦自是一家。呵呵！数日前猎与郊外，所获颇多，作得一阕，令东州壮士抵掌顿足歌之，吹笛击鼓以为节，颇壮观也。"自豪之情溢于言表。

看看，这首词连演唱者都更换了，传统的词是由歌伎演唱，现在苏轼把演唱者都换成了"东州壮士"，可谓阳刚之气十足。

正是因为有了这一次有意识的"标新立异"，才有了后来的千古绝唱《念奴娇·赤壁怀古》：

大江东去，浪淘尽，千古风流人物。故垒西边，人道是，三国周郎赤壁。乱石穿空，惊涛拍岸，卷起千堆雪。江山如画，一时多少豪杰。

遥想公瑾当年，小乔初嫁了，雄姿英发。羽扇纶巾，谈笑间，樯橹灰飞烟灭。故国神游，多情应笑我，早生华发。人生如梦，一尊还酹江月。

宋代俞文豹的《吹剑续录》记载了这样一个故事：有一天，苏轼向一位擅长演唱"流行歌曲"的下属问道："我的词和柳永的词相比，怎么样？"下属说："柳永的词，只适合十七八岁的女孩子，敲着红牙板，唱'杨柳岸晓风残月'，而您的词，必须由关西大汉，弹奏铜琵琶，敲击铁绰板，唱'大江东去'。"

苏轼听后，觉得下属言之有理，不禁大笑不止。

3

苏轼改变传统作词风格，另辟蹊径，写出豪放词，并不是因为他不会写婉约词，或是他的婉约词写得不好。其实，苏轼也是写婉约词的高手，其婉约词中最著名的，莫过于《江城子·乙卯正月二十日夜记梦》，这是一首怀念亡妻王弗的作品。

宋仁宗至和元年（1054），虚岁十九的苏轼与青神县乡贡进士王方之女王弗拜堂成亲。那一年，王弗十六岁，她温柔贤淑、楚楚动人，最主要的是聪慧颖悟、知书达理、见识不凡。苏轼为人旷达，待人接物不拘小节，于是每逢有客来访，王弗就在屏风后静听，并将想法告诉丈夫，帮助他明辨人情是非。比如，有的客人在谈话中没有主见，王弗就会对苏轼说："此人言辞模棱两可，总在揣度你的心思，然后迎合你，你就不必跟这种人浪费口舌了。"有的客人跟苏轼初次见面时就显得亲密无间，王弗便提醒苏轼："这种人的交情长久不了，一定要当心。"王弗的这些建议和提醒，事后都被证明是正确的。所以，苏轼和王弗恩爱有加。不料，宋英宗治平二年（1065）五月二十八日，王弗因病去世，年仅二十七岁，留下不满七岁的儿子苏迈。妻子的早逝成了苏轼心中永远的伤。他遵照父嘱，将王弗葬在母亲程老夫人的墓旁，并在四周山上种下松树三万棵（这个数字有夸张的成分），以寄哀思。尽管后来苏轼续娶了王闰之，但是他对王弗的怀念仍然没有衰减。

熙宁八年（1075）正月二十日的夜里，苏轼忽然做了一个梦。这个梦似乎有些不同，他梦见王弗坐在窗前，梳头化妆……时隔十年还梦见前妻，的确有些不同寻常。究竟为什么会这样，苏轼没有说。不过，我们似乎可做这样的猜测：也许那天，苏轼与现任妻子王闰之闹了点小矛盾，所以就不由自主想起了王弗的好。日有所思，夜有所梦，于是王弗便来到了苏轼的梦里。

不管怎样，苏轼肯定梦到了亡妻，他一下子惊醒了，心绪久久不平，便起身下床，点亮油灯，写下了一首令人肝肠寸断的婉约词——《江城子·乙卯正月二十日夜记梦》：

十年生死两茫茫。不思量，自难忘。千里孤坟，无处话凄凉。纵使相逢应不识，尘满面，鬓如霜。

夜来幽梦忽还乡。小轩窗，正梳妆。相顾无言，惟有泪千行。料得年年断肠处，明月夜，短松冈。

很多年后，也就是宋哲宗绍圣三年（1096）七月初五，苏轼最宠爱的侍妾王朝云在惠州染病离世，年仅三十四岁，年迈的苏轼悲痛欲绝，老泪纵横，也写了一首婉约词——《西江月·梅花》：

玉骨那愁瘴雾，冰姿自有仙风。海仙时遣探芳丛。倒挂绿毛幺凤。

素面翻嫌粉涴，洗妆不褪唇红。高情已逐晓云空。不与梨花同梦。

这首词，看似写梅花，实则是悼念王朝云。词中所描写的梅花，其实就是美丽的王朝云的化身。全词咏梅怀人，立意脱俗，情韵悠长，是苏轼婉约词中的上乘之作。

事实上，苏轼创作的婉约词多于豪放词。品读苏轼的婉约词，我们会发现，他的婉约与传统的婉约是有差别的。他的婉约词，突破了以艳情为题材的范围，少了浮艳轻薄，而多了一份纯真雅洁。

4

苏轼生性爱开玩笑，迷上写词之后，时常通过填词来开朋友的玩笑。

熙宁七年（1074）九月，苏轼被调往密州。从杭州到密州的途中要经过湖州。苏轼带着一家老小，在杨绘、张先、陈舜俞等朋友的送别下，拜会了时任湖州知州的李常。因为李常是他们的老朋友，而且李家还有喜事儿——李常刚出生的儿子做"三朝"，大宴宾客。婴儿出生的第三天，称为"三朝"，在这一天举行的礼仪，称"三朝礼"，要给婴儿沐浴，并宴请宾客，接受亲友庆贺，所以这个习俗在一些地方又叫"洗三礼"。

几个朋友相聚一堂，觥筹交错，兴致都很高，苏轼借着酒兴，作了一首《减字木兰花》来开李常的玩笑：

> 惟熊佳梦，释氏老君亲抱送。壮气横秋，未满三朝已食牛。
>
> 犀钱玉果，利市平分沾四座。多谢无功，此事如何著得侬。

这首词几乎句句用典。"惟熊佳梦"，典出《诗经·小雅·斯干》，梦见熊罴是生儿子的吉兆。后面三句均化用杜甫的《徐卿二子歌》，极力称赞新生儿的非凡和健壮。"犀钱玉果，利市平分沾四座"是对李常宴席的盛赞。这些倒没什么特别，重点是最后两句——"多谢无功，此事如何著得侬",这两句引用了古《笑林》中关于晋元帝的一个笑话——当年晋元帝生了儿子,他非常高兴,于是设宴款待文武百官,而且每人还赐帛一匹,以示庆贺。有个叫殷羡的大臣享受了这般待遇,激动得不得了,向晋元帝拱手谢恩道:"臣等无功受赏。"晋元帝说:"生儿子这件事儿怎么容得你们有功呢?"——苏轼把这首《减字木兰花》吟诵后,满座的人都大笑不止。

苏轼的言外之意是:公择(李常)老弟啊,多谢你请我们来喝酒,可是你这件事儿我是一点功劳都没有哟!——这种玩笑,非极好的朋友是一定不会随便乱开的。

5

苏轼作词,有一个偏好,那就是对《浣溪沙》这个词牌极为感兴趣。在苏轼存世的362首词作中,他填过80个词牌,其中填写《浣溪沙》的共计46首,是他填得最多的词牌。①

《浣溪沙》,原为唐代教坊曲名。曲名的由来与古代四大美女之一的西施有关系。根据南朝宋孔灵符的《会稽记》记载:"勾践索美女以献吴王,得诸暨罗山卖薪女西施、郑旦,先教习于土城山。山边有石,云是西施浣纱石"。现在,浙江诸暨市苎萝山下的浣纱溪畔有浣纱石,据说就是当年西施的浣纱处,石头上有"浣纱"二字,相传为东晋王羲之所书。

最早填写《浣溪沙》的词人是唐代的韩偓。他在《浣溪沙·宿醉离愁慢髻鬟》中这样写道:"宿醉离愁慢髻鬟,六铢衣薄惹轻寒,慵红闷翠掩

---

① 注:根据邹同庆、王宗堂编注的《苏轼词编年校注》(中华书局2016年10月出版)统计,共收入《浣溪沙》49首,其中3首考证为非苏轼所作,1首存疑,故本文仍以46首计数。

青鸾。罗袜况兼金菡萏，雪肌仍是玉琅玕，骨香腰细更沈檀。"全词六句，用词浓艳，从头到尾都在描绘女子晨起梳洗打扮的那点事儿。

苏轼当然不肯走这种艳俗的路子。他的46首《浣溪沙》都清新脱俗，读来真的是满口生香，充分体现了苏轼高雅的文学趣味。我们不妨来试读几首。

其一：浣溪沙·游蕲水清泉寺

山下兰芽短浸溪，松间沙路净无泥，萧萧暮雨子规啼。

谁道人生无再少？门前流水尚能西！休将白发唱黄鸡。

其二：浣溪沙·簌簌衣巾落枣花

簌簌衣巾落枣花，村南村北响缫车，牛衣古柳卖黄瓜。

酒困路长惟欲睡，日高人渴漫思茶，敲门试问野人家。

其三：浣溪沙·风压轻云贴水飞

风压轻云贴水飞，乍晴池馆燕争泥。沈郎多病不胜衣。

沙上不闻鸿雁信，竹间时听鹧鸪啼。此情惟有落花知！

其四：浣溪沙·细雨斜风作晓寒

细雨斜风作晓寒，淡烟疏柳媚晴滩。入淮清洛渐漫漫。

雪沫乳花浮午盏，蓼茸蒿笋试春盘。人间有味是清欢。

苏轼为什么偏爱《浣溪沙》呢？个中原因不可确知。不过，我们可以大胆猜测——也许是因为这个词牌只有七言六句，比七言律诗还少两句，齐齐整整，对于喜欢"以诗入词"的苏轼来说，在结构和造句上可以信手拈来，不用太费力。

若真是因为这个，那么，苏轼除了作词不走寻常路之外，还是词人中的懒家伙。呵呵！

今天，我们回看苏轼作词的那些事儿，不仅可见苏轼之词才，还可见苏轼之人缘，更可见苏轼之情趣。

04 写赋之趣：从故意叹穷到画饼充饥

苏轼是辞赋大家，他现存的以赋作为篇名的作品共计28篇，[①]有古赋、骈赋、律赋、文赋、骚赋等多种体式。其中，最为人们熟知的，当然是元丰五年（1082）谪居黄州时所作的《前赤壁赋》和《后赤壁赋》，堪称千古绝唱。不过，在我们阅读欣赏苏轼辞赋的时候，不知你注意到没有？其辞赋写作的背后还隐藏着一些有趣的故事。

1

宋神宗熙宁七年（1074）十一月，苏轼就任密州知州。可以说，密州这个地方算得上苏轼的幸运地之一。

可是，有一件事情让苏轼心生埋怨。究竟是什么事儿呢？

这事儿还得从宋太祖赵匡胤当年立国时说起。宋代开国以来，实行文官政治，给予文官极为优厚的福利待遇，除了按品级发放薪水，还给各州

[①] 注：该数据见刘培的《论苏轼的辞赋创作》，载于《暨南学报》（社会科学版）2006年第5期。

郡拨付一笔款项，用于招待因公差或调任而来往的官员。这笔款项叫作"公使钱"，由州郡一把手自由支配。王安石变法启动后，过去的这项"制度性安排"出现了重大变化，公使钱被大大压缩。

苏轼本来就喜欢迎来送往，朋友又多，自己的薪水有限，不过二千石，现在可好，能够被他支配的公使钱又削减了。朝廷规定州府每年酿酒不能超过一百石，所以在应酬来宾过客中，苏轼常常捉襟见肘，心生埋怨。有一天，他忽然想起了晚唐诗人陆龟蒙的故事，不禁心有所动，觉得应该有所行动。

陆龟蒙，号"天随子"，因为生活清贫，便在自己书斋前的空地上亲手栽种了一些枸杞和菊花菜作为食物。为此，陆龟蒙作了一篇《杞菊赋》，其中说："及夏五月，枝叶老硬，气味苦涩，犹食不已。"

苏轼有意向陆龟蒙学习，便邀约自己的副手密州通判刘廷式到密州的城墙根儿搜寻野生的枸杞和菊花菜来吃。不仅如此，他还效法陆龟蒙，写作了《后杞菊赋》。

在赋前的序言中，他说：

"天随生自言常食杞菊。及夏五月，枝叶老硬，气味苦涩，犹食不已。因作赋以自广。始余尝疑之，以为士不遇，穷约可也。至于饥饿嚼啮草木，则过矣。而予仕宦十有九年，家日益贫。衣食之奉，殆不如昔者。及移守胶西，意且一饱。而斋厨索然，不堪其忧。日与通守刘君廷式循古城废圃求杞菊食之。扪腹而笑。然后知天随生之言可信不谬。作《后杞菊赋》以自嘲，且解之云。"

苏轼在序言中首先声明自己本来不怎么相信陆龟蒙的话，但是通过今天自己的境况来看，他觉得陆龟蒙的话还是可信的。

在赋文中，苏轼借宾客之口自嘲道："我每天端坐公堂，前有宾客来访，后有僚属簇拥，好像威风八面，实际呢，常常连一杯酒都喝不上，只得去采摘些野草回来欺骗自己的嘴巴，以至于对着饭桌直皱眉，举起筷子便忍不住要呕吐。"

读完这篇《后杞菊赋》，我们完全可以感觉到苏轼那满满的嘲讽和戏谑。他真的是如此穷苦不堪吗？其实未必，他在此叹穷，更大可能是故意而为之，目的就是表达对王安石变法后削减公使钱的不满。

用如此艺术的方式表达不满，也亏得他想得出来，真不愧是文学家。

其实，枸杞和菊花菜这两种植物都是很不错的中草药，养颜明目、强身健体的功效颇为明显，如果能够经常食用也并非是坏事。据说，当年苏轼在密州坚持服用一年后，颜面丰满红润，气息旺盛顺畅，白发日渐转黑。

2

如果说，在密州时的苏轼是故意叹穷，那么，几年后他因"乌台诗案"被贬到黄州，则是真正陷入了穷苦潦倒的境地。

宋神宗元丰二年（1079）六月，正在湖州担任知州的苏轼被何正臣、舒亶、李定等御史台的一帮人弹劾，说他在到湖州任后所作的《湖州谢上表》中，有"知其愚不适时，难以追陪新进；察其老不生事，或能牧养小民"的言辞，是"愚弄朝臣，妄自尊大"，而且"谤讪君上"，还拿出了苏轼的大量诗文作为证据。八月十八日，苏轼被关进御史台的大牢，直到同年十二月二十九日出狱，历时四个多月。神宗颁布旨意，对苏轼作了这样的安排:"责授检校水部员外郎、黄州团练副使,本州安置,不得签书公事。"也就是把苏轼一下子贬到了蛮荒的黄州。

到达黄州的苏轼,起初的日子是真的不好过。一没有住房,只得借住在一座名叫"定惠院"的寺庙中,后来在时任鄂州知州的老友朱寿昌的帮助下,才搬进了长江边上的临皋亭。临皋亭本是官府的水上驿站,并不宽敞,当时苏轼一家二十几口人只能挤在一起。二是经济窘迫,以至于要精打细算,才能维持一家生活。他们家在每月初一取出四千五百钱,分为三十份,挂在房梁上,每天早晨用叉子取下一份,就是一百五十钱,作为一天的开销。当天如果有结余,就存在一个大竹筒里,积攒起来招待客人。

这样拮据的生活直到第二年苏轼的好友马正卿专程来到黄州后才有所改善。当时的马正卿通过熟人关系,帮苏轼在黄州的东门外找到了一块五十亩的废弃营地,用来开垦种植,第一次种植收获了二十石大麦,可供一家二十口吃上小半年。

可是,十分有意思的是,在黄州的那些日子里,苏轼真正迎来了自己的文学创作高峰期,在这期间,他一共创作了66首词、200多首诗、170多篇文章,写了280多封书信,还写了3篇赋。[①]在黄州写的这三篇赋中,最著名的就是《前赤壁赋》,《前赤壁赋》以主客问答的方式,发表对宇宙人生的见解,表现了苏轼开朗的胸襟和达观的生活态度;姊妹篇《后赤壁赋》在空灵奇幻中寄托超尘绝俗之想。此"二赋"都是我们所熟知和喜爱的名篇,不用多说。

《酒隐赋》很多人不一定知道。谪居黄州的苏轼,与江对岸山中的一位隐者相识,隐者是个酒徒,给自己的居所取名为"酒隐堂"。苏轼写了

---

① 注:根据丁永淮、梅大圣、张社教编注的《苏东坡黄州作品全编》(武汉出版社1996年8月出版)统计。

《酒隐赋（并叙）》，挂在酒隐堂的堂上：

  凤山之阳，有逸人焉，以酒自晦。久之，士大夫知其名，谓之酒隐君，目其居曰酒隐堂，从而歌咏者不可胜纪。隐者患其名之著也，于是投迹仕途，即以混世，官于合肥郡之舒城。尝与游，因与作赋，归书其堂云。
  世事悠悠，浮云聚沤。昔日浚壑，今为崇丘。眇万事于一瞬，孰能兼忘而独游？爰有达人，泛观天地。不择山林，而能避世。引壶觞以自娱，期隐身于一醉。且曰封侯万里，赐璧一双。从使秦帝，横令楚王。飞鸟已尽，弯弓不藏。至于血刃膏鼎，家夷族亡。与夫洗耳颍尾，食薇首阳。抱信秋溺，徇名立僵。臧谷之异，尚同归于亡羊。于是笑蹑糟丘，揖精立粕。酣羲皇之真味，反太初之至乐。烹混沌以调羹，竭沧溟而反爵。邀同归而无徒，每踌躇而自酌。若乃池边倒载，瓮下高眠。背后持锸，杖头挂钱。遇故人而腐胁，逢曲车而流涎。暂托物以排意，岂胸中而洞然。使其推虚破梦，则扰扰万绪起矣，乌足以名世而称贤者耶？

  在赋中，苏轼表达了对人生的看法，如前后赤壁赋一样，也表达了一种超脱的情怀。他认为世事纷乱，像浮云水泡，飘忽不定，不必计较。

3

  从物质条件来看，被贬到儋州的苏轼，生活得更为艰苦。
  宋哲宗绍圣四年（1097）六月，已经六十二岁的苏轼离开惠州，被贬谪到更加蛮荒的儋州，也就是现在的海南岛。他在这里的日子苦到什么程度呢？苏轼曾在写给朋友的信函中说："此间食无肉，病无药，居无室，出无友，冬无炭，夏无寒泉。"海南不仅无肉无药，米面之类的物资也需要从大陆海运进来，一旦遭遇暴风雨，海运停航，米面根本就买不到。有一次，家里断了粮，苏轼想到道家的辟谷法中，有一种方法叫龟息法，就是模仿乌龟呼吸，每天凌晨即起，引颈东望，吸纳初日光芒，与口水一同咽下。据说这种方法不仅可以让人感到不饥饿，还能使人强身健体。苏轼就打算和儿子苏过一起练习，以抵抗饥饿。

由此可见他们生活得多么艰苦。可是，令人感到奇怪的是，在这样的生活条件下，年迈的苏轼却写下了两篇非常有意思的饮食赋，一篇是《菜羹赋》，另一篇是《老饕赋》。

先看看《菜羹赋（并叙）》：

东坡先生卜居南山之下，服食器用，称家之有无。水陆之味，贫不能致，煮蔓菁、芦菔、苦荠而食之。其法不用醯酱，而有自然之味。盖易具而可常享，乃为之赋，辞曰：

嗟余生之褊迫，如脱兔其何因？殷诗肠之转雷，聊御饿而食陈。无刍豢以适口，荷邻蔬之见分。汲幽泉以揉濯，搏露叶与琼根。爨铏錡以膏油，泫融液而流津。

汤蒙蒙如松风，投糁豆而谐匀。覆陶瓯之穹崇，谢搅触之烦勤。屏醯酱之厚味，却椒桂之芳辛。水初耗而釜泣，火增壮而力均。滃嘈杂而麋溃，信净美而甘分。登盘盂而荐之，具匕箸而晨飧。助生肥于玉池，与吾鼎其齐珍。鄙易牙之效技，超傅说而策勋。沮彭尸之爽惑，调灶鬼之嫌嗔。嗟丘嫂其自隘，陋乐羊而匪人。先生心平而气和，故虽老而体胖。计余食之几何，固无患于长贫。忘口腹之为累，以不杀而成仁。窃比予于谁欤？葛天氏之遗民。

在叙中，苏轼说，自己因家境贫穷无法享用山珍海味，就煮蔓菁、荠菜来吃，不用醋和酱油，纯粹清煮，以保留原味。接着，在赋中大谈煮蔓菁、荠菜的过程，引经据典，风趣洒脱，硬是把煮食蔓菁、荠菜写出了烹饪山珍海味的感觉，令人垂涎三尺。捧读这样的文字，我们分明可以看到一位穷且益坚、乐天知命，而且自带幽默的老食客形象。

更有趣的是这篇《老饕赋》：

庖丁鼓刀，易牙烹熬。水欲新而釜欲洁，火恶陈（江右久不改火，火色皆青）而薪恶劳。九蒸暴而日燥，百上下而汤鏖。尝项上之一脔，嚼霜前之两螯。烂樱珠之煎蜜，滃杏酪之蒸羔。蛤半熟而含酒，蟹微生而带糟。盖聚物之夭美，以养吾之老饕。婉彼姬姜，颜如李桃。弹湘妃之玉瑟，鼓帝子之云璈。命仙人之萼绿华，舞古曲之郁轮袍。引南海之玻黎，酌凉州之葡萄。愿先生之著寿，分余沥于两髦。候红潮于玉颊，惊暖响于檀槽。忽累珠之妙唱，抽独茧之长缲（sāo）。闵手倦而少休，疑吻燥而当膏。倒一缸之雪乳，列百柂（lí）之琼艘。各眼涊于秋水，咸骨醉于春醪（láo）。美人告去已而云散，先生方兀然而禅逃。响松风于蟹眼，浮雪花于兔毫。先生一笑而起，渺海阔而天高。

据《吕氏春秋》《左传》等古书记载，饕餮系缙云氏之子，是一种神秘怪兽，《山海经》对其形象有这样的描述：羊身，眼睛在腋下，虎齿人爪，有一个大头和一个大嘴，十分贪吃，见到什么就吃什么，由于吃得太多，最后被撑死。所以，老饕就是吃货的意思。

在赋中，苏轼历数各种美食，俨然一个美食家。他说："尝项上之一脔，嚼霜前之两螯。烂樱珠之煎蜜，滃杏酪之蒸羔。蛤半熟而含酒，蟹微生而带糟。盖聚物之夭美，以养吾之老饕。"意思是，小猪颈后那小块最好的肉，霜冻前最肥美的蟹螯，樱桃煎成的蜜，杏仁浆蒸成的糕，[1]半熟时就着酒吃的蛤蜊，和着酒糟蒸螃蟹，这些美食都是我这个老食客所喜欢的。

然而，这些美食都是苏轼真正在享用的吗？苏轼在赋的结尾写道："美人告去已而云散，先生方兀然而禅逃。响松风于蟹眼，浮雪花于兔毫。先生一笑而起，渺海阔而天高。"可见，这一切只是一场美梦而已。

原来，苏轼写得如此这般天花乱坠，不过是通过文学的方式在"画饼充饥"而已。

4

从密州到黄州再到儋州，苏轼的生活每况愈下；从《后杞菊赋》的故意叹穷，到《酒隐赋》的淡泊超脱，到《菜羹赋》的怡然自得，再到《老饕赋》的画饼充饥，我们似乎可以看到，苏轼的胸怀与其生活的境况仿佛构成了一种反比关系——生活越逼仄，他的心胸越宽广。而这，正是苏轼显得有趣、显得可爱、显得非凡的地方。

把苦日子过甜，其实不是文学，而是哲学。

---

[1] 注：一说为蒸熟的羊羔，见孙民编著的《东坡赋译注》（巴蜀书社1995年5月出版）。

05 作文之趣:妙手落笔"最"文章

继欧阳修之后,苏轼是宋代古文运动的领导者和实践者。他的散文现存 4946 篇,① 在内容和写作技巧上都有新探索。他写文章大多随意而为,灵感如泉,一泻千里。在《自评文》中,他给了自己这样一段评价:"吾文如万斛泉源,不择地而出,在平地,滔滔汩汩,虽一日千里无难,及其与山石曲折,随物赋形,而不可知也。所可知者,常行于所当行,常止于不可不止。"此话道出了苏轼散文的最主要特点,就是雄健恣肆。在苏轼的那个时代,他的文章常常被天下莘莘学子当作范文进行研究学习。

那么,作为文章大家,苏轼在写作散文方面又有哪些有趣的故事呢?我们不妨从他的"处女作"说起。

1

苏轼最早的一篇文章,大约是在他十三岁时完成的。

---

① 注:见郭红欣《苏轼作品量的时空分布》,载《中南民族大学学报》(人文社会科学版)2020 年第 1 期。

宋仁宗庆历七年（1047）五月，苏轼的祖父苏序去世，当时身在虔州游学的苏洵听到噩耗，赶紧起程返乡，三个月后回到眉州眉山，为苏序守孝。也就是从这个时候开始，苏洵从妻子程夫人的手中接管了对苏轼和苏辙的教育工作。苏洵与妻子程氏的教育方法略有不同，程夫人教子更像是清风拂柳，而苏洵则更像是雨打芭蕉。苏洵教子高压的意味更浓，他布置的功课每天都有非常具体的要求，必须按时完成。有一次，苏轼因为贪玩，在规定的时间里只读完了《春秋左氏传》的一半，因害怕被父亲苏洵责罚，他十分着急和惊慌。

正所谓：棍棒出孝子，严师出高徒。在苏洵的严格管教下，苏轼和苏辙兄弟俩的学习成绩日益精进。特别是苏轼，他的作文能力有了明显的提升。苏洵暗喜，有意要测试一下儿子的功底，便出了一个作文题目——《夏侯太初论》。这可不同于简单的"天对地，雨对风，大陆对长空"的对句训练，这明显是冲着要完成一篇历史论文的高标准去的。

夏侯太初，何许人也？他名玄，字太初，是三国时期魏国的重臣。此人胸有韬略，处事镇静。据说有一次，他靠着一根柱子写字，突然天空下起了雷阵雨，一道闪电击中了他靠着的柱子，还烧着了他的衣服，可是他面不改色心不跳，书写如故。当时，司马师担任大将军，篡政专权，朝臣敢怒不敢言，夏侯太初便与一帮人密谋除掉司马师，不料事情败露，司马师决定杀掉夏侯太初。临刑时，夏侯太初依旧面不改色，镇静如常。

对这样一位刚毅之人该怎样评说呢？少年苏轼有着自己的独立思考。他在自己的处女作中这样写道："人能碎千金之璧，不能无失声于破釜；能搏猛虎，不能无变色于蜂虿。"意思是说，勇敢的人可以像蔺相如那样拿着和氏璧同残暴的秦王硬杠，也可能因为瓦锅突然破裂而失声大叫；勇敢的人可以同猛虎搏斗，也可能在突然遇到毒蜂和蛇蝎时惨然失色。

苏轼小小年纪就能写下如此既工整又有辩证思想的"金句",这点着实令苏洵大喜过望,他禁不住对儿子的处女作大为赞赏。这次写作的成功,给了苏轼极大的鼓励,令他终生难忘。很多年后,他在写作《黠鼠赋》和《颜乐亭诗序》时,还把这两个"金句"写了进去。

这两个"金句"好就好在言语简洁整齐,比喻形象贴切,准确描绘出人们在有思想准备和没有思想准备时的情绪变化。这样的造句和思考,初次显露出少年苏轼的写作才能。

2

苏轼最初的成名作是哪篇文章呢?当然是《刑赏忠厚之至论》。

嘉祐元年(1056)八月,苏轼和苏辙在开封府考举人,首战告捷。这一战的成功等于具备了考进士的资格。按照规定,府试之后还要参加礼部考试以及由皇帝主持的殿试。四个月后,也就是嘉祐二年(1057)正月,苏轼和苏辙参加了由欧阳修担任主考官的礼部考试,考题是《刑赏忠厚之至论》。

这是一篇仅有六百多字的文章,但是苏轼却苦心经营,三易其稿。在文章中,苏轼对自己以仁治国的思想进行了充分阐述,他指出,为政者一方面要赏罚分明,他说:"有一善,从而赏之,又从而咏歌之嗟叹之;所以乐其始,而勉其终。有一不善,从而罚之,又从而哀矜惩创之;所以弃其旧,而开其新。"另一方面,也要立法严而责人宽,他说:"可以赏,可以无赏,赏之过乎仁;可以罚,可以无罚,罚之过乎义。过乎仁,不失为君子;过乎义,则流而入于忍人。"意思是说,可赏可不赏时,要赏;可罚可不罚时,不要罚,为什么呢?因为奖赏重了,不失为君子,而处罚重了,就过于残忍了。这是典型的儒家仁治思想。深受儒学教育的苏轼,怀有一颗忠厚仁爱之心。

这篇文章的第一读者，人们常常误以为是主考官欧阳修，其实不是。真正的第一读者，是这次考试的"详定官"梅尧臣。梅尧臣，字圣俞，世称宛陵先生，他有一首诗《陶者》很有名："陶尽门前土，屋上无片瓦。十指不沾泥，鳞鳞居大厦。"梅诗人真是慧眼识珠，作为第一阅卷老师，在众多考卷中，他一眼就发现了苏轼的《刑赏忠厚之至论》，并对其大为赞赏，激动之情就如同现在的高考阅卷老师发现了满分作文，于是梅尧臣立即将考卷呈送给主考官欧阳修。

欧阳修拿到卷子后，一口气读完了，他觉得此文旁征博引，见解独到，说理透辟，特别是行文质朴自然，笔力稳健，很有古文大家的风范。欧阳修十分惊喜，打算将此文评为第一名。当时实行的是"糊名制"，也就是说在卷子上看不到作者的名字。欧阳修有个惯性思维，认为这样好的文章，大概只有自己门下的弟子曾巩才写得出来，如果评为第一，恐怕有徇私之嫌，于是忍痛将这篇妙文列在了第二名。到手的第一名就这样飞走了，这是命运给苏轼开了一个小小的玩笑。

不过，这个小小的遗憾在不久之后的礼部复试中得到了弥补，苏轼最终以"春秋对义"获得了第一名。所谓"春秋对义"，就是回答《春秋》一书的问题。

《刑赏忠厚之至论》这篇考试作文让苏轼声名大噪。欧阳修甚至说："老夫当避路此人，放他出一头地。"这就是成语"出人头地"的来历。

3

苏轼曾经写过一篇极具"公报私仇"意味的文章，这就是《凌虚台记》。宋仁宗嘉祐六年（1061）十二月十四日，在仁宗皇帝主持的"贤良方正直言极谏"科考试中夺魁的苏轼，到达凤翔府担任签判。与他搭档的一把手是宋选。宋选温文尔雅，很注重与同僚的关系，尤其对苏轼很温厚，这让初来乍到的苏轼颇有"幸遇"之感。可是，一年后，宋选被罢了官，前来接替的是一位年事已高的老者。要说这老者，跟苏轼还颇有渊源。老者名叫陈希亮，字公弼，是四川眉州青神县人，与苏轼的夫人王弗是同乡，与苏家是世交，论辈分比苏洵还要长一辈。此公清瘦矮小，却刚劲严冷，语笑寡味，与宋选的性格完全不同。他对待僚属肃然严厉，毫无亲和感，对苏轼也毫不客气，在苏轼看来，这个人处处都在针对他。

苏轼是凤翔府签判，相当于地方政府的秘书长，同僚们觉得他是"贤良方正直言极谏"科出身，为了表示尊重，平时都称呼他为"苏贤良"。这在宋选主政的时候没什么，但是轮到陈希亮主政就不行了。有一次，陈希亮听见一个下属直呼苏轼"苏贤良"，大怒，斥责道："签判就是签判，有什么贤良不贤良的？！"还把那个下属打了板子，让苏轼尴尬不已。这还不算什么，最可气的是苏轼负责撰写的公文经常被陈希亮涂抹修改，并打回来重新誊抄，常常要反复多次。想想苏轼堂堂制科出身，哪经得起如此打脸？所以，这就导致了苏轼与陈希亮之间摩擦不断。发展到后来，陈希亮举办的一些集体性活动，苏轼都不参加。对此，陈希亮也不客气，马上奏请朝廷对苏轼给予处分，并且获得了朝廷的允许，对苏轼罚铜八斤。可以想象，当时苏轼的心中该有多么恼火。

在陈希亮办公的屋子后面有一个院子，种有花草，但还是显得有些空，陈希亮便命人在院子里筑起了一座高台，登台远眺，可见南山，视野广阔，陈希亮将其取名为"凌虚台"，还要求苏轼写一篇《凌虚台记》。年轻气盛的苏轼察觉到报复陈大人的机会终于来了。

怎么报复呢？一般人肯定会以为拒绝写作是最直接的。如果这样，那就不是苏轼了。苏轼毕竟不是一般人,他不仅没有拒绝,还欣然接受了任务,很快就拿出了一篇质量一流的《凌虚台记》。

在这篇文章中,苏轼说,事物兴衰无法预料,从前,这里野草丛生,霜露覆盖,野兽出没,哪能料到会有今天这样一座凌虚台?当年秦穆公的祈年橐泉、汉武帝的长杨五柞、隋朝的仁寿宫、唐朝的九成宫都宏伟奇丽,坚固而不可动摇,何止百倍于这样区区一座凌虚台?然而,几百年之后,人们再找寻它们,连破瓦断墙都不复存在,相比之下,这座凌虚台又会怎样呢?

这番关于历史兴废存亡的议论之后,苏轼在文章的结尾,写了这样一段话:"夫台犹不足恃以长久,而况于人事之得丧,忽往而忽来者欤!而或者欲以夸世而自足,则过矣。盖世有足恃者,而不在乎台之存亡也。"意思是说,一座高台尚且不足以长久依靠,更何况人世的得失,本就来去匆匆,岂不更难持久?如果有人想要以这座凌虚台夸耀于世而自我满足,那就错了!世上确实有足以依靠的东西,但是与一座台的存在与否没关系。——此番论说,可谓讽刺意味浓厚,显然是苏轼借机对陈希亮的一种报复。

好在陈希亮不是小人,他的心胸其实很宽广。他不是没有看出苏轼在文章中的讥讽之意,而是根本不在乎,于是决定一字不改,让人刻在石碑上。事后,这位苏轼的老上司感慨地说:"我对待苏洵像对待儿子一样亲,把苏轼当作自己的孙子,平时我之所以对他格外严厉,是担心他年少出名,容易自满,将来会摔跟头,就故意挫挫他的锐气,如今看来,他还真嫉恨我了呢。"

多年后,苏轼回忆起这段往事,述说自己当初"年少气盛,愚不更事,屡与公争议,至形于言色",表达了自己深深的后悔。

现在看来,当年的一场误会却催生了一篇流传千古的美文,倒不失为一段文坛佳话。

4

最能体现苏轼政治理念的一篇文章,是苏轼写于熙宁四年(1071)二月的《上神宗皇帝书》。关于这篇文章的诞生,还得从王安石推行的一项新政说起。

王安石的这项新政就是"改科举,兴学校"。他打算更改贡举法,废除明经等科,新设明法科,在进士考试中免试诗赋,专考经义论策等等。苏轼是明经制科出身,对这项改革自然极为反对,于是给神宗皇帝递交了一份《议学校贡举状》。神宗看了之后,觉得很有见地,马上召见了苏轼。这是一次令苏轼颇为愉快的君臣会。据说,神宗差一点就把苏轼安排到自己身边负责起居注,就是专门负责将皇帝日常言行记录在案的官儿,只是不幸被王安石阻止了。

这一次君臣会面让苏轼产生了一种感性的认识,觉得神宗皇帝是一个亲切的人,值得为其"直言极谏"。更为关键的是,自从王安石变法以来,苏轼看到了太多因变法而起的民生苦难,一种强烈的社会责任感迫使他必须站出来,为民发声,大胆地说出百姓的艰难和困穷。在这种心态之下,就直接催生了《上神宗皇帝书》。

熙宁四年(1071)二月的一个无月之夜,寒气逼人,万籁俱寂,苏轼的内心却像一团火,怎么也平复不下来,他点亮油灯,铺纸握笔,饱蘸浓墨,奋笔疾书,一气呵成,写好了一篇长达3400多字的大文章。这就是《上神宗皇帝书》。

苏轼一直都在发表意见,表达对新法的不满,但是这一次不同。他在这篇长文中,充分发挥了自己在写文章方面的优势,逐条对新法进行批驳,第一次系统而全面地阐述了自己对新法的否定意见。他列举了许多条充分的理由来说明财政改革的不必要，说明改革会对社会秩序带来的灾难性破坏。从字里行间中，我们明显可以感觉到一颗忧国忧民的赤诚之心在跳动。

神宗读后，不由得也悚然动容。可是，变法刚刚启动，况且财政改革已经明显见效，所以他觉得不应该因为一个从六品小官的谏言，就将变法半途而废。他决定做一个有雄才大略的皇帝。这就注定了苏轼这篇呕心沥血的赤诚之作，最终只能落得个被皇帝束之高阁的下场。

不过这倒也不是一件坏事，毕竟苏轼这样明目张胆跟朝廷大政方针对着干的行为没有引起皇帝反感。这时的王安石也没有把苏轼列为政治对手，王安石认为苏轼只是一介书生，他的文章和言论大多为书生的空论，没有一句值得采用。应该说，这样的结果是苏轼的不幸，也是他的幸运。

5

身陷人生低谷的苏轼，也曾写过一篇极具神秘色彩的文章《子姑神记》。

宋神宗元丰三年（1080）二月一日，被"乌台诗案"惊吓得不轻的苏轼，在长子苏迈的陪伴下，抵达贬所黄州，开始了四年又四个月的谪居生活。几个月以前，他还是湖州知州，还是地方一把手，突然之间，他遭人构陷，被捕下狱。130天的牢狱之灾，给他的身心以巨大打击，官职也被贬，现在他只是一个小小的"黄州团练副使"，而且还"不得签书公事"。他没有权，没有收入，也没有到处乱跑的自由。朝廷下发的处罚文书里说得很明确："本州安置"，也就是说，他的活动范围仅限于黄州府的地界。

这是苏轼人生中摔的第一个大跟头，这个跟头摔得他措手不及，他不知道该如何面对未来的生活。初到黄州的那段时间，他白天睡觉，晚上才一个人跑到定惠院外面去散散步，有时也买来一点劣质的酒，独自啜饮。他不敢喝醉，害怕醉后会乱说话，引来祸患。他的一首《卜算子》最能代表他此时的心绪：

缺月挂疏桐，漏断人初静。谁见幽人独往来？缥缈孤鸿影。

惊起却回头，有恨无人省。拣尽寒枝不肯栖，寂寞沙洲冷。

他就是词中的那只孤鸿，惶惑而孤独的惊弓之鸟。

心理学研究表明，一个人突然遭遇不幸时，往往会产生"命运弄人"之感，相信冥冥中有一种超自然力量的存在，进而迷信"鬼神"之说。初到黄州的苏轼就是如此，特别喜欢谈神说鬼。

当时，在荆楚之地流行着一项迷信活动，就是子姑神占卜。一天，苏轼新交的一个朋友潘丙告诉他有神降临在本州的一郭姓人家家里，在苏轼还未到黄州之前的正月十五，神就预测到"苏公将至"，苏轼一到黄州，神就走了。第二年正月十五，潘丙又来说："神复降于郭氏。"于是，苏轼就前往一探究竟，到了那里，苏轼果然看见了一位"女神"，她以草木为衣，由童子扶着，手拿一根筷子画字。女神说："我是寿阳何媚，字丽卿，自幼读书习文，后嫁给了戏子。唐代垂拱年间，寿阳刺史李景杀了我的丈夫，将我纳为小妾。不料，正月十五的夜晚，李景的大娘子派人将我杀死在茅厕中。后来，幸得老天为我申冤，封我为'子姑神'。"苏轼对子姑神的这番说辞深信不疑。

子姑神随后说道："苏公请稍留步，我来为您作诗并且跳支舞。"接着，她当场献诗数十首，每首都构思巧妙。苏轼听了，更加觉得神奇，就向她询问神仙鬼佛变化的原理。子姑神逐一解答，很多答案都让苏轼深感意外。这时，有人弹奏起《凉州曲》，子姑神应曲起舞。曲终，子姑神拜请苏轼为她撰写一篇文章。

苏轼可能没有料到子姑神居然会让自己为她撰写文章，感到欣喜万分，于是就欣然写了一篇文章。在文中，他饶有兴味地记叙了这次堪称神奇的见闻。这篇文章就是《子姑神记》。

其实，《子姑神记》所讲的故事未必是真，很可能只是苏轼创作的一篇轶事小说。文中的主人公子姑神，是一位知书达理、能歌善舞、富有人情味的女神。她虽受害遭辱，却忍辱负重，从而感动了天帝。

苏轼之所以写《子姑神记》，或许与他贬谪黄州的处境和心中的期望有关。写女神，也许就是写他内心深处的自己。

6

妙手落笔最文章，从苏轼最早的一篇处女作，到他最具神秘色彩的轶事小说，我们可以清楚地看出，苏轼的散文取材广泛，率真自然，有料、有理、有趣，充分体现了苏轼作为一个文章大家的风范。

苏轼的文章本身的审美意味已经摆在那里，不必多说，反倒是这些文章背后的故事，其实同样具有丰富的审美意味，它能给我们带来更多有趣的体验和联想。如果说文章里的苏轼多少还给人戴着面具的感觉，那么，文章背后的苏轼，则是更加真实没有伪装的苏轼。两个苏轼，哪一个更加可爱，则是见仁见智。

我们既要读苏轼的文章，也要了解文章背后的故事，只有二者兼顾，我们才能真正走进苏学士的世界里。

06 书画之趣：出新意于法度之中

在中国传统文化里，书画本是一家。很多中国画，整体来看，是画。分开来看，其实就是书法。苏轼是书法家，也是画家，而且还是一流水平的大家。就书法而言，他的《寒食帖》被誉为"天下第三行书"；就绘画而言，他开创了文人画的先河，一幅《枯木怪石图》堪称"出新意于法度之中"的经典之作。我们不妨从这一帖一图开始，走进苏轼的书画人生。

1

1923年9月1日，日本关东地区发生了7.9级强震，东京、神奈川、千叶、静冈、山梨等地受灾严重，15万人丧生，200多万人无家可归，财产损失高达65亿日元。幸运的是，在这次震灾中，一件来自中国的稀世珍宝被抢救了出来。抢救珍宝的人叫菊池惺堂，是日本著名收藏家。那天地震发生后，菊池家发生了火灾，眼看自己多年所藏的古代名人字画将遭受灭顶之灾，菊池惺堂冒着生命危险，冲进烈火中，将一件稀世珍宝抢救了出来。这件珍宝是他前一年从中国收藏家颜韵伯手中高价购得的。

1945年8月15日，日本宣布无条件投降。时任中国国民政府外交部部长的王世杰以重金回购了这件宝贝，并将它珍藏于故宫博物院。这件辗转于中日之间，险些毁于一炬的稀世珍宝，就是被誉为"天下第三行书"的《黄州寒食诗帖》，简称《寒食帖》。

其实，《寒食帖》只是苏轼的一纸草稿。

宋神宗元丰五年（1082），苏轼谪居黄州进入第三个年头，此时的苏轼已经学会了调适自己的心情。不过，这年的寒食节那天，天空下起了细雨，那种阴冷潮湿的感觉，很容易让人情绪低落。苏轼看着自家简陋的房屋，想到自己被贬的遭遇，不禁心生感慨，有了作诗的冲动，便铺纸磨墨，提笔写下了《寒食雨》二首。

其一

自我来黄州，已过三寒食，年年欲惜春，春去不容惜。今年又苦雨，两月秋萧瑟。卧闻海棠花，泥污燕支雪。暗中偷负去，夜半真有力。何殊病少年，病起须已白。

其二

春江欲入户，雨势来不已。小屋如渔舟，蒙蒙水云里。空庖煮寒菜，破灶烧湿苇。那知是寒食，但见乌衔纸。君门深九重，坟墓在万里。也拟哭途穷，死灰吹不起。

寒食节在清明节前一两天。据记载，春秋时期，晋国公子重耳在外流亡十九年，大臣介子推始终追随左右，不离不弃，甚至还曾将自己大腿上的肉割下来给重耳充饥。重耳大受感动，许诺有朝一日自己做了君主，一定好好报答介子推。后来，重耳回到晋国，成功夺权，成为晋文公，并打算奖赏介子推。不料，介子推不愿受赏，他带着母亲跑到绵山隐居了起来。晋文公为了逼迫介子推出山相见，采纳下属出的馊主意，下令烧山。没想到，介子推的脾气非常倔，坚决不出山，最终被烧死在山上。晋文公追悔莫及，十分悲伤，下令为介子推修祠立庙，并将介子推遇难的那天定为"寒食节"，规定每年的这一天禁火寒食，以寄哀思。所以，寒食节其实是一个祭日，是伤感的日子，难怪已经变得豁达乐观的苏轼，也会在这个时节写下《寒食雨》这样阴冷悲戚的诗句。

如果这两首诗仅仅表达了苏轼的情绪低落，那它们很可能会随着时光的流逝而淹没在历史的长河里，毕竟这两首诗流露出来的负面情绪与苏轼乐观豁达的正面人设相差太大。九百多年来，人们之所以对这两首诗作印象深刻，是因为当年苏轼手书它们的草稿一直被人们收藏着，欣赏着，临摹着。如同颜真卿的《祭侄文稿》一样，这件《寒食帖》是即兴随手写就，所以上面没有苏轼正式的落款和印章。

自《寒食帖》诞生以来，历代鉴赏家对它推崇备至，都称之为"旷世神品"。南宋初年，张演说："老仙（指苏轼）文笔高妙，灿若霄汉云霞之丽，山谷（指黄庭坚）又发扬蹈厉之，可谓绝代之珍矣。"明代书画家董其昌说："余生平见东坡先生真迹不下三十余卷，必以此为甲观。"到了清代，《寒食帖》被皇家收藏，乾隆十三年（1748）四月初八日，乾隆皇帝题跋道："东坡书豪宕秀逸，为颜、杨后一人。此卷乃谪黄州日所书，后有山谷跋，倾倒至极，所谓无意于佳乃佳……"不仅如此，他还在卷首题写了"雪堂余韵"四字。

那么，苏轼当年这份信笔而就的草稿究竟好在哪里呢？

《寒食帖》带给人最深的感受是彰显动势，洋溢着起伏的情绪，其运笔、章法与诗意达到了完美契合。它最亮眼的地方，就是苏轼故意把方方正正的汉字进行变形，形成一种宽扁的独特风格。仔细端详《寒食帖》，就会发现苏轼的字体基本是宽扁的，整体上左低右高、左舒右密，点画多丰腴肥满，别有韵味。所以，后世将《寒食帖》与东晋王羲之的《兰亭序》、唐代颜真卿的《祭侄文稿》合称为"天下三大行书"，或单称《寒食帖》为"天下第三行书"。

2

在书法史上，苏轼的《寒食帖》是一件标志性作品，它开启了宋代"尚意"的书风。

唐朝时期，"尚法"的书风盛行，到宋代初年仍没有创新，书坛上还没有一位书法家能够引领时代风气。欧阳修就曾感叹道："书之盛莫盛于唐，书之废莫废于今。"这是感叹，也是呼唤。就在欧阳修发出感叹之后不久，书坛的局面就发生了改变。而这个改变，是因为苏轼的出现。

宋仁宗嘉祐六年（1061），苏轼和苏辙在制科考试中脱颖而出，昂首走进北宋京城文化圈，成为令人瞩目的文化明星。苏轼的文稿曾被人们当作范文争相传阅，他的书法也被人们所熟悉。

苏轼的书法博采众长，又推陈出新。年少时，他主要临摹王羲之、王献之的作品，后来学习借鉴唐代褚遂良、徐浩，中年学习唐代颜真卿、五代杨凝式。这个时期，他的书法作品笔力苍劲，逸气横霄，已经是一流水平。但是，苏轼没有就此止步，他有更高的艺术追求。在全面学习前辈大师的书法后，他开始另辟蹊径，开创性地提出了书法"尚意"的口号。

苏轼被后世誉为"宋四家"（苏轼、黄庭坚、米芾、蔡襄）之首，最重要的原因就是他倡导了"尚意"书风。所谓"尚意",就是在创作书法作品的时候,书法家要将自己的所见、所闻、所感全部熔铸于创作当中。苏轼在《论书》中指出:"书必有神、气、骨、肉、血,五者缺一,不成为书也。"在他看来,一幅好的书法作品,最重要的不是字体本身的形态,而是那些字在被书写时的形态变化所表现出的书法家的精神面貌。也就是说,如果鉴赏者能够通过一件书法作品大致窥见书写者的喜怒哀乐,那么这件作品才算是成功的。

《寒食帖》正好"神、气、骨、肉、血"五者齐全,是充分体现"尚意"书风的经典之作。从其布局疏密和线条粗细中,我们可以体会到苏轼当时情绪的起伏变化,而这种变化绝非为变而变,它是与诗句的情绪表达高度契合的。

3

作为"尚意"书风的先行者,苏轼的影响力当然是巨大的。在他的影响下,北宋书坛一改过去欧阳修所慨叹的没有大师的尴尬局面。比如,在苏轼的学生辈当中,就出现了两位一流的书法大师,一个是黄庭坚,一个是米芾。

黄庭坚,字鲁直,号山谷道人,洪州分宁(今江西修水)人,与张耒、秦观、晁补之并称为"苏门四学士"。他最重要的成就是开创了江西诗派,他的书法也是一绝,笔法瘦劲,纵横奇倔,在"宋四家"中位居第二。

苏轼和黄庭坚在一起的时候,除了谈论诗词,就是切磋书法。根据宋代曾敏行《独醒杂志》卷三记载,有一次,苏轼对黄庭坚的书法评价道:"鲁直啊,近来你的字虽清劲,但是笔势有时太瘦,就像是树梢挂蛇一样。"

黄庭坚反应很快，马上回嘴道："您的字我当然不敢妄加评论，不过有时候也觉得有些扁浅，很像石头压着的蛤蟆。"说着，两人相视大笑，彼此都认为对方点出了自己书法的不足。其实，他们所说的不足，恰恰是他们各自的特点。苏轼的字肥扁，黄庭坚的字瘦长且多有波折，用"石压蛤蟆"和"树梢挂蛇"来形容，形象而有趣。

米芾，字元章，号襄阳漫士、海岳外史、鹿门居士。他是个非常有意思的人，个性怪异，举止癫狂，有一次，他遇见了一块形状如人的巨石，连忙作揖称石为"兄"，因此人称其为"米颠"，也就是"米疯子"。米芾是书画家、鉴定家、收藏家，书法成就极高，在"宋四家"中排第三。其书体潇洒奔放，又严于法度。米芾比苏轼小14岁，从某种程度上讲，苏轼应该算是米芾的"博士生导师"，为什么这么说呢？

宋神宗元丰五年（1082）三月，经苏轼的好友马梦得的介绍，31岁的米芾慕名到黄州拜见苏轼。当时，米芾还是个默默无闻的晚生后辈，而苏轼是早就名满天下的文学大师。但是，苏轼一见到米芾，就喜欢上了他，尤其欣赏他不凡的才华，于是就将米芾留在雪堂住了下来，与他共同讨论书画艺术和诗道。在此之前，米芾研习的一直是唐代颜、柳、欧、褚等人的楷书，虽然打下了坚实的基本功，但是距离达到书法大师的水平还相当遥远。如果没有与苏轼的这次见面切磋，米芾很可能会一直原地踏步，难以长进。幸运的是，他遇到了苏轼，并且真正把苏轼的意见和建议都听了进去，并将理论转化为实际行动，最终成就了他在书坛上的崇高地位。

那么，苏轼对米芾说了什么呢？

在一次长谈中，苏轼诚恳地劝告米芾要学习晋人。这就像在黑暗中摸索的人，有幸碰见有人提灯指路。米芾顿时眼前一亮，从此潜心研习魏晋人的书法作品，进步神速。他寻访临摹了大量晋人的法帖，甚至还把书斋取名为"宝晋斋"。从此之后,米芾真正走上了书法的康庄大道,大有青出于蓝而胜于蓝的势头。

苏轼与米芾再次相见是在20年后,那时苏轼已经64岁了,米芾也已经50岁了。据《京口耆旧》记载:"建中改元(徽宗建中靖国元年,即1101年),坡归自岭外,与客游金山。有请坡题名者。坡云:'有元章在'。米云:'某尝北面端明,某不敢。'坡抚其背云:'今则青出于蓝矣'。元章徐曰:'端明真知我者也'。自尔益自负矣。"

当时,饱经磨难的苏轼从岭外归来,有人请苏轼题词。苏轼指了指一旁的米芾,对那人说:"有元章在。"米芾摆手谦虚道:"您曾是我崇拜的偶像,现在我实在不敢班门弄斧啊。"苏轼拍着米芾的肩膀说:"现在是青出于蓝而胜于蓝了。"米芾这才慢慢地说:"看来您是真的懂我啊!"

听得出来,这个时候的米芾认为自己的书法水平已经超过了苏轼这位"博士生导师"。

4

说到"青出于蓝而胜于蓝",苏轼也曾有过超越师父的经历。被超越的师父叫文同,一位画竹子的大师。

文同,字与可,梓州梓潼郡永泰县(今四川盐亭)人。他是苏轼的表兄,年长苏轼18岁。据苏轼《再祭文与可文》记载,文同最先认识的是苏轼的父亲苏洵和弟弟苏辙。那是在宋仁宗嘉祐五年(1060),时近八月,苏洵在京担任秘书省校书郎,文同是秘阁校理,因此两人有工作上的交集。苏轼和文同当时虽同在京城,但是不知何故,他们两人并没有见过面,倒是苏辙与文同有些交往。第二年,苏轼授大理评事、签书凤翔府节度判官,离开了京城,文同也离开京城回到蜀地为父守丧。治平元年(1064)五月,文同丁忧期满,在奔赴汉州任职途中,经过凤翔,这才第一次与苏轼有了面对面交流切磋的机会。两人一见如故,谈论终日。苏轼赞叹文同"志气方刚,谈词如云",文同也觉得与苏轼一见同心。这一年,苏轼29岁,文同47岁。

熙宁八年(1075)秋冬,文同任洋州知州,对当地园林的池湖盛景很有感觉,一口气写了三十首诗,并寄给了时任密州知州的苏轼。苏轼一一次韵唱和,这个行为相当于现代人在微博读帖后,点赞+跟帖+转发。

在洋州有个筼筜谷,长满了竹子,文同便在那里修了一座亭子,以便观察漫谷的翠竹。文同观察竹子可谓到了痴迷的程度,不管春夏秋冬,他常常在竹林里钻来钻去,时而用手指量一量竹节的长短,时而记一记竹叶的疏密。有一次,狂风大作,电闪雷鸣,一场暴雨即将来临,文同急忙抓过一顶草帽扣在头上,直奔竹林而去。大雨倾盆而下,文同浑身都被淋透了,但他全然不顾,心思全用在了竹子身上。这一次,他终于把竹子经历风雨时的形态变化完全搞清楚了。由于对竹子进行过深入细致的观察,所以文同画竹根本不用画草图,只要提笔点画,无不逼真传神。晁补之曾称赞他:"文同画竹,早已胸有成竹了。"

苏轼也喜欢画竹。教他画竹的老师有两个,一个是王维,苏轼曾从凤翔开元寺里王维的壁画中得到过画竹的启示;另一个就是文同,主要是在画竹的技法上,苏轼得到了文同的真传。这一点,苏轼在《文与可画筼筜谷偃竹记》中说得很清楚:

竹之始生,一寸之萌耳,而节叶具焉。自蜩腹蛇蚹以至于剑拔十寻者,生而有之也。今画者乃节节而为之,叶叶而累之,岂复有竹乎?故画竹必先得成竹于胸中,执笔熟视,乃见其所欲画者,急起从之,振笔直遂,以追其所见，如兔起鹘落，少纵则逝矣。与可之教予如此。

文同传授给苏轼的画竹"秘籍"就是：在画竹之前，必须做到成竹在胸。文同画竹，以淡墨画叶青，浓墨画叶面，不但苏轼和米芾等人学习运用此法，元代的一批画家也坚持使用，形成了"文湖州派"。苏轼可谓此画派的"嫡传弟子"，他曾坦然说过："吾墨竹尽得与可法。"当年他在徐州当知州时，文同看过他画的竹子，看完后就觉得苏轼得到了自己的真传，不禁感叹道："吾墨竹一派在徐州。"

文同不仅自己在画上题诗，还常常在画好后故意留出空白，特地嘱咐前来求画的人："勿使他人书字，须待苏子瞻来，令作诗其侧。"由此可见，文同对苏轼的认可程度极高。

事实上，后世有人认为，苏轼的墨竹画已经青出于蓝而胜于蓝了。明末清初的收藏家孙承泽在《庚子消夏记》中就曾说过："笔酣墨饱，飞舞跌宕，虽派出湖州（文同）而神韵魄力过之矣。"

这话是有道理的。文同在筼筜谷筑亭看竹，其本质就是注重实物写生，苏轼学得此法后又有创新，走"尚意"路线，于月下取运画竹。据说，文同曾为之大惊。明清之际的画家恽南田曾对苏轼所画的墨竹赞叹道："盖得其意者，全乎天矣，不能复过矣！"意思是说，苏轼的墨竹根本不是画的，是天意所成，所以根本没人能超过得了。

可惜的是，历经九百多年的沧桑岁月，苏轼如今存世的墨竹画实在是太少了，人们只能在他那仅存的几幅作品上过过眼瘾。

5

公元1961年的一天,时任人民日报社社长的邓拓来到北京荣宝斋,一眼就看中了一幅字画,画末题有"轼为莘老作"五字,画上还有宋、元、明各代26位名人的题跋,这幅字画极有可能是苏轼的真迹。经打听,邓拓得知此画为原北洋军阀吴佩孚的秘书长白坚的藏品,便打算买下来。为了慎重起见,邓拓请来著名画家周怀民、黄胄、杨仁恺共同鉴览,最后认定这幅作品确为苏轼的传世真迹。邓拓没有再犹豫,以《燕山夜话》所得稿费,加上变卖手中24幅古画的费用,凑足了5000元购得这幅"轼为莘老作"古画。

这幅古画就是苏轼赫赫有名的墨竹画精品《潇湘竹石图》。

画末落款中的"莘老",即孙觉,字莘老,高邮(今属江苏)人,也是很有水平的一个人,与苏轼同一年进士及第,给神宗皇帝修过起居注。孙觉曾经跟苏轼过从甚密,在政治上观点相同,思想也非常接近。《东坡集》里,多有投赠莘老之作。孙觉有个比他名气大得多的女婿,就是黄庭坚;还有个名气比他大的学生,就是秦观。元丰八年(1085),苏轼结束了谪居黄州的生活,画了一幅《潇湘竹石图》赠给孙觉,报答他一直以来所给予的关照之情。

《潇湘竹石图》采用长卷构图,展现了潇、湘二水合流处洞庭湖景的苍茫,烟水远山,瘦竹风雨,极富层次感,是一件不可多得的艺术精品,邓拓肯花大价钱进行收藏,是在情理之中的。

现今存世的苏轼画作,除了这幅《潇湘竹石图》,还有两幅,一幅是《枯木怪石图》,另一幅是《雨竹图》。《枯木怪石图》又名《木石图》,画面右侧有枯树从怪石边斜出,树姿虬曲,如扭曲挣扎的身躯,显示出无穷活力，气势雄强，很有运动感。《雨竹图》上有苏轼的自题跋："元丰三年（1080）六月轼为子明秘校。"除此之外，还有其他15位历史名家的题跋。

这三幅传世珍品是今天的人们了解苏轼所作的文人画的两大特色——兴寄所托和游戏笔墨——的窗口。

6

苏轼的很多字画作品都是在微醺之中完成的。这跟李白写诗之前喜欢饮酒的癖好有些类似。

元丰七年（1084）七月，已经离开黄州三个月的苏轼带领家人抵达当涂，拜访了一位名叫郭祥正的诗友。这天，苏轼在郭祥正的醉吟庵里喝酒，几杯下肚，酒量不大的苏轼就有些醉了，他兴致盎然，让人赶紧拿来笔墨纸砚，乘兴在郭家的髹漆屏风上挥毫泼墨，一气呵成，画了一幅竹石图。郭祥正看到了苏轼所作的竹石图后大喜过望，为表达内心的感激之情，他立即将家中珍藏的两把古铜剑回赠给苏轼。苏轼一看，便又作了一首诗以示回谢。

在诗中，苏轼把自己酒后"失态"——非得"挥洒云烟"不可——的原因，做了解释：

> 空肠得酒芒角出，肝肺槎牙生竹石。
> 森然欲作不可回，吐向君家雪色壁。
> 平生好诗仍好画，书墙涴壁长遭骂。
> 不嗔不骂喜有余，世间谁复如君者。
> 一双铜剑秋水光，两首新诗争剑铓。
> 剑在床头诗在手，不知谁作蛟龙吼。

苏轼这件酒后即兴的作品给朋友们留下了深刻的印象。苏轼去世后的崇宁元年（1102），在荆南的黄庭坚写了一首悼念诗，其中两句是："郭家鬃屏见生竹，惜哉不见人如玉。"李端叔曾经看过这幅醉画，对苏轼当时作画的心境了解得更为透彻，于是用苏轼的原韵作了另外一首诗：

> 大枝凭陵力争出，小干萦纡穿瘦石。
> 一杯未釂笔已濡，此理分明来面壁。
> 我尝傍观不见画，只见佛祖遭呵骂。
> 人知见画不见人，纷纷岂是知公者。
> 汗流几案惨无光，忽然到眼如锋铓。
> 急将两耳掩双手，河海振动电电吼。

借着痛快的笔墨，宣泄胸中的块垒。这才是苏轼喜欢酒后创作的真正原因。

7

苏轼的书画人生无疑是精彩的，是趣味盎然的。他那灵动的线条，不是笔画，是跌宕的情思；他那浓淡的笔墨，不是物像，是心中的寄托。在他的书画世界里，我们能感受他率真的天性，体会他丰沛的情感，接触他超群的才华。

正如当代美学家李泽厚在《美的历程》一书中说的："苏轼在美学上追求的是一种质朴无华、平淡自然的情趣韵味与生活态度，反对矫揉造作和装饰雕琢，并把一切提升到透彻了悟的哲理高度。"

辑 二

生活大咖：被耽误的美食博主

长江绕郭知鱼美，好竹连山觉笋香。

——苏轼《初到黄州》

元丰三年（1080），谪居黄州的苏轼，每逢风和日丽都会独自到赤壁下的江滩上捡石头。那里有很多五颜六色的石头，温润如玉，有的还呈现出指纹般的细纹，非常漂亮可爱。有一次，苏轼一个人捡不过来，就用零食哄着附近一帮小孩帮着捡。孩子们的积极性很高，苏轼收获丰足，一共获得了二百九十八颗形状各异的石头，大者如枣栗，小者如芡实，其中有一颗石头最美，很像虎豹的头，口鼻眼清晰可见。苏轼开开心心地把石头带回家，放进古铜盆里，然后加入清水，石头顿时色彩斑斓，成了极具特色的摆件，苏轼称之为"怪石供"。

....

人品有高下之别，情趣有雅俗之分。品质高洁的人，其情趣往往高雅，他们可以在静水深流中体味宁谧，在草木枯荣时追忆流年，在鸟啭琴鸣处泛涌执念。禀自然之正气，体高雅之弘量。凡高雅之人，目之所见无不为有趣之景，耳之所闻无不为有趣之声，鼻之所嗅无不为有趣之气，口之所尝无不为有趣之味。

苏轼一生情趣高雅，是生活大师。他爱美食，爱收藏，爱音乐，爱花草竹木，都是捧出一颗真心，献出一份真情，能远观，绝不亵玩；能呵护，绝不毁损；能分享，绝不自匿。禅机空寂寞，雅趣赖招携。正因他的这份高雅，便凝聚了一帮志趣相投的朋友，也留下许多令人印象深刻的趣闻逸事。

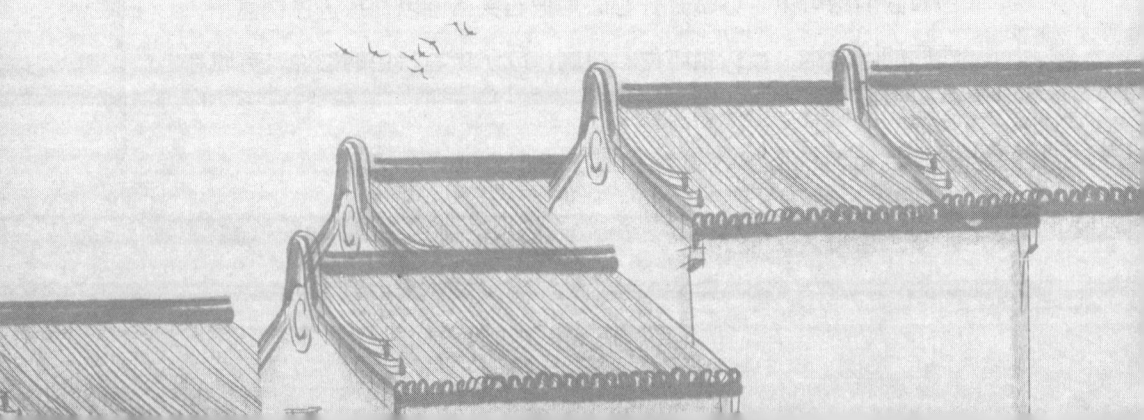

07 美食之趣：点"食"成"精"

> 烂樱珠之煎蜜，滃杏酪之蒸羔。
> 蛤半熟而含酒，蟹微生而带糟。
> 盖聚物之夭美，以养吾之老饕
> …………

这是苏轼《老饕赋》中的句子。在这篇赋中，苏轼自称"老饕"。是的，苏轼的确是一位地地道道的美食家，时至今日，很多地方都流传着苏轼与美食的故事，已经成为东坡文化的重要组成部分。

1

在四川青城山就流传着这样一个故事：北宋庆历七年（1047），有位名叫张俞的世外高人隐居在青城山，年轻的苏轼便去拜访这位老先生。两人谈得很投缘，张俞便留下苏轼小住了几日。山上的空气固然清新，但是吃的食物并不丰富，苏轼住到第三天，便觉口中寡淡，实在熬不住，就独自下山去"打牙祭"。

走到半山腰,苏轼看到一家小店,心中欢喜,赶紧进店。坐定后,便是点菜。究竟点什么菜呢?苏轼一抬头,看见店主正在夹猪肘子上的毛,就张口吟道:"撑蹄猪儿皱额方,脚软后腿溜溜光。庖丁解得两节去,葱花漫山满屋香。"这位店主在青城山经营多年,也算是见多识广、善解人意,很快就猜出了苏轼点的菜是肘子。

这时,店主的老母亲从内厨端出一砂锅清炖川芎,热气腾腾,香味浓郁。苏轼顿感一阵清爽,忙问:"这是什么味儿?如此好闻!"店主在一旁说:"这是清炖的川芎,具有通气补脾养神之效。青城山雾浓湿重,我们山里人多有风湿,吃了川芎就没事了。"

苏轼一听,心想这么好的东西,如果能与肘子炖在一起岂不更好?于是,对店家说出自己的想法。店家也觉得主意不错,赶紧付诸行动,把肘子和川芎同锅炖煮,炖好后,汤呈微褐色,香气四溢。苏轼迫不及待地尝了一口,不禁连连叫好。

从营养学角度看,这道川芎肘子虽然选材寻常,但确实是一道美味佳肴,对风寒、风热、气虚、血虚、头痛血瘀等,都具有预防和治疗作用。这道菜,完全称得上是被苏轼点"食(普通食材)"成"精(精致食品)"的,如今它不仅是都江堰民间的佳肴,也是各大宾馆饭店的招牌菜。

2

当然,以猪肉为食材的美食故事,流传最广的还得是"东坡肉"。

元丰三年(1080)正月,苏轼被贬至黄州。那时,黄州虽是南方蛮荒的下等州,却有着北方的某些习俗,苏轼说这里:"羊肉如北方,猪牛麂鹿如土，鱼蟹不论钱。"不过，这倒是给生活拮据的苏轼提供了更多买得起的食材。例如，黄州人瞧不起的猪肉，价钱非常便宜，苏轼就经常买来，变着花样做成美味佳肴，畅快地享用。

在民间有这样的传说，讲苏轼曾写过一首蛮有意思的打油诗："无竹令人俗，无肉使人瘦，不俗又不瘦，竹笋焖猪肉。"所谓"焖"，就是盖紧锅盖，用微火把锅中食材慢慢加热煮熟，从而使食材入味溢香。[1]除了"焖"，还有"红烧"。最经典的，莫过于苏轼所总结的那套红烧猪肉的独门方法。这方法写在他的《猪肉颂》里："净洗铛，少著水，柴头罨烟焰不起。待他自熟莫催他，火候足时他自美。"

现在，这道味美的"东坡肉"是黄州人招待贵客的必备佳肴。

也有一种说法，认为这个"东坡肉"是徐州"回赠肉"的翻版。熙宁十年（1077），苏轼到徐州任知州，适逢黄河决口，他身先士卒，带领百姓抢险抗灾，最终取得了胜利。于是，徐州百姓杀猪宰羊，慰劳抢险队。苏轼就让家人按四川老家的做法，把猪肉炖好，回赠给百姓。大家吃过后，都觉得肥而不腻，酥香味美，实在好吃。后来，人们称这道菜为"回赠肉"。民国初年出版的《大彭烹事录》里有一首诗："狂涛淫雨浸彭楼，昼夜辛劳苏知府。敬献三牲黎之意，东坡烹来回赠肉。"就是对回赠肉由来的记述。

不过，黄州人一般都不会相信他们最爱的"东坡肉"会与"回赠肉"有传承关系。

---

[1] 注：苏轼在杭州任通判时，曾与僧慧觉游绿筠轩，写有《于潜僧绿筠轩》诗："可使食无肉，不可居无竹。无肉令人瘦，无竹令人俗。人瘦尚可肥，俗士不可医。旁人笑此言，似高还似痴。若对此君仍大嚼，世间那有扬州鹤。"此民间传说可能源于此诗。

3

苏轼还有一个关于吃肉的故事,很有趣。

绍圣元年(1094),苏轼被贬到岭南惠州。自古岭南多瘴气,这里的生活条件比起黄州更加恶劣。苏轼最爱的侍妾王朝云就病死在惠州。但是,不管怎么苦的日子,苏轼总能以他自己的方式过出一番滋味来。

在惠州,苏轼不仅吃肉,而且吃的是羊肉,甚至还把吃羊肉的方法进行了大胆创新。吃羊肉,在我国具有悠久的历史。早在四千多年前,先民们就已经驯化了羊。在汉代以前,人们吃羊肉的方法主要有两种:一种是煮羊肉,另一种就是烤羊肉。然而,苏轼发明了第三种吃法,虽说也是烤,但烤的不是羊肉,而是羊脊骨。

苏轼在给苏辙的信里提到惠州商品匮乏,每天只宰杀一只羊。苏轼想吃羊肉,但是苦于自己的贬官身份,不好跟当地的权贵抢购这样的紧俏物资。于是他每隔三五日就私下去找杀羊的屠户,要一些别人不肯要的羊脊骨,因为他发现在那骨头之间,残留有一点羊肉。

把羊脊骨拿回家后,苏轼先将其煮熟,浇上酒,再加少许盐,然后放在火上烤,烤到微焦时,便可食用。该怎样吃呢?苏轼发明的吃法很简单,就是用牙签在羊脊骨间一点一点剔出碎肉,纳入口中。他说这样的吃法能够吃出海鲜的感觉和味道。

另外,相传苏轼有一个"吃羊肉的故事"更有意思。韩宗儒是苏轼的朋友,也爱吃羊肉,但他家里穷,买不起,他就把苏轼写给他的信函拿去换羊肉。苏轼的字很值钱,一次能换十几斤羊肉。为了能经常吃到羊肉,韩宗儒就不断给苏轼写信,以换得苏轼的回函。一来二去,次数多了,有人就到苏轼面前拆穿韩宗儒，把韩宗儒用苏轼的信函换取羊肉的事情告诉了他。苏轼听后不仅不生气，反而大笑。不久，韩宗儒又让人送来信，并等着要回信。苏轼就笑着说："你回去跟你家主人说，今天屠户休息，没有羊肉吃了。"

南宋建炎时，还有个顺口溜："苏文熟，吃羊肉；苏文生，吃菜羹。"意思是说，熟悉苏轼文章的人，能吃到羊肉；不熟悉苏轼文章的人，只能喝菜汤。

4

苏轼不愧为"老饕"，初到黄州时，他看到城外奔涌的长江水，看到群山上的竹林，冒出来的念头是："长江绕郭知鱼美，好竹连山觉笋香"，终究离不了一个吃字。

在那些艰难的谪居日子里，鱼和笋这两样很平常的食材也经常被苏轼"点化"为美味佳肴，尤其是鱼。他曾经对一种鱼羹汤的做法有过详细介绍：取新鲜鲫鱼或鲤鱼，宰杀切片，冷水下锅，加入适量盐，以菘菜心芼之，再加入葱白，不可搅动，煮到半熟时，加入生姜、萝卜汁和少许料酒，将要熟时，再加入橘子皮切成的丝儿，然后出锅。这道鱼羹，是苏轼的拿手菜，后来他回到京师，有朋友到府上做客，他便会露上两手。据说，这道鱼羹与现在江浙菜中的奶汁鲫鱼汤极为相似。

关于吃鱼，有这样一个小故事。话说有一天，苏轼突然来了兴致，决定亲自下厨做鱼，刚刚把鱼烧好，隔着窗户，他就看见黄庭坚来了。平日里，他俩是师生，也是好朋友，常在一起以斗嘴为乐。这次，苏轼知道黄庭坚是来蹭饭的，便打算捉弄一下他，于是忙把做好的鱼藏到碗橱的顶部。

黄庭坚进门就问:"苏老师,你的那个'苏'字怎么写?"苏轼没有摸清他的意图,如实回答:"'苏'者,草字头下,左鱼右禾。"黄庭坚又问:"这个鱼放到右边行吗?"苏轼说:"也行。"黄庭坚接着问:"那放上边行吗?"苏轼摇着头说:"哪有把鱼放上面的道理?"黄庭坚指着碗橱的顶部,笑道:"既然知晓这个道理,为何还把鱼放在那上面呢?"苏轼听罢,不禁哑然失笑,从碗橱上取下鱼来。那天,两人以鱼佐酒,美美地畅饮了一番。

杭州有"五柳鱼"的传说,跟这个故事大致相同,只不过把黄庭坚换成了佛印和尚,而且还添加了后续的故事。传说过了一些日子,佛印和尚请苏轼吃饭,照样蒸了一盘鱼,心想:你上次开我的玩笑,今天我也为难你一下。于是,他把鱼放在身边的磬里。然而被苏轼看在眼里,他一进门对佛印说:"我想了一句上联:向阳人家春长在,你能否对出下联?"佛印脱口而出:"这有何难?我对:积善人家庆有余。"苏轼哈哈大笑,说:"对呀,你磬里有鱼,还不快拿出来吃?"

虽然说这些传说故事大多是民间传闻,不是真实的历史,但也颇能反映出人民群众对苏轼这个历史人物的喜爱程度。而且,这些故事都表明了苏轼真实的性格特征:乐观豁达,给人可亲可爱之感。从苏轼的故事中,现代的食客们不仅有得吃,还有得听;不仅有得乐,还有得悟。

5

不管是吃肉,还是吃鱼,都少不了宰杀这道工序。苏轼爱吃肉食,但是很少亲自动手去干宰杀的活儿。这又是为什么呢?

原来,苏轼从小受他的母亲程老夫人的影响,决不在家里宰杀生物。

特别是经历"乌台诗案"以后,他觉得自己就如那"待宰之鸡",充满恐怖和痛苦,更是立下了严格规矩:不杀生物,甚至连朋友送来的螃蟹、蛤蜊之类,他都要投放到江水中。他明明知道蛤蜊投到江中极少有存活的可能,但是他还是寄希望于万一。在他看来,蛤蜊即使活不了,也比放在锅里煮着好。

苏轼的好朋友陈季常为了款待客人,经常会杀鸡宰鸭。有一次,苏轼亲眼看见了宰杀的血腥场面,不禁心生感慨,觉得为了口腹之欲而杀戮生命实在残忍。从那以后,苏轼与陈季常一见面,就再三强调,千万不要为他而"杀生"。

苏轼有好生之德,在他的《我哀篮中蛤》中表现得非常充分:

> 我哀篮中蛤,闭口护残汁;
> 又哀网中鱼,开口吐微湿。
> 刳肠彼交病,过分我何得;
> 相逢未寒温,相劝此最急。
> 不见卢怀慎,蒸壶似蒸鸭;
> 坐客皆忍笑,髡然发其幂。
> 不见王武子,每食刀几赤;
> 璘璘载蒸豚,中有人乳白。
> 卢公信寒陋,衰发得满帻;
> 武子虽豪华,未死神已泣。
> 先生万金璧,护此一蚁缺;
> 一年如一梦,百岁真过客。
> 君无废此篇,严诗编杜集。

苏轼还写过一篇《王翊救鹿》，把鹿"拟人化"，劝人不要杀生。他认为，人类不能为了口腹之欲而去杀害别的生物。

既然不杀生，那么，真想吃肉时又该怎么办？苏轼给出的办法是：只吃"自死物"。

6

也许，吃素食才是应对"不杀生"的根本方法。关于苏轼吃素食的故事，有一些也很有趣。

据宋代朱弁的《曲洧旧闻》卷六记载：苏轼曾对老朋友刘攽说："我和老弟子由当年准备参加制科考试时，每天吃的是三白饭，照样很香甜，世间美味不过如此。"刘攽好奇地问："何为三白饭？"苏轼答道："一撮盐，一碟生萝卜，一碗米饭，这就是'三白'嘛。"刘攽听了，大笑不止。

有一天，苏轼接到刘攽的请帖，邀他去吃皛饭。这种饭，苏轼没有听说过，便欣然赴约，心想刘攽博学多闻，他这皛饭定是稀珍之物。

苏轼兴致勃勃地来到刘攽家里。宾主落座后，刘攽吩咐上菜。苏轼瞪大眼睛看着，发现端上桌的菜，仅仅只有盐、萝卜和米饭。他这才恍然大悟——自己被刘攽捉弄了。

过了几天，刘攽也接到了苏轼的请帖，邀他去吃毳饭。刘攽知道苏轼肯定是想"报一箭之仇"，但出于好奇，他也很想知道毳饭到底是何物，便欣然赴约了。到了苏轼家里，刘攽落座后，苏轼却迟迟不吩咐上菜，只是陪着刘攽聊个不停。最终，刘攽饿得实在受不了，便问："你家的毳饭呢？"苏轼这才慢吞吞地说："盐也毛，萝卜也毛，米饭也毛，岂不是'毳'

饭？其实你一直在享用着啊。"刘攽先是一愣，继而捧腹大笑，说："我早就知道你是要报复的，但想不到会用这种方法。"原来，那时世俗读"无"为"冇"，而"冇"又与"毛"同音，所以苏轼开了这样一个玩笑。

当然，最后两人还是好好地吃了一顿，直到晚上才散去。

在黄州时，有一次，苏轼应邀到朋友刘唐年家做客。刘家拿出一种用煎米粉做成的糕饼招待他。苏轼拿起一块，放进嘴里嚼着，又香又脆，好吃得很。苏轼不禁问刘唐年："这饼叫什么？"刘唐年说："这东西也是刚做出来，还不知叫什么好呢。"苏轼说："既然如此，那就叫'为甚酥'吧。"过了几天，苏轼到潘大临家做客，喝到的酒有些酸，便笑着对潘大临说："莫不是酿醋时放错了水？"

这两次的做客经历一直在苏轼的心里记着，几天后，他带领全家去郊游，忽然想起刘唐年家那好吃的糕饼，便提笔写了一首诗，让小童仆拿着诗去刘家求取。他的诗写道：

野炊花间百物无，杖头惟挂一葫芦。
已饮潘子错着水，更觅君家为甚酥。

从此，"为甚酥"和"错着水"便成了好吃的糕饼和好喝的酸酒的代名词，让人们至今都念念不忘。

7

点"食"成"精"的苏轼，正是因为对饮食具有特殊的嗜好，所以才表现出巨大的创造力和极大的风趣，并留下大量关于食物的诗文，成为人们透视他那有趣灵魂的窗口。

比如"竹外桃花三两枝,春江水暖鸭先知。蒌蒿满地芦芽短,正是河豚欲上时。"这首诗不仅展现了美好的春光,也让我们知道苏轼是个爱吃河豚的人。再比如"罗浮山下四时春,卢橘杨梅次第新。日啖荔枝三百颗,不辞长作岭南人。"通过此诗,我们知道苏轼虽然被贬,却泊然无所蒂芥,乐观旷达。

苏轼写过一篇短文《节饮食说》,手书之后贴在墙上。文章写道:"东坡居士自今日以往,早晚饮食不过一爵一肉""有尊客盛馔则三之,可损不可增""有召我者,预以此告之,主人不从而过是,乃止"。大意是说,他平时吃饭,不过一荤一酒,自己请客或别人请吃饭,也不能超过三个肉菜,否则就不赴宴。苏轼如此克制,绝非造作,而是为了养生。他写道:"一曰安分以养福,二曰宽胃以养气,三曰省费以养财。"这是苏轼的自我警示、自我约束,也是对朋友的昭示,表明他绝不是一个奢侈无度、暴饮暴食的庸俗之辈。

在《答毕仲举书》里,苏轼这样说:"菜羹菽黍,差饥而食,其味与八珍等;而既饱之余,刍豢满前,惟恐其不持去也。美恶在我,何与于物?"意思是说对某种食物的喜爱与否,其实跟食材的关系不大,关键取决于自我的心境。这话道出了美食的本质,同时也让我们真正明白了苏轼这位"老饕"对待食物的真实看法。

有人说:美食是身体的歌曲,而歌曲是心灵的美食。热爱美食的苏轼无疑是一个有趣的人,是一个接地气的人,是一个可爱的人。美食之于他,绝不仅仅用于填饱肚子,满足口腹之欲,很多时候,美食是他艰苦生活中的一种自我排解、自我慰藉、自我治愈。于他而言,美食与其说是一种物质的需求,不如说是一种精神的需要。

08 文房之趣：能讲究的尽量不将就

大厨要好灶，大兵要好炮，正所谓：工欲善其事，必先利其器。作为文人，特别是顶级文人，他们在写写画画时，同样需要称手的工具，也就是笔、墨、纸、砚这些"文房四宝"。对于他们来说，没有好的文房四宝，就如同断手断脚。苏轼对文房四宝有着特别的情趣，从收藏到品鉴再到使用，他都很用心、用力，甚至用情，追求品质和品位，能讲究的，他尽量不将就，不仅要那个劲儿，还要那个味儿，更要那个范儿。

1

苏轼爱笔，因为笔就是他的手，他也爱搜集与笔有关的故事。他曾在《书石晋笔仙》中介绍过一位制笔工匠，这位工匠简直称得上神乎其神："石晋之末，汝州有一士，不知姓名，每夜作笔十管付其家。至晓，阖户而出，面街凿壁，贯以竹筒，如引水者。有人置三十钱，则以笔跃出。以势力取之，莫得也。笔尽，则取钱携一壶买酒吟啸自若，率尝如此。凡三十载，忽去，不知所在。又数十年，复有见之者，颜貌如故，人谓之笔仙。"

苏轼平生最钟情的笔，是诸葛笔，也就是宣州诸葛家族所制的一种名贵毛笔。这种笔曾经受到皇家的特别青睐。相传，南唐后主李煜的妃子娥皇只用诸葛笔，还给它取了个阴柔的名字，叫"点青螺"；李煜的弟弟从谦所用的诸葛笔十分昂贵，每支要价十金，因此诸葛笔也有一个特殊称号，叫"翘轩宝帚"。

诸葛笔自魏晋以来就闻名天下。宋代的诸葛笔讲究古法传承，这一点正是苏轼所爱，他曾经说："唯诸葛氏独守旧法，此又可喜也。"古法诸葛笔是有心笔的一种，用毛或绢裹住笔柱而成，出锋短，适合写小字。苏轼参加科举考试的时候，用的就是这种笔，书写宛转可意，有如神助，屡试不败，也因此成了"考霸"。

在宋代，为了满足市场需求，毛笔制造商在技术上有了一些创新，他们大量推出无心散卓笔，形如枣核，一改诸葛笔硬毫短锋的特点，而是以软毫长锋著称。苏轼对这种新玩意儿比较排斥，认为是时人好奇尚异的产物，锋软无心，形制怪异，没有实用价值。但是，他的门人、著名书法家黄庭坚则恰恰相反，他对枣核形的散卓笔情有独钟，并认为苏轼所追捧的古法诸葛笔不过尔尔。黄庭坚认为，如果写小字，诸葛笔还行，但是，如果用来写大字，那就不尽如人意了。因此，苏轼还和黄庭坚发生过用笔观念的碰撞。苏轼经常嘲讽黄庭坚用枣核笔，说他写出的字有筋无骨，"如著盐曲蟮，诘曲纸上"；黄庭坚则坚持认为："作无心散卓，小大皆可人意。"

为什么两位书法大家存在如此分歧呢？除了各人的情趣差异外，主要是因为用笔方法不同。苏轼习惯单钩法执笔，不善双钩悬腕，所以喜欢短锋的诸葛笔，写出的字具有肥扁的特点。黄庭坚善于双钩悬腕，所以喜欢长锋的枣核笔，写出的字具有瘦长的特点。

苏轼在杭州任知州时，发现那里的制笔高手程奕制作的鼠须笔仍保留着三十年前的古法韵味，用起来得心应手，禁不住赞道："使人作字，不知有笔。"他离开杭州时，还特地购买了一批程奕笔以备用。还有一种"张武笔"，苏轼也很喜欢。但是，苏轼最喜欢的终究还是诸葛笔。他在颍州做知州时，对赵德麟说："诸葛氏笔，譬如内库法酒北苑茶，他处纵有嘉者，殆难得其仿佛。"

苏轼对古法制笔很有研究，完全是个行家。他曾介绍过制作方法：笔锋用生毫，笔锋捆扎之后，放在饭甑中蒸，约莫蒸熟一斗饭的工夫，拿出来再在大瓮上悬挂几个月，就大功告成。——这哪里是制笔？分明是考验耐心啊！

2

苏轼爱墨成痴，是不争的事实，他对于好墨、名墨的追捧十分执着，其中也发生了很多好玩的故事。

北宋年间，有一批非常有名的制墨工匠，他们大多是继承祖传技艺，产品制作精良，品质一流，深受文人墨客的喜爱。苏轼出于真心喜欢，帮助其中不少人做过推广。他曾在《谢宋汉杰惠李承晏墨》诗中写道："老松烧尽结轻花，妙法来从北李家。翠色冷光何所似？墙东鬓发堕寒鸦。"这首诗的意思是承晏墨如美女的秀发般油黑发亮，连乌鸦都因自己的毛色不如承晏墨而惭愧得从天上掉下来。

为了笔，苏轼可以跟自己的门生黄庭坚辩论；为了墨，他也可以跟自己的上级辩论。司马光好茶又好墨，有一天，他忽然觉得这两件东西的性质恰好相反，就对苏轼说："茶与墨正相反，茶欲白，墨欲黑；茶欲重，墨欲轻；茶欲新，墨欲陈。"喜欢标新立异的苏轼说："二物之质，诚如公言。然而亦有同者。"司马光就让他说说有哪些相同点。苏轼说："奇茶妙墨皆香，是其德同也；皆坚，是其操同也。譬如贤人君子，黔皙美恶之不同，其德操一也。公以为然否？"司马光一听，觉得还真是那么回事。

苏轼见不得别人手中藏有好墨，谁若有，他总会想法子索要一些。他就曾不顾斯文，硬是伸手从黄庭坚的锦囊里拿了半锭李承晏墨。后来，有人写《墨史》，就嘲笑了他这个行为，说："苏子瞻有佳墨七十丸，而犹求觅不已。"——唉，这有什么法子呢？这就是苏轼的软肋。的确，他是说过"苟非吾之所有，虽一毫而莫取"，只是遇见这上好的墨，那种占有欲实在控制不住啊！所以，他曾经感慨道："非人磨墨墨磨人。"

很多朋友都知道苏轼的这个癖好，常常赠墨作为礼物。黄州蕲水的名医庞安常，曾经救治过一名垂死的病人，病人家属为表示感谢，就将祖传的一锭李廷珪墨送给庞安常。庞安常舍不得用，托人带到京城，转赠给了好友苏轼。其实，苏轼家里已经收藏了好几锭李廷珪墨，有真品也有赝品，但是拿到庞安常送来的墨后，苏轼开心地说："这肯定是真的！"

苏轼爱墨，也欣赏会制墨的人。他曾经写过一首长诗赞美一位制墨大师。这位大师叫潘谷，制墨极为精妙，他的产品从来都是明码标价，但是，假如有穷书生真心喜欢他的墨，他就不计较钱的多少。潘谷还有一个绝技，就是善于辨墨——隔着锦囊，仅靠手摸，就能辨别出是什么牌子的墨。就是这样一位奇人，不知道受到什么强烈刺激，在元祐初年的一天，突然将别人的购货欠账本全部烧掉，闭门饮酒三天后，狂笑着到处跑。家里人找到他时，发现他趺坐在一口枯井中，手里握着几颗墨丸，已经死去。

苏轼在那首长诗中，称潘谷为"墨仙"。

苏轼爱墨，还动手亲自制墨。他谪居儋州时，条件艰苦，没有好墨，他对此非常苦恼。元符二年（1099）四月间，金华的制墨师潘衡不远千里来到儋州拜见苏轼。苏轼大喜，就留下潘衡与儿子苏过一起，搭建工棚，砍松烧火，积烟制墨，居然真的制作成功了，苏轼开心极了。为防止其他墨工盗用名义，他挑选出精良的制品，在上面刻上"海南松煤""东坡法墨"的印文。

不料，这年的十二月二十二日夜晚，墨灶失火，将工棚烧了大半，幸亏扑救及时，才未酿成大祸。苏轼从废墟里捡回了大大小小共五百丸的墨，这真是不幸中的万幸，他非常满足地说："足以了一世之用。"

据说，后来潘衡离开儋州，在江西一带卖墨，以在儋州时与苏轼一同制墨为噱头，说自己的墨得了苏轼的秘传，因此生意十分火爆。再后来，他到杭州卖墨，价格虽然高出三倍，还是有一帮"剁手党"争相求购。

3

在文房四宝中，纸是苏轼谈论得最少的，但是这并不意味着他对纸张没有要求。

北宋时期，普通文人用纸一般都是以竹浆制造，再好一点的，就是剡溪的藤纸。苏轼这样级别的文人有更高追求，钟爱的是澄心堂纸。据说，这种纸细薄坚滑，如冰如茧，是南唐后主李煜御制，收藏在澄心堂中，只有与皇帝亲近的大臣才有机会使用。到北宋时，其制作工艺已经失传。虽然宋代的一些造纸工匠进行过仿制，但是都没有达到原纸的效果。所以，那些散落民间的澄心堂纸是极其珍贵的。苏轼的朋友刘攽曾写诗说："当时百金售一幅，澄心堂中千万轴。后人闻此那复得，就使得之亦不识。"

苏轼是文坛大家，在获得澄心堂纸方面具有一定优势。元祐年间，他身居高位，向他求字的人络绎不绝，拿什么当作润笔费呢？除了送上好的墨以外，就是送名贵的纸，这其中就有澄心堂纸。比如，宋肇惠就给苏轼送过澄心堂纸，苏轼收下后，十分高兴，赶紧写了《次韵宋肇惠澄心堂纸二首》表示感谢。

当然，澄心堂纸毕竟太过稀少，苏轼不可能常用。当时，他用得比较多的可能是一种叫作川笺的纸，这种纸是用织布机上多余的经线头制作而成，因此也叫布头笺。当时，著名造纸商六合所生产的纸，虽然不及川笺，但也得到过苏轼的青睐。还有成都浣花溪附近生产的一种麻纸笺，因为有清滑的浣花溪水作原料，造出来的笺纸紧白可爱，也深得苏轼喜爱。

谪居黄州时，有一次，苏轼喝得有点多，有人趁机拿来一卷纸请他题字。苏轼本来不想题写，经不住那人反复请求，更关键的是他觉得那卷纸不错，也就题了字。第二天酒醒了，他才发现昨晚题字的纸竟然是当时已经不再生产的绢纸，他觉得很幸运，便赶紧把这件事记录了下来。

苏轼也碰到过纸张质量不好的时候，遇到这种情况，他就会很郁闷，根本没有心思写字作画。有一次写字的时候，他就碰到了一种质量粗劣的纸，于是愤怒地写道："此纸甚恶，止可镜钱饱鬼而已。"批评这种纸太差劲，只配打上钱印作冥钱烧给鬼用。不过，在写下这样的激愤之语后，他又对自己的字非常满意，"余作字其上，后世当有锦囊玉轴什袭之宠。"说自己在这种劣质的纸上写下这般文字，日后人们又会把它当作锦帛玉轴一样收藏起来。

4

对于砚台，苏轼也是情有独钟，可以说自小就跟砚台结缘。

十二岁时，苏轼在居所纱縠行的宅隙地中，挖出了一块石头，这块石头的形状像一条鱼，表面温莹，呈浅碧色，里面布满了细小的白点，就像夜空中的繁星，敲击时，石头铿然有声。于是，苏轼就尝试着拿它当砚台用，发现石头很容易发墨，只是没有储水的地方。苏轼的父亲苏洵看见后，说："这真是一方天砚啊，具有砚的品质，就是形状不太完整罢了。"还说，"这是你文章发达的祥瑞之兆啊！"从此，苏轼总是小心翼翼地使用它，并在上面刻上一段铭文自励。很多年后，苏轼把这方天砚交给了儿子苏迨和苏过，从此，这块石头就成了传家宝。

苏轼仕途坎坷，一生当中跑过许多地方，从北到南，自西向东，足迹遍布十几个州府。在奔波流转中，他每到一个地方都会去寻访好砚予以收藏。所以，他生前藏砚颇丰，有歙砚，有端砚，有澄泥砚，还有洮河砚，等等。

苏轼是真正懂砚、痴砚的行家。他尤其钟爱歙砚，对歙砚的佳妙极有研究。在《孔毅甫龙尾砚铭》中，他称赞歙砚："涩不留笔，滑不拒墨，瓜肤而縠理，金声而玉德。"在《评砚》中还说："砚之美，润而发墨，其他皆余事也。然两者相害，发墨者必费笔，不费笔者必退墨，二德难兼。唯歙砚涩不留笔，滑不拒墨，二德相兼。"

有一次，为了求得张姓朋友家藏的一方龙尾子石砚（一种歙砚），苏轼不惜以家传宝剑与之交换。不过，这位张姓朋友很仗义，他一直仰慕苏轼的文才，而且十分通情达理。他没有收下苏轼的铜剑，并把那方龙尾子石砚送给了苏轼。苏轼实在不好意思，就写诗说："试向君砚求余波，诗成剑往砚应笑。"张姓朋友这才收下了铜剑。

5

　　能讲究的，尽量不将就。这是苏轼对待文房四宝的态度，是他作为文人的一种志趣，一种对精致的文化生活的追求。

　　以我们现在的眼光看，这种精致的追求不一定完全正确，毕竟它不是接地气的做派，多少透着一股奢靡的风气。但是，在苏轼的那个时代，这种精致的追求代表的是一种情调、一种品质、一种境界，或者可以这么说，它是高洁君子的标配，正如屈原之独爱香草，陶渊明之独爱秋菊，周敦颐之独爱夏莲。

　　对于如此君子的癖好，后人只可默默欣赏，不可轻率置喙。

09 赏月之趣：每有情思共婵娟

月亮，是中国文人普遍偏爱的一个意象。《诗经·陈风·月出》是第一首咏月怀人的诗，西汉梁孝王门客公孙乘的《月赋》则开创了以赋写月的先河。可以说，在中国的文学史上，关于月的名篇不胜枚举。唐代张若虚的一首《春江花月夜》一直传诵至今，千百年来，无数读者为之倾倒。

苏轼对月也情有独钟，留下了大量写月的篇章，有学者统计，仅就《全宋词》中的360多首苏词而言，"月"的意象出现达103次（包括残句），直接写月的就有50多首[①]。在苏轼看来，月是如人、如心、如水、如霜的多变的情感载体，但凡兴起，他都喜欢对月倾诉……

1

苏轼爱月，为了半轮缺月，他可以通宵不睡。

宋神宗熙宁五年（1072）七月，时任杭州通判的苏轼完成了对辖属各县的巡视工作，回到杭州后，他觉得心情不错，因此没有直接回家，而是

---

① 注：根据唐圭璋编《全宋词·苏轼词》（中华书局1999年版）统计。

住进了望湖楼,打算好好地放松自己。爱好热闹的苏轼,觉得一个人没什么意思,准备邀约同僚——观察推官吕穆仲——同游夜西湖。吕穆仲的诗写得不错,算是苏轼的诗友,自来杭州后,他们多次一起谈诗。可是这一次,吕穆仲因为有事没有应邀前来,苏轼的好心情自然就受到了影响。

即便如此,苏轼还是决定自己一人去游西湖。可是,他推窗一看,外面黑魆魆的,什么也看不见。他这才想起,那晚的月亮应该是半月,三更时分才会出来。按照普通人的逻辑,这种情况下,肯定会选择放弃。但是,苏轼不这样。他一心想看一看夜西湖,等也要等到月亮升起来。

于是,苏轼就在望湖楼里独自等待,一直等到三更。一镰弯月升上天空,他独自一人,泛舟西湖,借着朦朦胧胧的月色,细细品味西湖夜色的宁谧和静美,直到天明。

这一次夜游之后,苏轼一口气写了五首诗,就是《夜泛西湖五绝》:

其一

新月生魄迹未安,才破五六渐盘桓。
今夜吐艳如半璧,游人得向三更看。

其二

三更向阑月渐垂,欲落未落景特奇。
明朝人事谁料得,看到苍龙西没时。

其三

苍龙已没牛斗横,东方芒角升长庚。
渔人收筒及未晓,船过唯有菰蒲声。

其四

菰蒲无边水茫茫,荷花夜开风露香。

渐见灯明出远寺,更待月黑看湖光。

其五

湖光非鬼亦非仙,风恬浪静光满川。

须臾两两入寺去,就视不见空茫然。

  第一首诗和第二首诗主要写月下泛舟西湖;第三首诗到第五首诗主要写月亮将要落下,以及月落之后的西湖景色。这五首诗顶针相连,紧扣"夜泛"着笔,表现了"夜泛西湖"的全过程,给人以清新、雅淡、恬静的美感。

  这就是苏轼,一个能够为了半轮月亮而通宵熬夜的"倔强"人,一个能够给半轮月亮殷勤写诗的"痴情"人。

  说到半轮月亮,就不得不说一说黄州的那半轮缺月,它也曾让苏轼彻夜不眠。

  元丰三年(1080)二月初一,苏轼在长子苏迈的陪伴下,被御史台的差役一路押送,抵达了黄州。初来乍到,苏轼还没有做好融入这个完全陌生的贬所的心理准备,黄州也没有准备好接纳这个失魂落魄的贬官。天寒地冻中,苏轼父子没有落脚之地,只得暂住在黄州的定惠院。那是一座城中的小寺庙,条件艰苦,好在住持和尚颙师对他们礼遇有加。

  初到黄州的苏轼,显然还未从御史台的迫害所带来的惊惧中走出。他害怕社交,常常闭门不出,从早睡到晚,只是到夜间才独自悄悄出门,去跟夜月交流。

一天夜里，苏轼一个人从定惠院出来，不知不觉走到了长江之滨。四周寂寥，半轮残月从天边升起，挂在稀疏的梧桐树梢。借着朦胧的月色，苏轼看见了一只孤雁在树丛上盘旋，似乎在寻找歇脚的地方，但是它最终没有栖息下来，而是随着一声悲鸣，飞落到江心那片寂寞而寒凉的沙洲上。此情此景让苏轼不由得心生感慨。望着半轮残月，他有满肚子的话要说：

缺月挂疏桐，漏断人初静。谁见幽人独往来，缥缈孤鸿影。

惊起却回头，有恨无人省。拣尽寒枝不肯栖，寂寞沙洲冷。

这是一首悲凉的歌，冷彻筋骨，是苏轼苦闷和凄凉心境的真实写照。它虽然是苏轼唱给那半轮缺月的，但又何尝不是唱给自己的呢？

2

苏轼爱月，在月光下，他的情感往往会变得更加细腻。他会想起过往，想起亲人。

熙宁七年（1074）九月，朝廷颁发圣旨："苏轼以太常博士直史馆权知密州军州事"，也就是派苏轼到密州当知州，做地方一把手。

苏轼带着一家人一路从杭州北上到密州，走了一个多月。由于前半程路途中拜访了几个朋友，耽搁了一些时日，后半程必须赶路。这天凌晨，月亮还在天上，苏轼就起了个大早赶往密州。

深秋的北国，肃杀寒凉，朝雾蒙蒙，月光浅淡。骑着马迤逦前行的苏轼，不禁有些落寞沉郁，当年与弟弟苏辙一同到京城赶考的那些情景在脑中闪现，勾起他强烈的思念之情，毕竟他们兄弟已经五六年没有见面了。于是，马背上的苏轼就着朦胧的月光，吟出一首《沁园春·赴密州早行马上寄子由》：

孤馆灯青，野店鸡号，旅枕梦残。渐月华收练，晨霜耿耿，云山摛锦，朝露漙漙。世路无穷，劳生有限，似此区区长鲜欢。微吟罢，凭征鞍无语，往事千端。

当时共客长安。似二陆初来俱少年。有笔头千字，胸中万卷，致君尧舜，此事何难。用舍由时，行藏在我，袖手何妨闲处看。身长健，但优游卒岁，且斗尊前。

遥想当年，他们兄弟俩在京城一夜之间声名鹊起，就像晋代文学家陆机、陆云兄弟初入洛阳那样，风华正茂，年轻有为，笔头千字，胸中万卷，该是何等意气风发啊！

熙宁七年（1074）十一月初三，苏轼正式到任密州知州，开始施展拳脚，经过一年的努力，各方面工作都很有起色，他对当地的风土人情也逐渐习惯。于是，熙宁八年（1075）十一月，苏轼派人建成了一座超然台。登临此台，南望是马耳山和常山，风景极为壮阔。超然台落成时，在济南的苏辙特地作了一篇《超然台赋》寄给苏轼，苏轼则写了一篇《超然台记》。

转眼到了熙宁九年（1076）八月十五中秋夜。满月当空，苏轼与僚属们登上超然台，举办了他到密州后最为快乐的一次聚会。他们一边赏月，一边畅饮，通宵达旦，畅快无比。但是，面对高高悬挂的那一轮明月，苏轼在欢乐之余，不禁思念起远在济南的弟弟苏辙，想到弟弟不能一同宴饮赋诗，共度良辰，这是巨大的遗憾。心潮涌动之下，苏轼挥毫写下了《水调歌头》：

明月几时有？把酒问青天。不知天上宫阙，今夕是何年。我欲乘风归去，又恐琼楼玉宇，高处不胜寒。起舞弄清影，何似在人间。

转朱阁,低绮户,照无眠。不应有恨,何事长向别时圆?人有悲欢离合,月有阴晴圆缺,此事古难全。但愿人长久,千里共婵娟。

这首词以月起兴,围绕中秋明月展开想象和思考,探讨人生命题。整首词落笔潇洒,情景交融,思想深邃,在孤高中彰显了苏轼的旷远胸襟。所以,这首词在千百年来一直被认为是中秋词中的绝唱。

苏轼对弟弟苏辙的思念,终于在几个月之后有了结果。

熙宁九年(1076)十二月中旬,苏轼在密州的任期已满,他被调往河中府,后又改任徐州知州。移任途中,苏轼和苏辙在相隔六年后见了面。苏辙因为舍不得哥哥,于是陪着他一起奔赴遥远的徐州。

徐州城东有条清河,出城二里,有百步洪。这段河流很奇特,如果有石头随着水流下来,就会形成乱石激流、白浪迅飞的壮观景色,过了之后则水面清澈,平静如初。此处是徐州的一大名胜。苏轼和苏辙常常一同来此游览,或者在此彻夜秉烛畅聊。

转眼间,一百多天过去了。天下没有不散的宴席,苏辙接到新的任命,要到南京去任职。北宋时的南京,就是现在的河南商丘。兄弟俩要分开了,彼此都很不舍,想到离别的日子越来越近,苏轼就越来越伤感,忍不住作诗道:"到期渐近不堪闻,风雨潇潇已断魂。犹胜相逢不相识,形容变尽语音存。"

临别的前夜,又是一个中秋佳节。时至今日,苏轼是无论如何都不会辜负那一轮明月的,他举办了一个盛大的活动,遍邀在徐州的朋友和名流相聚于彭城山下,摆酒置乐,共同为苏辙饯行。

席散人去,月亮还在天上。苏轼又陪着弟弟继续泛舟赏月。面对那当空朗照的明月,想到即将来临的分别,兄弟俩的心情都十分复杂:有庆幸,也有悲愁。庆幸的是,值此良夜,兄弟俩还能月下团圆;悲愁的是,明日

两人将天各一方,异地望月。于是,苏辙唱道:

离别一何久,七度过中秋。去年东武今夕,明月不胜愁。岂意彭城山下,同泛清河古汴,船上载凉州。鼓吹助清赏,鸿雁起汀洲。

坐中客,翠羽帔,紫绮裘。素娥无赖,西去曾不为人留。今夜清尊对客,明夜孤帆水驿,依旧照离忧。但恐同王粲,相对永登楼。

苏轼举头望月,也唱道:

暮云收尽溢清寒,银汉无声转玉盘。
此生此夜不长好,明月明年何处看。

第二天,目送着弟弟乘舟东去,苏轼的心中不免有些空空落落。

3

苏轼爱月,面对一轮明月,他喜欢做哲学的思考。

元丰五年(1082)是苏轼谪居黄州的第三个年头,这时的苏轼已经完全不同于初到黄州时的苏轼。他走出了"乌台诗案"的阴影,在苦难中实现了蜕变,正如他在《次韵答元素》一诗中所写"已将地狱等天宫"。在他看来,这时黄州的月格外明亮,能够引人沉思,让人顿悟。

这一年的七月十六日,皓月当空,苏轼和几个朋友一起,泛舟游于赤壁之下,时而歌唱,时而吟诗,时而听道士杨世昌吹奏悠扬的箫乐,玩得十分开心。杨世昌是四川五都山的道士,多才多艺,善画山水,通晓天文历算和星象,懂得炼丹、医药和酿酒,尤其擅长吹箫弹琴。两个月前,他专程从四川到黄州来结交苏轼。这位高人的到来让苏轼无比开心,两人立马成了能够在思想上碰撞出火花的朋友。

这天晚上,月亮从东山上缓缓升起,清风习习,波光粼粼,苏轼和杨道士等几个朋友一起,驾着小船,飘荡在辽阔的江面上,仿佛进入了仙境。享受着如此美丽的月色,大家本来都很高兴,可是,杨道士却吹奏了一支如泣如诉的曲子,苏轼颇为不解。于是,他们之间有了一场关于人生哲学的对话。

杨道士说:"我为自己生命的短暂深感悲哀,真的好羡慕这奔流不息的长江水啊,再说,想到与神仙一道遨游,与这明月一起长存,根本就不是容易的事情,所以,我要通过箫声把我的这种感受,托付于这悲凉的秋风。"

苏轼可不赞同杨道士的说法。他抬头深情地望了望空中的明月,又低头看了看流逝的江水,然后对杨道士说:"杨先生啊,你可知这水与月的本质吗?时间流逝就像这水,其实并没有真正逝去;时圆时缺的事物就像这月,终究没有增减。从事物易变的一面看来,天地间的万事万物都在改变,一刻都不会停止;从事物不变的一面看来,万物和我们都是永恒的,又有什么可羡慕的呢?何况天地之间,万物各有主宰者,如果不是我们应该拥有的,即使一分一毫都不能占有。只有这江上清风,以及山间明月,进入我们的耳朵里就是声音,映入我们的眼帘就是形色,而且是取之不尽、用之不竭的。这是大自然的恩赐,我们理应好好享受才对。"

当着明月,苏轼的这一番见解,说得杨道士和其他几个朋友豁然开朗,都从悲观的情绪中走了出来。

这一次"江上哲学研讨会",最终成就了苏轼的经典文章《赤壁赋》。

三个月以后的十月十五日,又是一个满月的夜晚,苏轼、杨世昌和古耕道复游赤壁。苏轼发现江流有声,断岸千尺,山高月小,水落石出,不禁感慨日月江山的变化无常。但是,他跟三个月前杨道士的"哀吾生之须臾,羡长江之无穷"的悲观情绪不同,而是心态平和,有物我合一之感。

于是，第二天一觉醒来，他提笔写成了又一篇经典文章——《后赤壁赋》。

前后二赋，相得益彰，闪耀千古。

元丰六年（1083）十月十二日的夜晚，苏轼洗漱完毕，准备上床睡觉。吹灭蜡烛后，一缕月光从窗户射了进来，照在床前，苏轼顿时睡意全无。他借着月光，步行到黄州承天寺，约出朋友张怀民，和他一同赏月。

如水的月光倾泻在庭院中，竹柏之影如水草飘摇。面对此景，苏轼又生感慨："何夜无月？何处无竹柏？但少闲人如吾两人者耳。"——明月和竹柏随处可见，可是它们的美很少有人能够体味和享受到，那是因为世间缺少像我和张怀民这样能从容流连光景的闲散之人。

海德格尔曾说："心境越是自由，越是能够获得美的享受。"可以想象得到，九百多年前的那个月夜，苏轼披着一身月华，在朋友的陪伴下赏月，那时的他一定忘记了俗世的烦恼，全身心沉浸在宁谧素洁的美景之中。

在《临皋闲题》中，苏轼曾说过："江山风月，本无常主，闲者便是主人。"是的，这一夜，他便是这片月光的主人。

4

月亮是苏轼情感的寄托和皈依。他是钟情于月的大师，其内心与月亮相通，正如学者何灵芝所说："他的内心与月亮之间的一种协调，是鱼与水的关系，互相依存；是水与冰的关系，互相转化。"

月亮是苏轼的知己，有了月亮他就不会孤独。他把情趣投注于明月，把思念寄托于明月，又在明月中获得人生的感悟。不得不说，月色中的苏轼，既有一种侠骨柔情的真，也有一种道骨仙风的美。

10 饮茶之趣：哥喝的不是茶是品位

中国古代文人大多喜欢茶。他们或以茶会友，或以茶斗智，或以茶寄情，与茶产生了千丝万缕的联系。品茶不仅为他们的生活增添了无限情趣，还增强了他们的心性修养。文人苏轼是段位极高的茶道高手，他嗜茶如痴，在烹茶、品茶、种茶等方面都有精深的研究，并留有大量诗词为证，称其为"茶博士"也不为过。

1

很少有人知道，爱茶的苏轼其实是生活在好茶不易得的时代。

茶，原为中国南方嘉木。茶叶作为一种保健饮品，是古代中国的南方人民对中国饮食文化的贡献，也是中国人民对世界饮食文化的贡献。北宋时期，茶的种植制作还处在由南向北推广的时期，所以上好的茶不多。宋真宗时期，出现了一种叫"龙凤团"的茶饼，每年生产四十饼，八饼重一斤，也就是说年产量仅五斤，金贵得很，只够宫廷御用，皇族以外的人很难得到，普通人则是想都不要想。到仁宗庆历年间，情况稍有改善，这还得感谢一个人,他就是蔡襄,蔡襄组织农技师进行品种改良,另创了一种"小团茶",这种小团茶二十饼重一斤,价值二两黄金,但是产量毕竟扩大了,像中书省、枢密院这样的大衙门每年还能各分得一饼,一饼再由四人均分。之后,茶树种植进一步得到了推广,到元丰年间,宋神宗下旨,在建州生产"密云龙"茶饼,这种茶饼的质量比小团茶还好,常常被皇帝用来赏赐王公近臣。

苏轼是反对王安石变法的保守派,跟神宗皇帝的关系一般,估计直接得到皇帝赏赐密云龙的机会不多,他得到的密云龙,极有可能是那些受赏的王公近臣的二手货,所以,苏轼异常珍惜,除了自己偶尔品尝一小杯外,根本舍不得招待一般客人,能够有幸分享的,只有黄庭坚、秦观、晁补之、张耒等。久而久之,苏家人形成了惯性认识,觉得只要老爷在前厅高声吩咐取"密云龙",那肯定是"苏门四学士"中的某位来做客了。不过,有一次就出现了例外,那次,苏轼在前厅高声吩咐:"取密云龙!"家人从屏风后偷看,发现来客并不是苏门四学士中人,而是廖正一。

这个廖正一是神宗元丰二年(1079)的进士,曾官至端明殿学士,黄庭坚称之为"国士"。他年少时在凌岩山读书,爱品茶,也是茶道高手,所以,苏轼这次破例,以密云龙招待他,算是给了天大的面子。不仅如此,苏轼还写了一首词《行香子·茶词》赠给廖正一:

绮席才终,欢意犹浓。酒阑时、高兴无穷。共夸君赐,初拆臣封。看分香饼,黄金缕,密云龙。

斗赢一水,功敌千钟。觉凉生、两腋清风。暂留红袖,少却纱笼。放笙歌散,庭馆静,略从容。

词中说，华丽的宴席刚刚结束，可大家的兴致仍然浓厚，都夸赞这御赐的密云龙，拆开封印，端详着金线捆扎的茶饼，芳香四溢，精美无比，大家品茶后，醉意尽消，飘然欲仙。

这也许是千百年来给密云龙做的最经典的广告。

当然，嗜茶的苏轼绝对不只为密云龙做过广告，还有双井茶、日铸茶、月兔茶、垂云茶、雪芽茶、龙焙茶等名茶，他也曾为这些茶写过诗词。

日铸茶产于浙江绍兴的日铸山，苏轼在《宋城宰韩秉文惠日铸茶》中写道："一啜更能分幕府，定应知我俗人无。"

月兔茶产于四川涪州，苏轼在《月兔茶》词中说："环非环，玦非玦，中有迷离玉兔儿。一似佳人裙上月，月圆还缺缺还圆，此月一缺圆何年。君不见斗茶公子不忍斗小团，上有双衔绶带双飞鸾。"

垂云茶产于浙江杭州宝严寺，苏轼在《怡然以垂云新茶见饷，报以大龙团，仍戏作小诗》中写道："妙供来香积，珍烹具太官。拣芽分雀舌，赐茗出龙团。晓日云庵暖，春风浴殿寒。聊将试道眼，莫作两般看。"

龙焙是一眼泉，以龙焙泉水浇灌培育的茶，称为"龙焙茶"，苏轼在《西江月·茶词》的开头写道："龙焙今年绝品。"说明它是当年新产的高档茶。

2

煎茶，是饮茶的前奏，煎茶技艺的好坏，直接影响茶的口感。苏轼是煎茶专家，对煎茶流程和火候的掌握，有着很专业的研究。

熙宁五年（1072）秋八月，苏轼任杭州通判时，主持杭州乡试，考场设在望海楼。作为主考官，当然没有一线监考员那么辛苦，闲暇之余，他写了一首杂言古诗《试院煎茶》，详细记述了煎茶的方法流程：

> 蟹眼已过鱼眼生，飕飕欲作松风鸣。
> 蒙茸出磨细珠落，眩转绕瓯飞雪轻。
> 银瓶泻汤夸第二，未识古人煎水意。
> 君不见，昔时李生好客手自煎，贵从活火发新泉。
> 又不见，今时潞公煎茶学西蜀，定州花瓷琢红玉。
> 我今贫病长苦饥，分无玉碗捧蛾眉。
> 且学公家作茗饮，砖炉石铫行相随。
> 不用撑肠拄腹文字五千卷，但愿一瓯常及睡足日高时。

通俗地讲，煎茶，先要取新鲜泉水注入铫中，用文火慢慢加热。在给水加热的同时，用石碾将茶饼研磨成粉。水在加热时特别讲究，需要通过声音判断水的沸腾状态。水分三沸，起初，水泡如同蟹眼一样细微。接着，沸腾声逐渐大起来，水泡变得如同鱼眼一样大，这个阶段是一沸。此时，要将炭火烧旺，这时候的火焰鲜红，称为"活火"，铫中的水不断翻滚，沸腾声激越清澈，这个阶段就是二沸，也是泡茶的水温最佳的时候。再往后就是三沸了，水浪翻滚，水温高，冲茶也行，但是水"老"了，不是最佳。高手都是用二沸水冲泡，将碾好的茶末放入茶盏，注入二沸水，茶在盏中旋转翻腾，清香四溢。然后，捧盏细品，则心旷神怡，尘俗皆忘。所以，苏轼在诗中说，我虽然贫病，不能像文彦博老先生那样，用名贵的定窑茶具，有美丽的侍女奉茶，但是，如果一觉醒来，能够喝上这么好的一盏茶，不为那五千份等待批阅的试卷操心，我就十分满足了。

说到煎茶，有一个关于苏轼和王安石的煎茶故事很有趣。

王安石患有"痰火之症"，多方求医，都不奏效，大夫告诉他，只有用长江三峡中瞿塘峡（又名中峡）的水，烹煮阳羡茶才有效果。于是，他让苏轼回四川老家时，顺便在中峡代为汲水一瓮，苏轼当下满口答应。入川经过瞿塘峡时，苏轼本想装满一瓮中峡水，但转念一想，现在装满，等回到京城时，存放的时间就太长了，不新鲜，不如返程时再装满。不料，在四川办完事返程时，苏轼被三峡壮丽的风光所吸引，经过瞿塘峡时，全然忘记了装水的事情。所谓"两岸猿声啼不住，轻舟已过万重山"，待他想起取水之事时，他坐的小船早就快速通过了中峡——瞿塘峡，已经到了下峡。水流湍急，折返回去肯定是不行了，苏轼只得在下峡汲取了满满一瓮水，回京后交给王安石。王安石拿到水后很高兴，当即留下苏轼，一同架炉煮水，冲泡阳羡茶。水至二沸，冲入茶盏，王安石看到盏中的茶色，立即面露不悦，责怪苏轼取的不是中峡水，而是下峡水。苏轼大惊，忙问王安石是怎么知道的。王安石说："上峡之水急，下峡之水缓，只有中峡水缓急合适。用上峡水煎茶，味太浓，用下峡水煎茶则太淡，只有中峡水恰到好处。如今，我见这茶色半晌才透出来，就知这水应该是下峡水了。"苏轼听了这番内行话，既佩服又惭愧，当即表示，下次无论如何一定弄一瓮中峡水。

这故事记载在冯梦龙所著的《警世通言》之《王安石三难苏学士》当中，有趣倒是很有趣，而且有几分玄妙。不过，终归是小说家的一面之词，虚拟夸张的成分太大，自然是不能当真的。

3

苏轼对茶的认识是比较全面的。在他看来,饮茶不仅仅是文人雅士的小情调,还能促进健康。在《论茶》一文中,苏轼说过,茶具有去腻、除烦、爽口、清肺等作用。他还常说,茶能除瘴气,在古诗《虔守霍大夫监郡许朝奉见和此诗复次前韵》中,他就写道:"同烹贡茗雪,一洗瘴茅秋。"

熙宁六年(1073)的一天,身为杭州通判的苏轼大鱼大肉吃多了,感觉肠胃不舒服,就请假去游净慈、南屏诸寺,晚上又到孤山去拜谒惠勤禅师。一天下来,饮浓茶数盏,身体不适的感觉竟然完全消失了。高兴之余,他就在孤山小昭寺的墙上题了一首七绝,题目是《游诸佛舍,一日饮酽茶七盏,戏书勤师壁》,这四句诗是这样的:"示病维摩元不病,在家灵运已忘家。何须魏帝一丸药,且尽卢仝七碗茶。"

苏轼在《漱茶说》中,对茶的去油腻功效说得更明白:"除烦去腻,世不可缺茶,然暗中损人殆不少。昔人云:自茗饮盛后,人多患气,不复病黄。虽损益相半,而消阳助阴,益不偿损也。"具体怎么做呢?他说,吃完饭后,用粗叶浓茶漱口,使油腻不入肠胃,牙缝里的肉丝等残渣都被漱洗掉了,不用牙签挑剔,那么牙齿就坚密而虫病不生。现代医学认为,苏轼这样做,的确是有益健康的。

苏轼对茶的解渴、提神、清心作用也多次提及。在一首《浣溪沙》中,他写道:"酒困路长惟欲睡,日高人渴漫思茶,敲门试问野人家。"说他喝了几杯酒,走在乡间绵延弯曲的小路上,又困又渴,便向村野的一户人家讨茶喝。在一首《望江南》中,他写道:"且将新水试新茶。"意思是说通过品茶来摆脱扫墓思乡的烦恼。在《宋城宰韩秉文惠日铸茶》中，他说："一啜更能分幕府，定应知我俗人无。"点明了饮茶具有清心除俗的作用。

4

苏轼自己也种茶。在谪居黄州时，他就在自己的东坡农场里种过桃花茶。

元丰四年（1081），朋友马正卿帮苏轼在黄州城东门外找到了一个五十亩的废弃军营，苏轼带领全家人经过辛苦的开垦，建起了一座像模像样的农场。他在农场里种稻麦，种果蔬，而且收成还不错。闲下来的时候，苏轼漫步田间地头，看着自己的劳动成果，颇有志得意满之感。

一天，苏轼忽然想起农场里还缺茶树，对于一位茶博士来说，这种缺憾当然是不能忍受的，于是他提笔写了一首诗，寄给大冶长老，希望他能帮助找来几棵桃花茶的树苗。这首诗题目为《向大冶长老乞桃花茶栽东坡》，诗里有几句是这样写的："嗟我五亩园，桑麦苦蒙翳。不令寸地闲，更乞茶子艺。"

这次桃花茶的种植估计成功了，苏轼应该也积累了一些经验。后来，他被贬到岭南后，还写了一首五言古诗《种茶》，大谈自己移种松间茶的情境：

> 松间旅生茶，已与松俱瘦。
> 茨棘尚未容，蒙翳争交构。
> 天公所遗弃，百岁仍稚幼。
> 紫笋虽不长，孤根乃独寿。

> 移栽白鹤岭，土软春雨后。
> 弥旬得连阴，似许晚遂茂。
> 能忘流转苦，戢戢出鸟咮。
> 未任供白磨，且可资摘嗅。
> 千团输大官，百饼衔私斗。
> 何如此一啜，有味出吾圃。

在诗尾，苏轼说："千团输大官，百饼衔私斗。何如此一啜，有味出吾圃。"显然，他的这次移栽是很成功的，不然他不会夸此海口。

5

苏轼与茶，有着说不尽的情缘。正如现代一位学者所说："苏东坡是宋代饮茶人生的典型代表。茶的面目、精神在白居易那里还是朦胧的，到苏东坡便明朗清晰起来了。白居易还是'留一半清醒留一半醉'的酒茶互补人生，苏轼则纯乎是茶的人。"

为什么不说苏轼是饮酒的典型代表？苏轼不是不喝酒，只是酒量不大，动不动就醉，容易出洋相，而茶则不同，它不会麻痹人的神经，还能使人提神醒脑，饮茶的苏轼不会呈现"非常态"，所以，说苏轼"纯乎是茶的人"一点都不奇怪。

11 收藏之趣：强拿硬要是圈子里的流行病

人们都知道苏轼是官员，是文学家，是书法家，是画家，但是很少有人知道，苏轼其实还是一个收藏家，而且收藏的范围还很广：有名人字画，有文房四宝，有古琴古剑，甚至还有被人不太瞧得起的石头。但凡有看得上的藏品，他都会想方设法搞到手，很多时候，甚至于强拿硬要，"吃相"相当"难看"。

1

苏轼对收藏有兴趣，主要是自小受到父亲苏洵的影响。苏洵是个收藏控，在其藏品清单中，除了有百余幅画作外，还有一些稀奇古怪的玩意儿，如木假山、怪石、桔藤酒杯、古琴等。后来苏轼做了官，为了满足父亲苏洵的收藏欲望，还曾花大价钱购买古董送给他。

嘉祐七年（1062），苏轼任凤翔签判时，一个偶然机会，看中了一套门板，这套门板是唐玄宗时期的老物件。当年，唐玄宗曾经在长安城建了一座藏经龛，共有八扇门板，正反两面都雕刻有吴道子所画的佛像，栩栩如生，非常精美。后来，藏经龛被战火所焚，有个和尚舍命从大火中抢救出四扇门板，夹在腋下一路奔逃，累得气喘吁吁。和尚实在不愿意丢下门板，就将门板各穿了一个洞，然后套在自己的脖子上，拖着门板继续逃跑，辗转来到了凤翔，住在乌牙僧舍。那四扇门板也就保存在此，长达一百八十多年。

苏轼有次到乌牙僧舍去，看见有人花十万钱从僧舍的住持那里买下了那四扇古董门板。他当即就跟这位买主说："这位兄台，这四扇门板我看上了，请你照原价卖给我吧。"苏轼一个堂堂的签判，官职相当于现在的政府办公室主任，即使权力不大，但面子也大，那买主自然是没有什么可说的，就将四扇门板按原价卖给了苏轼。

苏轼将门板送给了自己的父亲，父亲自然高兴极了。在他所有的藏品中，只有这四扇门板才算得上是真正的珍品，要知道，吴道子的真迹是很不容易得到的。

可以说，这一次收购门板是苏轼最具孝心的收藏行动。

2

苏轼有据可查的第一件藏品，是一块石头——一块碳酸钙和二氧化硅的聚合体。

那一年，苏轼十二岁，住在眉山纱縠行。有一天，他跟小伙伴们在空地上挖土灶，玩过家家游戏，挖到了一块形状奇特的石头，叩之铿然有声，苏轼喜欢得不得了，就像得到了宝贝一样。后来，苏轼一直把这块石头当作砚台使用，再后来，还把它当作传家宝，传给了儿子。苏轼从小与石头结下的情缘，越年长越浓烈，而且他还有一个不同于常人的癖好——

痴迷于怪石的收藏。

在苏家的疏竹轩内，曾珍藏有一块怪石。苏轼作了一首《咏怪石》来赞赏它，其中有几句写道："子今我得岂无益，震霆凛霜我不迁。雕不加文磨不莹，子盍节概如我坚。"苏轼任徐州知州时，对灵璧张氏兰皋园中的假山奇石非常欣赏，便在张氏临华阁的墙壁上，创作了《丑石风竹图》。主人深感荣幸，就将一块麋鹿颈状的灵璧奇石赠予苏轼。为此，苏轼又写了《灵璧张氏园亭记》回赠。

元丰三年（1080），谪居黄州的苏轼，每逢风和日丽，都会独自到赤壁下的江滩上捡石头。那里有很多五颜六色的石头，温润如玉，有的还呈现出指纹般的细纹，非常漂亮可爱。有一次，苏轼一个人捡不过来，就用零食哄着附近一帮小孩帮着捡。孩子们的积极性很高，苏轼收获丰足，一共获得了二百九十八颗形状各异的石头，大者如枣栗，小者如芡实，其中有一颗石头最美，很像虎豹的头，口鼻眼清晰可见。苏轼开开心心地把石头带回家，放进古铜盆里，然后加入清水，石头顿时色彩斑斓，成了极具特色的摆件，苏轼称之为"怪石供"。

元丰五年（1082）五月，住在庐山归宗寺的了元禅师，也就是佛印和尚，派人到黄州拜访苏轼。苏轼将"怪石供"赠给佛印，还写下文章《怪石供》一并奉上。佛印得到这份特殊的礼物，非常高兴，将苏轼《怪石供》的墨迹刻在石头上，作为归宗寺的镇寺之宝。后来，苏轼又捡回二百五十颗石子，做成"怪石供"摆件，送给另一位非常要好的僧人朋友参寥，也写了一篇文章，题目叫《后怪石供》。

这真应了法国著名雕塑家罗丹的那句名言：世界并不缺乏美，而是缺乏发现美的眼睛。幸运的是，苏轼有这样一双敏锐的眼睛，所以在他的世界里，随处可以见到美。哪怕是在不起眼的沙滩上。

苏轼晚年时候非常珍爱两组怪石，那就是程德孺赠送给他的一白一绿两块石头，白色的"正白可鉴"，绿色的"冈峦迤逦"，组合在一起很像仇池山，苏轼就给它们取名"仇池石"，还写了《双石》诗进行赞美。苏轼尤其喜爱绿色的一块，称其为"稀世之宝"。绍圣元年（1094）秋，苏轼被贬南下，带着仇池石经过江西鄱阳，湖口人李正臣藏有异石九峰。苏轼见过后，给它们取名"壶中九华"，并想要用百金买下，与仇池石做伴，可惜没能如愿。八年后，苏轼遇赦北归，再过湖口时，"壶中九华"已被他人购去。苏轼怅然若失，作《予昔作壶中九华诗其后八年复过湖口则石已为好事者取去乃和前韵以自解云》诗，表达心中的遗憾："江边阵马走千峰，问讯方知冀北空。尤物已随清梦断，真形犹在画图中。归来晚岁同元亮，却扫何人伴敬通。赖有铜盆修石供，仇池玉色自璁珑。"

苏轼不仅喜欢收藏怪石，也喜欢画怪石，他的《古木怪石图》就是一绝。

苏轼为什么喜欢怪石呢？因为他觉得怪石具有独特的美——破碎而不杂乱，瘦削而不羸弱，苍老而不颓废，拳曲而不萎谢——这种美，与苏轼崇尚的风骨精神高度契合。他曾认为"石文而丑。一丑字则石之千态万状，皆从此出。……丑石也：丑而雄，丑而秀。"

3

除了古董门板、怪石这些藏品，苏轼的藏品还有很多种类，比如笔、墨、纸、砚等文房四宝，他收藏有诸葛笔、张武笔；有澄心堂纸；有龙尾砚、金星砚台、罗纹砚、卵石砚；有张遇墨、李廷珪墨、李承晏墨等。再比如，他还藏有古雷氏琴、古铜剑、石鼎等。前面已经聊过，这里不再赘述。

那么，苏轼的这些藏品又是怎么得来的呢？大致有这么几个途径：一是砸钱购买，如前面所说花十万钱收购四块门板；二是接受馈赠，比如名医庞安常曾送他李廷珪墨一锭，唐林夫送他端砚一枚；三是田野搜寻，比如在长江边捡到五彩斑斓的石头；还有一种就是从他人手中强拿硬要。关于强拿硬要这种淘宝法，苏轼使用过不止一次。

黄庭坚收藏有好墨，习惯用一只锦囊装着随身携带。有一天，黄庭坚到苏轼家做客，苏轼见他带着锦囊，知道里面肯定装有好墨，便伸手去摸，结果摸到半锭李承晏墨，喜欢得不得了，硬是要据为己有。黄庭坚想，你家里已经有那么多好墨，何必还要来夺我的？急得顾不上斯文，也不拽文辞了，直接骂了一句粗话："群儿贱家鸡嗜野鹜！"但是，苏轼硬要，他也不好意思不给。

有一次，收藏家米芾得到了一方好砚，苏轼眼馋，就想搞到手。用什么办法呢？苏轼很了解米芾，打算从他的弱点入手。

米芾有严重的洁癖，他认为用水盆洗手洗不干净，就让人用银壶装满清水，一旦他想洗手了，就叫人提着银壶倒水冲洗。洗完手后，不用毛巾擦，而是甩干，结果衣服上总是弄得都是水点子，反而显得不整洁了，这下连衣服也得每天洗了，如此一来，衣服磨损得就快，所以，米芾的官服看上去就像穿了几十年似的，残破不堪。

苏轼当然也知道米芾有严重的洁癖，于是决定利用一下。这天，米芾让苏轼欣赏自己的好砚，苏轼眼睛一转，提出想试试墨，需要清水。米芾不知是计，赶忙出门去取清水。等他取水回来后，眼前的一幕简直不堪入目——只见苏轼故意用墨条蘸着口水在砚台上研磨。米芾哪里能忍受这样的行为？顿时端着水僵在原地。苏轼假装不在意，把砚台往米芾面前一推，让米芾试墨。米芾缩着手不肯接，痛苦地说："苏学士啊，你还是把砚台拿走吧，我不要了。"苏轼等的就是他这句话，他的脸上露出了狡黠的微笑，急忙揣着砚台告辞回家。

其实，在那个时代，苏轼这种强拿硬要的行为并不是多么丢人的事情，因为当时的收藏界很多人都这么干，简直就是一种流行病。

4

书画家兼收藏家王诜就是这种"流行病"的严重患者。

王诜，字晋卿，太原人，熙宁二年（1069）娶英宗女蜀国大长公主，官拜左卫将军、驸马都尉，也就是宋神宗的妹夫，按辈分算，他还是宋徽宗赵佶的姑父。王诜为了获得自己喜欢的藏品，往往不讲情面。比如，他跟苏轼是关系很好的朋友，乌台诗案前夕，曾派人给苏轼、苏辙兄弟通风报信，后来受到牵连，惨遭贬谪，但即便如此，苏轼托他办事时，也得奉送上自己收藏的字画才成。在朋九万《东坡乌台诗案》中就有这样的记载："熙宁八年，成都僧惟简，托轼在京求师号。轼遂将本家元收画一轴，送与王诜，称是川僧画觅师号，王诜允许。"

当然，这是苏轼自愿送的，更让人意想不到的是，对于有些收藏品，王诜会以借而不还的方式强夺。米芾所著的《书史》中对王诜的这一"劣迹"有明确记载："王诜借余砚山去，不即还。刘为泽守，行两日，王始见还。"书中说王诜将米芾的一方砚台借走，一直不肯归还。类似的情况，米芾在《画史》中也有多处记载："余收易元吉逸色笔，作声如真，上一鹳鹤活动，晋卿借去不归。"说的是王诜借米芾的上好画笔不还。"苏轼子瞻作墨竹，从地一直起至顶……吾自湖南从事过黄州初见公，酒酣曰：'君贴此纸壁上'，观音纸也。即起作两只竹、一枯树、一怪石见与。后晋卿借去不还。"说的是王诜将米芾收藏的苏轼《墨竹怪石图》借去不还。

在《跋快雪时晴帖》中，米芾记载："一日，驸马都尉王晋卿借观，求之不与，已乃翦去国老署及子美跋，着于模本，乃见还。"说的是王诜借了米芾所藏王羲之的《快雪时晴帖》，擅自割下原作的名人题跋及章署，合裱在模本后再还给米芾。等于是把真迹留下，将赝品归还米芾。不过，米芾是个中高手，一眼看穿。但是，王诜却用这种真假参半的方法骗过了很多人。

王诜的"斑斑劣迹"，早就在圈内闻名，所以很多人就多出个心眼儿，防止他借而不还，苏轼就曾留有一手。苏轼收藏的仇池石是稀世之宝，远近闻名，王诜就写了一首诗给苏轼，表示想把仇池石借去欣赏欣赏。苏轼是何等聪明啊，一下就知道王诜的企图，但是又不敢不借，毕竟对方是自己的好朋友，又曾帮助过自己，而且还是驸马都尉。虽然明知这是"肉包子打狗——有去无回"的事，苏轼还是心中不甘，就先回复王诜一首诗："风流贵公子，窜谪武当谷。见山应已厌，何事夺所欲。欲留嗟赵弱，宁许负秦曲。传观慎勿许，间道归应速。"意思是说，驸马爷啊，我这仇池石可以借给你欣赏，但是你得答应要迅速还给我哟！得到王诜承诺后，苏轼这才敢把仇池石借出去。

5

前面说米芾记录了王诜的种种"劣迹"，其实他自己的屁股也不干净。

有一次，米芾看到有人藏有唐代画家戴嵩的名作《牛图》，就眼馋得不得了，向画主提出将画借回去观赏几天。画主不是小气人，就答应了。他哪里知道米芾憋了坏心眼。这家伙将画借回家，一头钻进自己的工作室，关好门窗，拉上窗帘，就开始一笔一笔地临摹原作。五天之后，到归还画作的时间,米芾胸有成竹地把临摹好的画作还给画主。

不料,画主也是九段高手,一眼就看出这幅是赝品,缠着米芾索要真迹。米芾很是纳闷儿,心想自己临摹得天衣无缝,他怎么就认出来了呢?便问画主:"你怎么就确定这是伪作呢?"画主嘿嘿一笑,说:"你把真迹拿出来,我告诉你问题出在哪里。"米芾便将《牛图》原件取出来,和临摹件摆在一起。画主指着真迹说:"你瞧这幅真迹,牛眼中有放牛娃的身影,而你这临摹本中的牛眼,空空如也。"米芾定睛一看,还真就是那么回事儿,只得将真迹归还给了画主。

相传,米芾曾经从宋徽宗那里硬要了一方名砚。据说宋徽宗听说米芾书法非常了得,就将米芾叫到宫里,让米芾写给他看看。米芾也不含糊,笔走龙蛇,一挥而就。宋徽宗虽然不是个好皇帝,却是个极为懂行的艺术家,他一看米芾的字,不禁大加赞赏。米芾见皇帝高兴,也就"胆子大过肚子",将宋徽宗心爱的一方砚台拿起来,厚着脸向宋徽宗请求道:"此砚臣已用过,陛下不能再用,请赐给为臣吧。"宋徽宗爱其书法,也就慷慨起来,大手一挥,"行,拿走吧。"

米芾如此这般的"夺宝"行径,在朋友圈里也是尽人皆知,苏轼曾写诗挖苦道:"巧偷豪夺古来有,一笑谁似痴虎头?"[1]成语"巧取豪夺"也作"巧偷豪夺"就是从这儿来的。

6

有一起收藏交易,牵涉苏轼、米芾、王诜,以及另一个收藏家刘季孙,从中可以看出苏轼他们那个时代一帮文人搞收藏的状况。

---

[1] 注:诗句见苏轼《次韵米芾二王书跋尾》。

刘季孙，字景文，祥符人，博通史传，性好异书古文石刻，做官的工资都用在了藏书上。苏轼称他为"慷慨奇士"，曾经极力向朝廷推荐过。元祐七年（1092），刘季孙死于隰州任上。苏轼说，刘季孙死的时候，家无一钱，只有书三万轴、画数百帖。

在刘季孙的藏品中，有南朝宋宗炳的《一笔画》、白居易的《身心问答三首》诗稿等，而最重要的藏品，是王献之的《送梨帖》。苏轼曾经特意为此帖作过诗："君家子敬十六字，气压邺侯三万签。"

在米芾的《群玉堂米帖》中，有一段记载，说苏轼惦记着米芾手里的一方研山，米芾不肯给。米芾呢，则惦记着刘季孙手里的《送梨帖》。刘季孙因为要托请苏轼推荐他出仕，就打算用《送梨帖》交换米芾的研山，再转送给苏轼。米芾愿意达成这桩交易。不料，王诜将米芾的研山借去一直没有归还，直到刘季孙上任好几天，王诜才在米芾的百般索要下归还研山。这一次多角交易没有最终达成，坏就坏在王诜借而不还。

其实，米芾为了得到刘季孙手中的《送梨帖》，是准备下血本的，打算以欧阳询真迹二帖、王维《雪图》六幅、正透犀带一条、研山一枚、玉座珊瑚一枝进行交换。其中那枚研山，就是苏轼一直想要而不得的。

因为刘季孙的去世，米芾最终没有得到《送梨帖》。米芾在《群玉堂米帖》中说，刘季孙死后，他的儿子以二十千将《送梨帖》卖给了太原知州王防父。米芾在两三年时间里，先后打算用多种好藏品与王防父交换，结果都没有如愿。

那么，苏轼是否得到了想要的研山呢？当然也没有。毛晋辑《海岳志林》中记载："元章（米芾）以所珍研山，易苏学士家甘露寺地，结庵其中，自号海岳。"这里的苏学士，不是苏轼，而是另有其人，据蔡绦《铁围山丛谈》记载，应该是苏舜钦之兄苏才翁的孙子、苏仲恭的弟弟。原来，米芾用那方研山从苏舜钦后人那里换了一块地，盖起了房子，取名为"海岳庵"，他也被后人称为"米海岳"。

没有得到米芾的研山，料想苏轼的遗憾肯定是非常非常大的。

7

在收藏中获得乐趣，才是收藏的价值与目的所在。

苏轼在《宝绘堂记》中说，自己年轻时，特别喜欢收藏书画，家里有的，生怕失去；别人有的，一定想尽办法得到，后来，他想通了，"吾薄富贵而厚于书，轻死生而重于画，岂不颠倒错缪失其本心也哉？"从此，他视藏品如过眼烟云，只有快乐没有烦恼。

他在《石氏画苑记》中，曾批评了一位收藏家。此人叫石康伯，在京城居住了四十年，外出从不骑马而是步行，总是耳朵竖起，眼睛雪亮，只关心周围是否有他喜欢的东西。如果他恰巧发现有藏品，即使忍饥挨饿，也要把藏品收入囊中。苏轼认为，此"乃其一病"。

由此可见，苏轼搞收藏不是为藏而藏，而是以乐为归宿。尽管他也曾"强拿硬要"过，但那毕竟是当时流行的一种手段，而不是目的；是当时文人彼此默认的一种交流方式，而不是犯罪。所以，苏轼在收藏方面的这点"瑕疵"，并不会拉低他的品质。

说实话，相较于王诜和米芾，苏轼的收藏目的要纯洁得多。

12　琴棋之趣：文人四友三缺一

在古代，琴、棋、书、画是文人骚客或名门闺秀修身养性所必须掌握的技能，称为"文人四友"或"雅人四好"。我们前面已经说过，身为文人的苏轼，在书和画方面的素养，是世界公认的顶流大咖，那么，他在琴和棋方面又是怎样的呢？下面我们就来聊一聊这个话题。

1

首先，说一说琴。不讳言，对于乐器盲来说，琴和筝，基本上是傻傻分不清，因为它们有许多相似的地方，都是横着放的，都有多条弦儿，都是用双手演奏。当然，懂乐器的人很清楚两者的区别：筝的弦多于琴的弦。筝弦多至十二弦、十三弦乃至十五弦，而琴少得多，有宫（君）、商（臣）、角（民）、徵（事）、羽（物）五弦，再加上文王和武王二弦，一共七弦。声音也不同，琴音清和淡雅、温柔敦厚；而筝的音域广，善于表达幽怨、爱恨、悲喜。琴，典雅，重意；筝，通俗，写实。

苏轼懂音乐，善于弹琴。他写的《杂书琴事十首》，既有对琴乐的精彩论述，也有对古琴的介绍，可以看作是苏轼关于琴乐的论文。苏轼在《杂书琴事十首》的第一首《家藏雷琴赠陈季常》中说，他们家收藏了一张雷氏琴，生产于唐朝开元年间，大约有三百年历史，算得上货真价实的古董。

这里不妨脑补一下，什么是"雷氏琴"。在中国，琴的历史十分悠久，典籍中记载的名琴，有伏羲琴、神农琴、虞舜琴、仲尼琴、伯牙琴、神凤琴和雷氏琴等。雷氏琴的雷氏，是四川的一个造琴世家。雷氏造琴始于唐代开元年间，一直传承有序，最著名的造琴师有九人，分别是雷绍、雷霄、雷震、雷威、雷俨、雷文、雷珏、雷会、雷迅等，而这九人中，又以生活在开元时代的雷绍、雷霄、雷震、雷威、雷俨五人最具工匠精神，技术也最牛。苏轼家收藏的雷氏琴，是雷氏家族的早期产品，品质最高。经过近三百年岁月的沉淀，他们家这件古董的包浆呈现出"蛇蚹断纹"。注意，这个断纹包浆也是有讲究的，它是因长年风化加之弹奏震动而在琴面形成的纹痕，其形态有梅花断、牛毛断、蛇蚹断、冰纹断、流水断、龙鳞断等多种。

家里收藏了这样一件古董，通常情况下，都会悉心呵护，含在嘴里怕化了，捧在手里怕摔了，指不定还会弄一只锦囊严严实实包裹起来，藏好。苏轼却不这样。据他自己说："求其法不可得，乃破其所藏雷琴求之。"什么意思？就是说，苏轼根本没有把这张雷氏琴当古董束之高阁，而是拿出来经常摆弄，除了演奏外，还潜心研究琴的构造和发音原理，甚至还把琴的某些零部件给拆了，来一探究竟。

这种事情，恐怕也只有他苏轼做得出来，换一个人，一是缺乏这份雅趣，二是缺乏这种胆量。毕竟，那可是古董哟，挺值钱的，搁一般人谁舍得去破拆？

2

苏轼研究琴,不只研究器具本身,还研究琴为什么能发出美妙的声音,以及与之相关的哲学。

元丰五年(1082)六月,苏轼谪居黄州时,有一天,长江对岸的武昌(今鄂州)主簿吴亮采过江来,让苏轼欣赏朋友沈君的大作《十二琴之说》,以及空同子高斋先生的文章《太平之颂》。苏轼不认识沈君,但是读了他的书,感觉很好,有相见恨晚之感。苏轼认识高斋先生,曾与他交游过,还见过他所收藏的一张古琴。这一书一文,勾起了苏轼很多想法,于是便提笔写了一首很特别的《琴诗》:

若言琴上有琴声,放在匣中何不鸣?
若言声在指头上,何不于君指上听?

这首诗无论从内容还是表现形式上看,都与常见的诗作不同。清代的纪晓岚就对这首诗感到很迷惑,认为它不是诗。他曾说:"此随手写四句,本不是诗,搜辑者强收入集。千古诗集,有此体否?"当然,纪晓岚说得未免绝对了些,究竟是不是诗,那就仁者见仁,智者见智了。

绝大多数人当然认为这是诗,而且还是一首很有禅学意味的好诗。诗作提出的两个问题很有意思:如果说琴声发乎琴,那把它放进盒子里为什么不响?如果说琴声发于手指,为何手指上又听不到声音呢?

先设一个假定前提,然后提出疑问,以问语的形式进行否定,如此反复,否定之否定,实际阐明了一个弹琴的道理:演奏一支乐曲,单靠琴不行，单靠手指也不行，还要靠人的思想感情和演奏技巧。

有人认为，苏轼有这样的体悟，也许是受了唐代诗人韦应物的影响。在《听嘉陵江水声寄深上人》一诗中，韦应物写道：

> 凿崖泄奔湍，称古神禹迹。
> 夜喧山门店，独宿不安席。
> 水性自云静，石中本无声。
> 如何两相激，雷转空山惊。
> 贻之道门旧，了此物我情。

看看，韦应物的疑惑与领悟，是不是与苏轼关于琴指关系的思考如出一辙？

《楞严经》说："譬如琴瑟、箜篌、琵琶，虽有妙音，若无妙指，终不能发。"其实，苏轼的那两句诗，阐释的就是这样的禅理。

3

元祐六年（1091）三月，杭州知州苏轼奉诏还朝，走水路，舟行途中，心中如波涛起伏，动荡不宁。十八日夜，船停靠在吴淞江，五更时分，苏轼梦见仲殊长老在弹奏一张十三弦的破琴，琴声古怪。苏轼非常诧异，就问仲殊长老："您这琴为什么有十三弦？"仲殊长老吟出一首诗：

> 度数形名岂偶然，破琴今有十三弦。
> 此生若遇邢和璞，方信秦筝是响泉。

第二天一觉醒来，苏轼对梦中的情形记得很清楚。午睡的时候，完全相同的情形又出现在梦中。苏轼赶紧把梦境记录下来，打算到苏州与仲殊长老见面时，请他帮助解梦。不料，更奇特的事情发生了，他的笔记还没有写完，仲殊长老竟然来到了他的船上。而这时，他们的船正停靠在距离苏州五里的地方，真有点心灵感应的意思。

仲殊长老是个传奇人物，俗名叫张挥，曾是安州进士，年轻时风流成性，放荡不羁，他妻子受不了，就在食物中投毒。张挥差点被毒死，喝了蜂蜜才捡回一条命，大夫警告他，从此不能再吃肉，否则会毒发身亡。张挥从此看破红尘，出家为僧，法号仲殊。他出家后所吃的食物多是豆腐和面筋之类，都要经过蜂蜜浸泡。仲殊在杭州承天寺时，与苏轼相识，苏轼对仲殊的诗才比较欣赏，认为他落笔快，工妙绝时，实甚清丽。仲殊喜欢写艳词，著有《宝月集》，现在已经失传。

这一次，为何梦境会反复出现呢？

正所谓"日有所思，夜有所梦"，苏轼奉诏回朝的这个时期，朝廷政局发生了很大的变化。苏轼曾经的好友刘挚崛起，成了官僚集团朔派的领袖，他排挤憨直的吕大防，通过邢恕牵线，与在野的变法派联络，公然主张对之前被排斥的变法派人物要"稍加引用，以平宿怨"。太皇太后对于刘挚的言论迟疑不决，苏辙提出了反对意见。苏轼当然是站在苏辙一边的，认为邢恕是小人，而刘挚也不是从前的刘挚——从前任职监察御史的刘挚正气凛然，敢于直搏当朝宰相，如今做了权臣，就完全变了质，霸道得很。

苏轼在船中终日思考这些政局和人事的变化，心中自然会产生慨叹和迷惘，最终反映到他的破琴之梦中。

正如我们前面所说，琴本来只有七弦，而筝呢，由瑟发展而来，有十几弦。苏轼梦中出现了仲殊弹奏十三弦之破琴，而且声音怪异，特别是仲殊的那首题诗，其实是对时局颠倒，以及刘挚、邢恕等人的影射。昔日的刘挚本为一张古琴，如今变成了一张随波逐流、追求时好的秦筝了；邢和璞与邢恕同姓，影射意味更是一目了然。后来，苏轼还写了一首诗《书破琴诗后》："此身何物不堪为，逆旅浮云自不知。偶见一张闲故纸，便疑身是永禅师。"更是证明了梦境的影射之意。

相传，唐代的房琯在开元年间任卢氏县令，有一天，他与擅长算命的道士邢和璞一同出游，经过夏口村，进入一座破庙，在一棵古松下休息。邢道士让人挖地，挖出了一只瓶子，里面装着娄师德写给智永禅师的书信，邢道士便问房琯："你还记得这件事情吗？"这一问让房琯很惊讶，认为邢道士是在暗示自己为智永禅师转世。

又是做梦，又是题诗，苏轼故意将一些不相干的人和事搅在一起，搞得神秘兮兮的，其实正反映出他当时对时局变化和自己前途命运的焦灼和惶惑。

琴，只是他潜意识中的一个承载物罢了。

4

说完了琴，再说说棋。在琴棋书画"文人四友"中，苏轼唯独对棋艺的修炼不够，下棋水平很糟糕，远不及他的三儿子苏过。

绍圣四年（1097）七月初二，被贬海南的苏轼到达昌化军贬所。昌化就是古儋耳城，唐朝时改为昌化郡，宋熙宁六年（1073）废郡为昌化军，是极为蛮荒的"非人所居"的地方。在这里，苏轼没有一个熟人，而且语言不通，只能过着"独门默坐，日就灰槁"的无聊生活。好在两个月后，昌华军的行政一把手换人，新来了一个张中。此人是开封人，是熙宁初年的进士，曾在明州做过象山县尉之类的小官。他人不错，视苏轼为前辈，对其礼遇有加，不仅如此，他还和苏轼的儿子苏过意气相投，两人结为莫逆之交。

张中和苏过都有一个共同的爱好——下围棋。当时，苏轼和苏过就租住在张中官邸的东边，相距不远，走动极为方便。张中在工作之余，就经常到苏轼家来找苏过下棋，一盘又一盘，兴味盎然，不知疲惫。苏轼虽然棋艺不行，但他喜欢看棋，常常陪坐在棋枰边，一坐就是半天。

有一天，在看棋的时候，他忽然想起十几年前结束黄州的谪居生活，游览庐山白鹤观时的情形。他记得很清楚，那天他独自一人徜徉于五老峰下，不知不觉步入白鹤观，只见这道观的院子里栽满了松树，不见人影，偶有下棋落子的吧嗒声在林间回响，反衬出"静如太古"的感觉，他一直不能忘怀。现在，他看着张中和苏过下棋，听着落子之声，想到当年白鹤观听棋的感觉，不禁心有所动，便作了四言诗《观棋》：

五老峰前，白鹤遗址。长松荫庭，风日清美。
我时独游，不逢一士。谁欤棋者，户外屦二。
不闻人声，时闻落子。纹枰坐对，谁究此味。
空钩意钓，岂在鲂鲤。小儿近道，剥啄信指。
胜固欣然，败亦可喜。悠哉游哉，聊复尔耳。

苏轼虽说"素不解棋"，但是他在诗中说"胜固欣然，败亦可喜"，则真的是得了围棋之三昧。明朝内阁首辅李东阳曾评价苏轼："古之不善弈者曰苏子瞻，其言曰：胜固欣然，败亦可喜。用是知不工于弈者，乃得弈之乐为深。人之达于是者，可与言弈也。"应该说，这个评价是非常恰当的。

按说，苏过的棋艺应该远高于父亲苏轼，但是有一次他却输给了自己的老父亲。这是怎么回事呢？

原来，苏轼因为每次都下不过儿子，就灵机一动，琢磨出一种新的应对招法——他除了第一手落子在天元上，后面就一直跟着苏过落子，苏过下在什么位置，他就将棋子落在对称的地方，下了几十手之后，把苏过搞得心烦意乱，结果收官点子，苏轼胜出。苏过不服，就问父亲："你这是什么下法？"苏轼哈哈大笑说："这叫东坡棋。"

显然，苏轼这次赢棋，并不是因为他下得多么好，而是因为苏过下得足够差，为什么差？因为他对输赢看得太重，达不到苏轼所说的那种"胜固欣然，败亦可喜"的境界。

北宋时期，在士人当中，下棋之风盛行，范仲淹、欧阳修、韩琦、王安石、司马光、黄庭坚等人都是棋坛高手，其中属黄庭坚的水平最高，他被认为是中国古代围棋下得最好的文人，他著有《棋经诀》，对下棋战术有深刻的论述。

黄庭坚是"苏门四学士"之一，所以，后人将黄庭坚的棋艺和苏轼的棋艺做了个对比，得出两人的下棋境界都十分高妙的结论——黄庭坚下棋境界之高，在于棋内；苏轼的下棋境界之高，在于棋外。黄庭坚看棋，是金戈铁马，云谲波诡；苏轼看棋，是花开花落，云卷云舒。黄庭坚以忘忧来解忧；苏轼以观棋听声为乐，无忧无虑，怡然自得。

5

　　"文人四友"琴、棋、书、画,在苏轼这里出现了三缺一。我们知道,打麻将时,"三缺一"是一种遗憾,但是在苏轼下棋这一点上,不能说是遗憾,因为苏轼虽然不擅长下棋,但是他参悟到了下棋的真谛——纹枰之上,落子之间,最值得享受的乐趣,不是输赢,而是过程——这种觉悟是很少有人能够真正拥有的。

辑 三

技术大拿：彪悍的人生不需要解释

宜守不移之志，以成可大之功。
　　　　——苏轼《赐太师文彦博乞致仕不允断来章批答二首》

> 　　一天夜里，小书僮提着灯笼送来夜宵。苏轼突然就来了灵感，为何不照灯笼的样子做一把茶壶呢？说做就做，苏轼一直忙到天亮。因为壶型大，泥坯软，老往下塌，他就用竹签在壶肚里支撑着，等泥坯变硬一些，再取出竹签。办法虽然原始，但很管用，一把灯笼大壶还真就做成了。为了方便拿取，苏轼又从房梁结构上得到启发，在灯笼大壶上加装提梁。经过反复精修细磨，灯笼大茶壶最终定型，烧制成器后，苏轼非常满意，取名"提梁壶"。后来，人们称这种壶为"东坡提梁壶"，简称"提苏"。
> 　　…………

"有才无不适，行矣莫徒劳。"这是唐代诗人高适的名言，意思是说，只要你有能力，就没有地方不适合你。

苏轼就是一位能力超强的大咖。他本来是文科学霸，但是工科也能傲视天下；他既是考试型人才，也是实干型人才；他不仅能够设计，还能动手操作。他的能力既来自童子功，也来自日常勤学苦练。最最重要的是，他的能力不是用来吹牛的，而是用来当牛的——当一头造福于百姓的孺子牛。

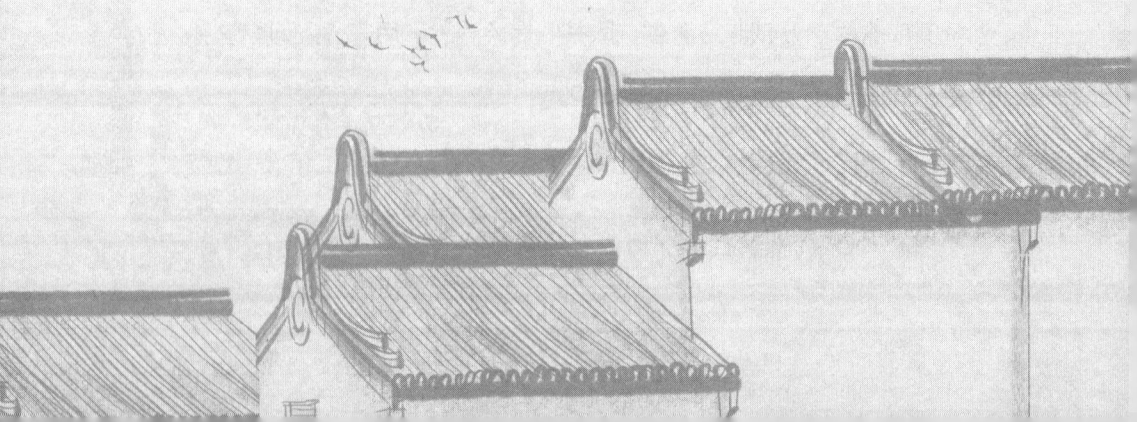

13 科举之趣：关关难过关关过

说到科举，就必须说到苏轼的弟弟苏辙，因为在这场人生第一大考中，他们兄弟俩一直紧密联系在一起，共进退，同患难，是货真价实的"命运共同体"。北宋嘉祐二年（1057），苏轼、苏辙两兄弟在科考中进士及第，从此进入公务员队伍，把当时的竞争对手都震得一愣一愣的。他们究竟有多牛呢？

1

在介绍苏轼兄弟俩的科举传奇之前，有必要科普一下宋代的人才选拔制度，这样有利于我们了解科举考试的难度。

中国古代的人才选拔制度，在历史的长河中曾发生过一些改变，先后有过访贤、选士、养士、察举、征辟，以及九品中正制等。那个时候，一个人能否在茫茫人海中脱颖而出，靠的是"个人才干＋自我包装＋人际关系＋机会运气"的综合效应。比如诸葛亮的发迹就是这样。一直到隋朝科举制度建立后，人才的选拔才开始走上了相对公平、公正、公开的轨道。

到了苏轼所处的时代，科举制度已经相当完备，程序很多，难度极大。一个普通的泥腿子要想鲤鱼跳龙门成为国家公务员，必须得过五关斩六将。那时的科举考试不是一次性考试，而是一系列考试的总称。它分为贡举（也称常科）和制举（也称特科）。贡举对考生没有什么特别的要求和限制，只要是有手有脚的读书人都可以报考，一般每三年举行一次。贡举分为府试、省试、殿试，从地方到中央，逐层通关。府试过关，叫中举，就是举人。举人才有资格参加省试，过关者就是进士，最后参加由皇帝亲自主持的殿试，排定名次，第一名为状元，第二名为榜眼，第三名叫探花，朝廷根据排名授予官职。这一番操作下来，能够通关者已经是够牛的吧，还有更牛的，那就是不定期举行的制举考试，又有三关要过。第一关，提交五十篇策论，叫"贤良进卷"，由朝廷派人考评，排定名次；第二关，进卷合格者要进行"秘阁六论"，就是在规定的时间内写出六篇论文。这一关最变态，题目都是从古代典籍甚至是注释文字中挑出一句话或半句话，要求考生既要说出它的出处，还要据此写成不少于五百字的论文，六篇就是三千字；第三关，在六道题目中至少答对五道题的出处方为合格，可以参加由皇帝亲自主持的殿试对策，也是作一篇论文，合格者获得"制科"出身，这含金量比状元榜眼探花的还要高得多，可以享受加官晋级的优厚政治待遇。

苏轼和苏辙都是制科出身，也就是说，他们兄弟俩至少连闯了六关，最后双双以优异成绩昂首登上北宋政坛，成为当时莘莘学子竞相追捧的明星。他们的父亲苏洵也因此沾了光，被认为是"育儿大师""家教楷模"，被很多人请去交流教子心得，还有人甚至直接投在他的门下为徒。其实，老苏多次参加科举考试，都屡试不中，幸亏两个儿子为他长了脸，不然以他要强的脾气，简直要郁闷死。他曾感慨地说："莫道登科易，老夫如登天。莫道登科难，小儿如拾芥。"

2

说苏轼、苏辙在科举考试中轻而易举取胜，那是老苏在吹牛，真实的情况是，苏轼和苏辙在考试中都使出了浑身解数，甚至还用上了一些旁门左道，说得好听点，他们搞的是技术流。

府试是他们的第一关。嘉祐元年（1056）三月，苏轼和苏辙跟随父亲苏洵从眉山来到京城，寄居在兴国寺长老德香的院中。八月，苏轼和苏辙在开封府景德寺参加府试，也就是考举人。令苏轼没有想到的是，在这第一关，他就遇到了一点麻烦。

什么麻烦呢？根据北宋蔡绦《铁围山丛谈》记载，这次府试，苏轼和苏辙恰好被安排在对角的两个座位上。也许是因为紧张，苏轼看到考题，一时大脑短路，完全记不起来考题出自哪部典籍。要知道，这可是非常严重的问题，将直接影响到文章的写作。一阵抓耳挠腮后，苏轼只得向坐在不远处的弟弟投去求助的目光。"打虎亲兄弟，上阵父子兵"，苏辙当然不含糊。他把手中笔管放在嘴边，装作若无其事地轻轻一吹。一条暗语"飞信"，就这样神不知鬼不觉地传递给了哥哥。苏轼的脑袋何等聪明啊，他一见，笔管不就是"管子"嘛，立刻茅塞顿开，明白了考题的出处是《管子》。接下来，他调运才思，很快就完成了一篇漂亮文章。

这一次，兄弟俩小试牛刀，旗开得胜，双双中举，意味着有资格参加第二年正月举行的省试。

省试由礼部举行，设进士、明经等科。明经科相对简单，主要考帖书和墨义。帖书，就是主考官将需要考试的经书任意翻开一页，只留出一行，其余的都被遮挡，同时又用纸随意遮盖住这一行的三个字，让考生读出或写出被遮盖住的文字——这主要考查对经典的熟悉程度，比拼的是记忆力。墨义，就是围绕经义及注释所出的简单问答题，在一张卷子中，这类题目往往多达三十至五十道——这主要考查对经典的理解程度。进士科就要难得多，一共分为策、论、赋、帖经/墨义四场考试，计算总成绩后决定去留及名次。在宋代，明经科和进士科考试待遇差别很大，比如说，明经科考试，撤出考棚的帐幕和毡席，连茶水都不提供，有的考生最后渴得实在没有办法，就喝墨水，搞得满嘴乌漆墨黑。进士科考试，各种服务周到，不仅有茶水，还摆设有香案。欧阳修曾经写诗描写过这种场景："焚香礼进士，撤幕待诸生。"

苏轼和苏辙当然是拣难的考，也就是进士科。这一年的进士科省试考官有欧阳修、梅挚、王珪、范镇、韩绛、梅尧臣等，其中，欧阳修是主考官。对于苏轼、苏辙来说，这样的人事安排是他们最大的幸运。因为此时的欧阳修是文坛领袖，正发起诗文革新运动，对矫揉造作、奇诡艰涩的文风非常反感，决心从这一届考试起，彻底革新文风。在考官会议上，他明确告诉几位副手，录取的文章务必言之有物，平易流畅。苏轼苏辙从小在父亲苏洵的教育指导下，练就的正是欧阳修所要求的这种文风。所以说，这次省试，他们兄弟俩首先就得了一个"人和"的优势，实在是幸运得很。

接下来的考试，就看他们如何发挥了。从现有资料看，苏轼的墨义，也就是《春秋》对义是第一；论文是第二；令人意外的是，他在诗赋上考得不好，竟然不及格。好在他的综合成绩不错，最终他和弟弟一起顺利通关。这里面，苏轼最关键的一场考试，一直被后人津津乐道。

这场关键考试，就是论文考试，论文的题目是《刑赏忠厚之至论》。

苏轼苦心经营，三易其稿，最终写出了一篇六百余字的经典文章。按照当时的考试规则，实行的是糊名制，试卷收齐之后，由专人重抄一遍，隐去考生姓名，分呈给阅卷考官。苏轼的文章恰好分给了本次考试的详定官梅尧臣。这个梅尧臣，是著名诗人，与欧阳修并称"欧梅"。这次，他读过苏轼的考试作文，不禁眼前一亮，觉得很对胃口，赶紧送给主考官欧阳修审阅。

"可以赏，可以无赏，赏之过乎仁；可以罚，可以无罚，罚之过乎义。过乎仁，不失为君子；过乎义，则流而入于忍人。"欧阳修读着这样朗朗上口的文句，又惊又喜，感觉这篇文章引古喻今，说理透彻，质朴自然，很有韩柳等古文大家的神韵。原打算评为第一名，但是转念一想，这样的好文章，除了自己的弟子曾巩，应该没有人写得出来，如果评为第一，恐怕会被人攻击为故意关照弟子。于是，他便将这篇文章列为第二。

根据惯例，金榜题名后，主考官和新中进士便构成了师生关系。内心无比激动的苏轼，很快给自己的欧阳老师和梅老师分别寄去了情感真挚的感谢信。欧阳修和梅尧臣接信后都很高兴，非常欣赏苏轼的才情，欧阳修还抑制不住兴奋，写信对梅尧臣说，我要靠边站，该让这个年轻人出头了，我估计啊，三十年后就是他的天下，再没有人谈论我了。

欣赏归欣赏，欧阳修心中一直有个疑虑没有消除，那就是在苏轼的考试作文里，他所写到的一个典故究竟出自哪里，还没有搞清楚。恰好这天，苏洵带着苏轼和苏辙前来当面谢恩，欧阳修问苏轼："你在文章中谈及尧帝的时候，说一个人犯罪了，司法官皋陶三次提出要杀掉这个人，尧帝三次予以赦免。不知这个典故出自哪部典籍？"

苏轼说："在《三国志·孔融传》的注释中。"

等"三苏"走后，欧阳修马上去翻看《孔融传》，发现根本没有那段记载。这老头一下子犯了强迫症,非弄清楚不可,不久得着一个机会,又向苏轼追问。

苏轼一本正经地说:"孔融传里讲,当年曹操打败袁绍后,将袁绍的儿媳妇赏给了自己的儿子曹丕,孔融对此不满,就对曹操说,武王伐纣,将纣王的妲己赏赐给了周公。曹操问这件事记载在哪本书上。孔融说,并无所据,是我根据今天的事情进行推测,想当然的。"讲到此,苏轼嘿嘿一笑,接着说,"因此我在作文时,也是根据尧帝的仁厚和皋陶执法的严格进行推测,想当然罢了。"

原来,苏轼在作文时实在找不到好的论据,就灵机一动,自己杜撰了一个典故作为论据,关键是,还能做到天衣无缝。所以,欧阳修听了他的解释,非但没有批评他胡乱杜撰,还称赞他善读书,善用书,多次跟他人说,苏轼的文章将来必定独步天下。

一个考生,能够遇见这样的好考官,简直就是祖上烧了高香,运气到家了。

苏轼苏辙通过了省试这一关,接下来就是迎接殿试。殿试由仁宗皇帝亲自主持,成绩好坏决定将来官职的高低,所以,参加考试的进士都不敢掉以轻心。由于苏轼苏辙准备充分,而且功底深厚,再加上运气好,都顺利过关。这一年进士及第的,有很多后来都成了赫赫有名的文化大师,比如张载、曾巩、曾布、吕惠卿、章惇、王韶、程颢、程颐等,可谓人才辈出,后世称其为"千古第一龙虎榜"。至于苏轼的具体名次,史料中并无明确记载,根据苏辙《亡兄子瞻端明墓志铭》记载,只知是中了"乙科",也就是第四名以后。前三名是这样的,状元是章衡,榜眼是窦卞,探花是罗恺。

如果根据后来苏轼和苏辙被授予的官职来反推的话,他们两兄弟的殿试排名估计不是太理想。嘉祐五年（1060），苏轼苏辙"丁母忧"期满，回到京城被授予的官职分别是河南府福昌县主簿和渑池县主簿，也就是在县里管理文书的小官儿，相当于现代的县政府办公室主任。

3

苏轼和苏辙兄弟真正厉害的表现，是在嘉祐六年（1061）举行的制科考试，那是他们考试生涯中难度最大，也是成绩最棒的一次考试。

制科考试不是常设考试，它是由皇帝根据需要特别设置的考试，科目一共有六类，分别是贤良方正直言极谏科、博通坟典明于教化科、才识兼茂明于体用科、详明吏理可使从政科、识洞韬略运筹帷幄科、军谋宏远材任边际科等，人们通常称之为"六科取士"，其目的就是选拔各种具有真才实学的顶尖人才。苏轼和苏辙都报考了直言极谏科。

制科考试可不是随便什么人都能考的，考生必须由当朝有分量的官员推荐才行。当然，这一点对于苏轼和苏辙来说，不算个事儿，因为他们有足够大的知名度。苏轼的推荐人，就是他的老师欧阳修，他当时的头衔是礼部侍郎兼翰林侍读学士。苏辙的推荐人杨畋，还是人家自己找上门的，他的头衔是天章阁待制知谏院。有一天，杨畋主动对苏辙说："听说你想参加直言极谏科考试，如果还没有人推荐你，我愿当你的推荐人。"据记载，报考这一届制科的人多达三十三名，为历来之最。宰相韩琦有一次在公开场合说："现在的年轻人真是太不谦虚了，有苏轼和苏辙两兄弟在，居然还有这么多人来参与比拼。"结果，就因为这句话，报考的人被吓跑了一大半。这从侧面说明，朝廷对苏轼和苏辙是非常看好的。

制科的第一关，提交"贤良进卷"，也就是每人必须提交五十篇策论。为了写作这些策论，苏轼和苏辙索性住进京城汴河边的国际宾馆"怀远驿"，进行闭关写作。兄弟俩过着非常艰苦的日子，以节约费用。每日三餐，只有白盐、白萝卜和白米饭，他们戏称"三白饭"。很多年以后，苏轼向朋友刘攽谈起这段艰苦岁月，还引出一段文坛佳话，就是"皛饭"和"毳饭"的故事，前面我们已经讲过，这里不再赘述。

为了使"贤良进卷"能够征服阅卷人，苏轼和苏辙调动一切才情，绞尽脑汁，除了在确保文章本身质量外，还第三次用上了"旁门左道"，包含三个小妙招。第一招是"联合作业"，他们发挥"1+1>2"的优势，共同确立论点，共同搜集论据，共同研究论证，共同完成了一百篇策论。第二招是"巧妙分卷"，兄弟俩对一百篇文章分卷认领的时候各有侧重，苏轼认领的五十篇策论侧重以历史人物命题；而苏辙则侧重以朝代命题，避免重复。第三招是"背道而驰"，兄弟俩在立论时，努力做到"背道而驰"，即"一和题一骂题"，也就是说，苏轼做的文章尽量从正面立论，苏辙的文章则多从反面立论。这一招，据说是他们的父亲苏洵亲自传授的秘籍，在前面的考试中，兄弟俩屡试不爽。经过他们的这一番骚操作，两人的一百篇文章自然是篇篇精彩，顺利突破第一关，而过关者仅有四人。

在接下来的"秘阁六论"和"殿试策问"中，兄弟俩都有神勇表现。秘阁六论，规定在一天一夜内完成六篇论文，每篇不少于五百字。殿试策问，光策题就有五百多字，要求考生在一天内完成一篇不少于三千字的策论。苏轼文思泉涌，有如神助，从容完稿，文义粲然，殿试策论竟然写了五千五百多字；苏辙也不逊于兄长，挥洒自如，及时完篇。

最终，这届难度极大的制科考试，苏轼和苏辙兄弟完胜。四人中只录取了三人，这三人分别是苏轼、苏辙和王介。宋代的制科录取分为五等，一等和二等是虚设的，从来没有人得过，四等为合格。北宋开国以来，只有吴育得过第三等。这次，苏轼也得了三等，等于是拔得头筹，而王介则是第四等。

此次考试中，对苏辙的等级评定曾出现过一些争议。他的策论文章针对皇家事，直话直说。考官之一的司马光认为写得好，定为第三等，可是另一考官胡宿认为文章出言不逊，对皇家不敬，应该坚决摒弃。同样是考官的范镇态度折中，认为应该定为第四等。三人争议不下，结果闹到了仁宗皇帝那里。仁宗看过苏辙试卷，说："这份试卷言辞恳切直率，不能够丢弃啊！"这时，一个关键人物出现了，他就是苏辙的推荐人杨畋。他及时地对仁宗来了一阵猛夸，说苏辙批评的言辞那么激烈，皇上还能包容他，这是我朝的盛事啊，应该让史官记录下，编入国史。仁宗被捧得心花怒放，便采纳范镇等人的意见，将苏辙取为第四等，算是涉险过关。

那一天，宋仁宗回到后宫，面带喜色，对曹皇后说："朕今天为子孙选拔了两个太平宰相！"

4

关关难过关关过，苏轼和苏辙在人生的大考中，历经艰难险阻，最终凭借聪明才智抓住机会，取得胜利，实现了阶层的跃升。

应该说，在应考中那些"旁门左道"的运用，是很大的亮点，说明苏轼苏辙兄弟不是那种只读圣贤书的"书呆子"。从应试技术来看，他们绝对是行家里手，为应试成功加分不少。但是，话又说回来，如果苏轼兄弟真的胸无点墨，酒囊饭袋一个，单凭这些旁门左道，那是绝对通过不了"国考"的。正所谓"打铁还需自身硬"，如果有人一心只学他们的旁门左道，而不像他们那样研修学问，到头来肯定会是"竹篮打水一场空"。

没有谁能随随便便成功。成功是裹在蒜皮里的瓣儿，你只有一层一层剥掉蒜皮，才能获得光洁莹润的蒜瓣儿。苏轼和苏辙每越过一道考试关，就等于是在剥掉一层蒜皮，而他们最终所获得的荣耀就是那成功的蒜瓣儿。

14 水利之趣：不与人斗与水斗

东京汴梁不适合苏轼久待。为什么这样说呢？因为但凡苏轼在京为官，就会受到政敌围攻，而他实在不愿卷入无休止的人斗之中，于是就做了"苏跑跑"——要么自请外放，要么被贬流放——跑到基层去。到了基层，他发现，与水斗远比与人斗要有意思得多。

1

宦海沉浮，苏轼每到一地，就治水一方，绝对算得上一位功勋卓著的水利专家。林语堂在《苏轼传》中说得很对："我简直不由得要说苏轼是火命，因为他一生不是治水，就是救旱，不管身在何处，不是忧愁全城镇的用水，就是担心运河和水井的开凿。"事实也的确如此，作为地方官的苏轼，对兴治水利的重要性和紧迫性，有着清醒的认识，他曾说："陂湖河渠之类，久废复开，事关兴运。"他把兴治水利放到了事关国运兴衰的高度。

认识影响行动，认识上去了，行动自然就尽心尽力。苏轼第一次以官员身份与水利打交道，是在凤翔从祈雨开始的。嘉祐六年（1061）十二月十四日，苏轼到任凤翔府签判，一开年就遇到了严重春旱。他的第一件重要公务，就是到郿县太白山的上清宫主持祈雨仪式。祈雨果然有效果，几天后真的下了点雨，但是雨量不大，还不足以缓解旱情。老百姓认为可能是祈雨官苏签判的官阶低了，所以老天爷也吝啬。于是，在苏轼的陪同下，凤翔的一把手宋选亲自出马祈雨，这回效果非常明显，祈雨仪式结束后，在回程途中就下起了瓢泼大雨，老百姓欢呼雀跃，苏轼也非常开心，还写了著名的《喜雨亭记》。以现代科学的观点看，祈雨应验当然是一种巧合，但当时的百姓就认为是祈雨官员的功劳，是一定要记入他们的德政功劳簿中的。苏轼也不例外地被记了一笔。

求老天不如求自己。苏轼觉得不能总是靠上苍施舍，农民兄弟还是应该多多向内挖掘自身潜力才行。所以，除了祈雨之外，他决定加大投入，兴修水利设施，主要是修建一座"水多则蓄之，干旱则泄之"的水库。为此，苏轼深入基层一线，进行广泛的调查研究，最终发现了城西北的凤凰泉和城东南的饮凤池之间存在关联性，他欣喜万分，马上动员凤翔的干部群众一起动手，将淤塞的饮凤池进行疏浚，并且扩容，然后把凤凰泉的水引注到池中，形成一个大湖，湖中种莲，湖岸栽柳，建亭修桥，俨然成了一座美丽的城市湿地公园。苏轼将这条人工湖命名为"东湖"。后来有人写诗称赞说："东湖暂让西湖美，西湖却知东湖先。"

这诗中所说的西湖，是指杭州西湖。在那里，有苏轼留给后世的最著名的一项水利工程。元祐四年（1089）七月，苏轼自请外放，以两浙西路兵马钤辖龙图阁学士的身份，担任杭州一把手，这时距离他上次任职杭州通判，已经过去了十六年。重回杭州，苏轼发现自己曾经流连忘返的西湖已经变了模样，由于长年疏忽疏浚，西湖变得淤阻破败，水草丛生，湖面变小，再也不是当年那个"淡妆浓抹总相宜"的西子湖了。他心痛不已，连夜赶写了一份保护性开发西湖的奏折呈交朝廷。这个奏折就是《乞开杭州西湖状》，他在其中指出如果西湖完全淤塞了，没有地方蓄水，一旦遇到干旱就会酿成灾害，所以开挖西湖是民生水利工程，并非只是为了"游观之美"。这是把西湖的治理上升到了国运昌盛的高度，朝廷的批复很快就下来了。苏轼一刻不耽误，通过以工代赈等方法，迅速组织动员二十万民工，启动西湖整治工程。

自开工之日起，作为一把手的苏轼并没有当甩手干部，而是每间隔一天就亲自到工地上督察工程进度。他奔走在砾石泥淖之中，常常忘记回家吃饭，饿了就借用民工们的餐具，同他们一起在工地上吃简单的工作餐。就这样，历经四个月，西湖水系被疏浚，那些挖出的葑泥被创造性地在湖中筑成了一道数里长堤，堤上还建起了六座拱桥，西湖面貌焕然一新。

大功告成，苏轼十分欣慰，曾写诗说："卷却西湖千顷葑，笑看鱼尾更莘莘。"湖中那道创造性修筑的长堤，后人称之为"苏公堤"，是利在千秋的最好例证。如今，"苏堤春晓"已经成为西湖十景之一，是著名的网红打卡地。

杭州西湖的成功治理，似乎让苏轼产生了一种"西湖情结"，在此后的任职期间，他至少还治理过两个西湖，一个在颍州，另一个在惠州。元祐六年（1091）八月，苏轼到颍州担任知州，他奏请朝廷，让参与黄河治理的一万多民工留下来，清掏快要干涸的颍州西湖，以提升蓄水能力。只是工程没有完，苏轼就调任扬州知州了，后来，赵德麟接手把工程做完，苏轼非常高兴，写下了《轼在颍州，与赵德麟同治西湖，未成，改扬州。三月十六日，湖成，德麟有诗见怀，次其韵》，字里行间充满喜悦之情，后来又写了《次韵赵德麟西湖新成见怀绝句》和《再次韵赵德麟新开西湖》两首诗，赠给赵德麟。

绍圣元年（1094）十月，苏轼被贬谪到惠州，虽然不能签书公事，但是，他的西湖情结没有消减。惠州城四面环水，城西丰湖也叫西湖，湖上有座年久失修的桥，面临垮塌的危险，百姓出行极不方便。惠州知州詹范得知苏轼与广东提刑官程正辅是表兄弟关系，就找到苏轼，请他出面跟程正辅打招呼。苏轼觉得这是为民造福的好事，便欣然接受，并迅速写信，向表兄程正辅陈述惠州西湖修桥的必要性，提出在西湖上修筑"两桥一堤"的建议，事情很快就谈成了。

工程启动后，苏轼主动将一条御赐的犀带慷慨捐出，还动员弟弟苏辙之妻史氏也将朝廷赏赐的数千钱悉数捐出。八个月后，工程顺利竣工，惠州官民欢呼雀跃。苏轼写下《西新桥》一诗记录了当时的情景："父老喜云集，箪壶无空携。三日饮不散，杀尽西村鸡。"

据统计，现在全国共有三十六个西湖，其中杭州西湖、颍州西湖和惠州西湖，皆因苏轼而名扬天下。

2

除了"西湖情结"，苏轼还有一个"凿井情结"。

早在熙宁五年（1072）苏轼在杭州任通判时，就协助知州陈襄组织人员对钱塘六井进行整修，并另外开凿了两口井。第二年，江浙大旱，杭州百姓不仅不缺饮水，还有水喂牛、洗澡。因此，苏轼还写下了《钱塘六井记》一文刻在相国井的亭子上。十六年后，苏轼重到杭州任知州，发现沈公井淤塞了，加上当时大旱，这对老百姓的生活产生了严重影响。他就找到十六年前参与过整修六井的老和尚子珪，召开座谈会，进行详细调研，弄清楚了沈公井淤塞的原因。据子珪和尚反映，十六年前整修六井时，用的是毛竹作的输水管道，很容易腐烂。知道了症结后，苏轼立即重启水井整修工程，将原来的竹筒输水管全部换成瓦制输水管，并将管道全部加固。两个月后，水井整修工程顺利竣工，杭州百姓又都喝上了干净的淡水。

元丰四年（1081），苏轼谪居在黄州，他的朋友马梦得见他生活困难，就通过私人关系在城东为苏轼申请到一块废弃的营地，大约五十亩。苏轼在整理开垦时，发现了一口暗井，而且有水，苏轼很高兴，他溯流探源，发现水源是远处山岭上一口十亩见方的水塘。经过仔细勘察，苏轼决定在此筑坝修渠，以保证他在东坡躬耕时的水源不会枯竭。应该说，那口暗井确实帮了苏轼的大忙——为东坡耕地的丰产奠定了基础。

绍圣三年（1096），苏轼在贬所惠州白鹤峰自建房屋，山上没有水源，饮水必须到江边去汲取，非常不方便，于是他在新居旁开凿了一口水井。水井开凿成功后，他没有吝啬地独占，而是慷慨地和邻居一起共用。

元符元年（1098），苏轼谪居在儋州的桄榔庵，他发现当地的井水都是咸的，百姓喝了这些被污染的井水经常生病。作为一名水利专家，他当然不可能袖手旁观，就带领乡民在桄榔庵附近勘探好地形，重新开凿出一口深井。深井竣工后，井底沁出的泉水十分甘甜，而且出水量很大，完全能够满足附近乡民之用，那些因饮水而致病的事件也极少发生。为了感激苏轼的功德，人们称这口井为"东坡井"。据说，九百多年来，这口东坡井至今还在当地发挥作用。

3

所谓的"西湖情结"和"凿井情结"，都不过是苏轼兴治水利工作中的"小儿科"，真正确立他水利专家地位的，还要算他与洪水实实在在做斗争的那些经典案例。

熙宁五年（1072），身为杭州通判的苏轼被派往仁和县监工开运盐河，不久又被派往湖州视察堤防，那是苏轼关注江南水利问题的开始，而他真正接受严峻考验的，则是在徐州抗洪的经历，那是他平生最惊心动魄的一次与水的斗争。

熙宁十年（1077）四月，苏轼从密州调到徐州任知州，上任不到两个半月，就遭遇到空前的洪灾，具体情况是这样的：七月十七日，由于连降暴雨，黄河澶州曹村段大堤发生溃口，洪水一泻千里，直奔下游徐州而来，加之八月南清河水暴涨，徐州城被洪水包围，苏轼有诗为证："水穿城下作雷鸣，泥满城头飞雨滑。"城下水深达接近十一尺（约3.67米），在风雨中拍打着城墙，激起巨浪，城墙随时都有被冲垮的危险。所谓水火无情，一旦城破水入，百姓皆为鱼鳖，情形十分危急。城中一些富户见势不妙，争相出城避灾。这进一步动摇了城中军民抗洪抢险的信心。

面对如此局面，一般执政者很可能会认怂，弃城自保，大不了事后推说洪水百年不遇，超出人力可控范围，朝廷也不会追责。但是，苏轼没有这么做。他有一颗为民之心，而这颗心不允许他在洪水面前认怂。接下来，他的一番强有力的果敢操作，充分显示了他这位专家型领导的政治担当和战术谋略。

为了把官民拧成一股绳，形成强大战斗合力，他及时进行战前总动员，说出的话，慷慨激昂，落地有声："吾在是，水决不能败城！"——有我在此，绝不让洪水进城！不仅嘴上说，他还以身作则，身先士卒，穿上雨屐，拄着竹杖，登上城墙，查看水情，视察防洪设施，甚至连家都不回，就住在防洪哨棚里。他还说："那些富户都跑出城，民心立刻动摇，我跟谁来守护这座城？"他果断组织人员劝说逃离的富人回到城中，共同参与抗洪，以稳民心。

在技术手段上，苏轼科学调配人力，进行合理防御，除了先后调集五千民夫日夜加固城墙外，还利用自己一把手的权力，调动当地驻军支援抗洪。他亲自进入武卫营，对主要负责人说："洪水将要破城，形势十分危急，你们虽然是禁军，但是也应该挺身而出，为抗洪贡献力量。"那位军官也说出了肺腑之言："您作为一把手都没有躲避，这个时刻也正是我们效命的时候！"

在军民齐心协力之下，一道全长九百八十四丈、高一丈、宽两丈的防洪大堤，赶在特大洪峰到来之前修筑成功。与此同时，苏轼还命人将几百只公私船只集中固定在城墙前，以减轻大浪冲击城墙的力量。

除了阻拦洪水，苏轼还听从水利专家建议，将徐州北部的清冷口凿开，引导洪水流入黄河故道，从根本上解除洪水对徐州城的威胁。

这套组合拳打下来，抗洪效果十分明显。历经七十多个昼夜的奋战，洪水退去，徐州城安然无恙，人民群众的生命财产安全得到了有效保障。

但是，苏轼没有被胜利冲昏头脑。为了建立安全长效机制，他迅速上奏朝廷，请求立项拨款增高加固徐州旧城，以防备洪水卷土再来。

这次抗洪成功，苏轼得到了朝廷的嘉奖。他还派人将这次抗洪救灾中的经验和教训进行了认真总结，连同皇上的诏书，刻上石碑，陈列在黄楼之内，以备后人参考借鉴。

至于后来在杭州疏浚茅山河、盐桥河，在颍州建议取消开凿八丈沟，在扬州关注水利漕运等，苏轼已然是非常成熟的水利专家，在推进相关工程时，更加有章有法，有理有据，都取得了不错的治水效果。可以说，与水斗，苏轼是常胜将军，基本上没有失手过。他在水利方面的才干，不是一般士大夫可以比的。

4

我们不难发现，苏轼能够成功治理水患灾难，源于他有一份真挚的为民纾困之情，以及一颗务实的兴治水利之心。因而，在每项工程之初，他都不会只当甩手干部，而是会实事求是地进行调查研究，通过分析研判，得出缜密严谨的结论，然后再结合实际，因地制宜，选择最恰当的方法去解决问题。

这就是一位实干家的工作作风，完全没有了文学家的那种天马行空的样子。作为一个习惯了吟诗作赋的文人，苏轼能够做到如此，真的非常难得。由此可见，当年以王安石为首的一帮人认为苏轼喜好纵横家言，轻薄浮浪，干不了多少实际工作，实在是大谬。

公元 2019 年 12 月 6 日，中国水利部公布第一批"历史治水名人"，一共有 12 位治水达人入选，苏轼赫然在列。至此，苏轼的这个水利专家的头衔不再是一个传说。

15 躬耕之趣：手不握笔，改拾瓦砾

"种稻清明前，乐事我能数。毛空暗春泽，针水闻好语。分秧及初夏，渐喜风叶举。月明看露上，一一珠垂缕。秋来霜穗重，颠倒相撑拄。但闻畦陇间，蚱蜢如风雨。新春便入甑，玉粒照筐筥。我久食官仓，红腐等泥土。行当知此味，口腹吾已许。"

这是苏轼在黄州当农民时写下的诗句。春夏秋冬，不误农时，一个对农事十分熟稔的老农形象跃然纸上。那么，一个地地道道文化人真的会把农田种好吗？

1

元丰三年（1080）二月初一，苏轼在大儿子苏迈的陪伴下，被御史台的两个差人一直押送到了黄州，开启了四年又四个月的谪居生活。

黄州，是鄂东长江中游北岸的一座古城。早在旧石器时代，境内的螺蛳山就已经出现了人类早期文明。春秋时期，著名的吴楚柏举之战就发生

在这里。战国时期，楚烈王攻打鲁国，顺手牵羊把鲁国的附庸邾国也给灭了，并强令邾国国君和臣民内迁到黄州境内，重筑新城为邾城。秦始皇统一六国，将邾城作为衡山郡的郡治。这就是黄州古城的城市之根。黄州这个名称的出现约有1400多年。北周大象元年（579）十一月，北周行军元帅韦孝宽南下淮南，派宇文亮攻下黄城，相继占领今天的鄂东地域，改罗州为蕲州，设置永宁县（今武穴）；改南司州为黄州，设置黄陂县。北宋初年，黄州州城（黄冈县城）离开邾城遗址，向东南迁至江滨，也就是现在黄冈市区所在地[①]。到了苏轼的那个时期，黄州还只是个下等州，相当贫困，条件艰苦，所以，朝廷经常把一些犯过错误的官员下放到这个地方，以示惩罚。

苏轼就是属于下放艰苦地区接受劳动改造的这种情况。在"乌台诗案"中，他虽然被免了罪，没有掉脑袋，但是神宗皇帝还是想给他点颜色瞧瞧，对他进行"特责"，就是特殊处理，授予他低级官阶：检校水部员外郎，具体的官职是"黄州团练副使"，类似于人武部副部长，而且神宗皇帝特地附加了限制：不得签书公事。这就是明确告诉苏轼，公家的事儿你甭管，安心给我待一边坐冷板凳去！

嗯，不要管就不管，倒落得个无为清静。所以，初到黄州的苏轼，心情不是很糟糕，甚至还有点小确幸，写出来的诗充满自我调侃的意味：

自笑平生为口忙，老来事业转荒唐。长江绕郭知鱼美，好竹连山觉笋香。逐客不妨员外置，诗人例作水曹郎。只惭无补丝毫事，尚费官家压酒囊。

可是，在黄州真正过起日子来，苏轼就傻眼了。最现实的问题，一是

---

① 注：也有人认为，这次迁址是在唐中和五年，即公元885年。

没房，二是没钱。幸亏黄州城中定惠院的和尚慈悲，让他们父子暂住寺院，还免房租。可没钱就是大问题啊，特别是后来一大家子人都跟着到了黄州，二十几口人，要吃要喝，根本就扛不住。夫人王闰之精打细算，恨不得将一块铜板掰成两半花。夫妻俩想了一个节约的好办法——在家里严格实行经济计划，每月初一，将总开销4500钱等分为30串，挂在屋梁上，每天用画叉挑下一串来作为日开支，每天用度严格控制在150钱以内，如果当日有结余，就放进一个大竹筒里，以备额外的急用之需。150钱的购买力其实少得可怜，如果在京城，大约只能买到半斤多一点的酒。据记载，元丰二年，京城汴梁的酒价是每斤250钱。

日子过得如此艰难，苏轼迫切希望能够有一块自留地，种点粮食蔬菜补贴家用。第二年，他的这个愿望由朋友马梦得帮助实现了——向州府衙门申请到一块废弃的营地。

对于苏轼一家来说，这简直就是雪中送炭。

2

那块地，在黄州城东门外，面积还可以，有五十亩。宋代一亩约合今天0.974亩，五十亩将近32500平方米，足有四个半标准足球场那么大。问题是，这块地原先的用途是驻扎军队的，如果苏轼是用来搞个蹴鞠，或者赛个马什么的还行，但是，他现在要用来作耕地，就很麻烦，因为场地上土质板结，满是瓦砾，荆棘丛生，附近看不见水源。客观地讲，即便是极有经验的老农面对这样一块地，都会挠头犯难。

当然，苏轼也感觉头痛，但是他相信，只要思想不滑坡，办法总比困难多。他首先给荒地来了个"星火燎原"，将场地上丛生的荆棘全部烧光。

荆棘烧光后，意外发现了一口暗井。

这真是喜从天降的大好事，水源问题算是不用犯愁了。

接下来，就是对付那些瓦砾。苏轼丢掉读书人的矜持，以及官老爷的架子，搁下手中的毛笔，亲自带领一家人，搞集体劳动，男女老幼都俯下身子捡拾瓦砾。当看到被清理得干干净净的场地，苏轼虽然感觉很累，但是心里很满足。

苏轼也知道，这么大一片地，光靠人力开垦肯定不行，效率太低，便花钱买了一头耕牛，母的，黑色，取名为黑牡丹。有了耕牛，再加上马梦得、潘丙、郭遘和古耕道等朋友帮忙，这块地总算被开垦了出来。

至于如何栽种，苏轼心中早有盘算：在较低的湿地，种植粳稻，东边平地栽上枣树和栗树。不过，这时已是深秋，来不及种稻子，只能种麦子。麦种播下去，不到一个月工夫，地上就长出了绿油油的麦苗。这是苏轼没有想到的，心里自然高兴得不得了。

这时，一个有经验的老农告诉他，不要盲目高兴，这里面还有好多讲究嘞。苏轼听老农这么说，赶紧虚心求教。老农说，这麦子的苗叶，不能够让它长得太茂盛，要想来年有个好收成，必须趁早放些牛羊上去踩踏踩踏。

苏轼依言而行，第二年麦子果然获得了丰收，产出麦子20余石，换算一下大约是1184公斤，如果按照每人每天消耗0.4公斤计算，苏轼一家20口人大约可吃上148天。这可是不小的一笔收入啊！

当时，苏轼家里的大米正好吃完，米价又太贵，干脆就不吃大米饭了，改吃大麦饭。只是这大麦饭口感粗粝，咀嚼起来啧啧有声。苏迈、苏迨兄弟相互打趣说，这哪里是吃饭，简直就是嗑虱子，惹得全家人大笑不止。

还是苏轼点子多，他让王闰之在做饭时，将大麦和小豆掺杂在一起，果然口感大为改善。王闰之把这种饭称为"二红饭"。

麦子的丰收给了苏轼极大的鼓舞，他决定进一步扩大种植规模，栽下了300棵黄桑，还有枣树和栗树等，后来，安徽霍山的朋友李常派人送来一批柑橘树苗，他也栽种上了。苏轼甚至还写诗给大冶的长老讨要桃花茶的种子来种。茶能够去腻消食，不能不种上一点，苏轼觉得自己想得好远，不禁自嘲道："饥寒未知免，已作太饱计。"——我这肚子还没有填饱呢，就已经开始想着吃得太饱怎么办。

就这样，一座小型农庄基本建成。苏轼每天穿梭于田间地头，他头戴斗笠，手持耒耜，薅野草，拾瓦砾，辛勤忙碌，挥洒汗水，日出而作，日落而息，皮肤被晒得黝黑，双手被磨得粗糙，俨然就是一个地地道道的农民。

在这种劳作中，他不仅有了外形的变化，而且内心世界也慢慢改变了。在这里，他无须蝇营狗苟，苟且偷安。在烈日下的庄稼地里，我们的苏轼是庄稼的守望者，那茁壮生长的庄稼让他看到了力量，看到了未来，看到了希望。曾经的屈辱、悲愤，在这一时刻全都转化为平淡。

3

正当苏轼在耕作中逐渐找到感觉时，突然发生了一个变故，差点让他的农庄停摆。

有一天，耕牛黑牡丹生病了，病得很重，奄奄一息，几乎要死。要知道，在传统农耕时代，耕牛是极其重要的生产资料，那时的人们认为，"有田无牛犹之有舟无楫，不能济也。"唐宋法律都明确规定，不管耕牛是否老弱病残，都不准屠杀，只有自然死亡的耕牛才可剥皮贩卖或者食用。所以，黑牡丹病倒真的是一件大事。

苏轼赶紧派童仆请来牛医。但是，这个牛医估计是医术不精，看了半天，也没有搞清楚黑牡丹究竟得的什么病。苏夫人王闰之听说黑牡丹生病了，还去请了牛医，以为肯定能药到病除。结果，她听说牛医不中，就亲自到牛棚来看。围着黑牡丹转了一圈，王闰之笃定地说："黑牡丹这是发痘斑疮了，应当给它喂青蒿粥。"童仆不敢怠慢，迅速熬制了一大锅青蒿粥，给黑牡丹喂下。不久，黑牡丹果然就好了。

这王闰之，家庭妇女一个，过去一直以为她是青铜，原来她是王者。这件事让苏轼非常高兴，禁不住"发朋友圈儿"晒幸福——特地将这件事写信告诉章惇（当时，两人还没有翻脸，是关系不错的朋友）。

4

黑牡丹康复了，农场运转重新走上正轨。苏轼开始琢磨，应该给这个救一家于困窘的农场取个名字。究竟叫什么好呢？

文人取名当然不同于一般俗人。俗人不用典，也不顾雅，什么螺蛳店、总路嘴，往往张口就来，不过脑；文人则不同，总讲究个说道。要有说道，则会涉及历史掌故。苏轼这次给他的农场取名就是这样。他的农场位于黄州东门外，地势略高，形如坡，这就让苏轼想到了唐代大诗人白居易。当年，白居易被贬到忠州任刺史时，写过《东坡种花二首》，以及《步东坡》诗："朝上东坡步，夕上东坡步。东坡何所爱？爱此新成树。"同样都是被贬谪之人，居住地又同在城东，苏轼就用了白居易东坡种树这个典故，把自己的农场也叫作"东坡"，自称"东坡居士"。不得不说，这名号取得实在是好，既说明了自家农场的地理方位，又暗示了自己的贬官之身，更重要的，是向大文豪白乐天致敬。所以，东坡这个名号从此就成了苏轼最具知名度的"马甲"，人们更愿意称呼他为"苏东坡"或"东坡先生"。

这年冬天，苏轼又在东坡农场附近修建了五间房，墙壁上画满雪景，取名为"雪堂"，作为自己的家，凡是远道来看望他的朋友，都被安排住在这里。比如道士杨世昌、和尚参寥、画家米芾、琴师崔闲、奇人巢谷等，都曾在雪堂住过。

苏轼躬耕东坡，绝不是三天打鱼两天晒网，而是下了功夫的实干、苦干和巧干。他每天都要到田间地头，薅地、除草、施肥，日晒雨淋，把自己搞得又黑又瘦，以至于他的侄儿苏安节到黄州来看望他时，竟然认不出他来。

东坡农场的成功经营，使得苏轼基本断绝了东山再起回京当官的念头，只想做个平安无事的黄州农民。他想再买一块地，进一步扩大生产经营规模。元丰五年（1082）三月七日这一天，苏轼带着几个朋友，到距离黄州三十里的沙湖、当地人叫螺蛳店的地方去看田。要看的那块田地，位于山谷之间，卖地的人很懂推销之术，说他这块田地简直就是一块风水宝地，播下一斗种子，能产出十斛稻谷。苏轼当然不信他吹牛，就问为什么会有如此强悍的生产力。那人一本正经地解释道，此地连山都长有野草，能够起到很好的散水作用，另外此地一直没有种过五谷庄稼，地气未消耗，所以只要稍微翻耕一下，那生产力绝对是挡都挡不住。对于这样的农业生产的经验之谈，苏轼如获珍宝，赶紧拿小本本记录了下来。

在看完田回黄州的路上，突然下起了一场雨。他们出来时，本来是带了雨具的，后来觉得不会有雨，带着麻烦，就叫人先把雨具送回去了。这时，雨突然下了起来，同行的几个人忙着躲雨，搞得狼狈不堪。苏轼则不同，他是见过阵仗的，知道躲是躲不过的，不如安步慢行，认真体会被雨淋的滋味。过了一会儿，雨霁天晴，太阳从山头上照过来，苏轼禁不住为自己刚才的淡定而得意，回到家就写了一首名垂千古的词《定风波》：

莫听穿林打叶声，何妨吟啸且徐行。竹杖芒鞋轻胜马，谁怕？一蓑烟雨任平生。

料峭春风吹酒醒，微冷，山头斜照却相迎。回首向来萧瑟处，归去，也无风雨也无晴。

这就是当农民经营农场的好处——昔日的"落魄楚囚"变成了现在的"淡定哥"。

5

苏轼在黄州经营东坡农场，于元丰七年（1084）四月结束，因为朝廷来了诏令，平调他到汝州，仍旧担任团练副使的职务。这三年的农耕生活让苏轼产生了很强烈的"农民情结"。在别黄州时，他通过一首《满庭芳》告诉黄州的父老乡亲：希望你们能够爱护雪堂前面我曾种下的那些柳树，不要轻易剪去那柔嫩的枝条，同时也请你们时常晒一晒蓑衣，为什么呢？因为在不久的将来，我还要回来的。回来干什么？当然是继续当我的农民呗！

不过，苏轼此去，终究是没有再回到黄州。但是，他的"农民情结"却一直没有放下。在政治得意时，苏轼因忙于当官写材料，顾不上想许多；政治失意时，苏轼的"农民情结"就会发生作用，让他不止一次产生过去乡下生活的想法。

元祐八年（1093），苏轼在定州任知州时，有一天到基层察访民情，他看到一些地方的地势低洼，泥土肥沃，联想到自己过去种稻子的情况，便责成专人到南方买回稻种，亲自担任农技员，深入到田间地头，向定州农民传授水稻种植和管理的技术，硬是把那些荒野水滩变成了水稻田。"水上白鹤惊飞处，稻田千里尽秧歌"，据说，河北地方戏曲"定州秧歌"就与苏轼有关。在定州时，苏轼曾写过好几首"插秧歌"。

除传授种稻技术外，苏轼还鼓励定州农民改良土壤，治理荒滩，植树造林。他非常喜欢大槐树，在他的"雪浪斋"前的小院里栽了两棵，东面那棵侧枝舒展，犹如凤凰展翅，叫"舞凤"；西面那棵挺拔高耸，犹如神龙游天，叫"神龙"，虽历经千载，至今仍枝繁叶茂，成了定州的一大景观。

被贬谪惠州时，苏轼已经是六十多岁的老人，身体也不好，但是田间薅草拾瓦砾的事情还是经常做的。初到惠州时，他们住的是公房，后来被董必派人赶了出来，实在没有办法，苏轼和儿子苏过在城南南污池旁的桄榔林买了一块地，在朋友们的帮助下建起五间新房，取名"桄榔庵"。住定之后，他雇人整治出一片菜园，不到半亩，他和儿子苏过一起，辛勤劳作。由于种植方法得当，他们常年都能吃到时令蔬菜。他说，很多时候夜半喝醉了，就煮菜解酒，"味含土膏，气饱风露"，爽得很，"虽粱肉不能及也"，真印证了他的两句诗："人间无正味，美好出艰难。"——嗯，没错，幸福是靠自己创造出来的。

在惠州，苏轼还成功地做了一次农业技术大规模的推广工作。当年他被贬黄州时，在江对面的武昌（也就是现在的鄂州），发现农民插秧时普遍使用"秧马"技术，省力而且效率高。到了惠州后，他看见当地农民在水田里艰难插秧，"腰如箜篌首啄鸡"，实在是太辛苦了，就毫无保留地将"秧马"的使用技术传授给他们。为了推广这种技术，他亲自写作《秧马歌》,详细介绍了其形制、操作和效用。这种秧马,用木头制作,马腹一般用榆木或枣木,打磨光滑,马背用比较轻的楸桐木,马首高昂,用来挂秧苗。人坐在秧马上面插秧,极大地节省了体力,工作效率成倍提升,"耸跃滑汰如凫鹥",可以日行千畦。在苏轼的努力推广,以及博罗知县林天和的配合改良与宣传下,惠州农民终于全都用上了秧马。

能够为农民的农耕事业做到这个份儿上,苏轼的可爱可敬就绝对不是虚的。

6

晚年的苏轼一直有个愿望,就是"买田阳羡吾将老"。

阳羡,就是现在的宜兴,地处洞庭湖畔,山水秀美,民风淳朴,盛产柑橘。苏轼多次经过阳羡,对这里情有独钟。在《归宜兴,留题竹西寺三首》中,他写道:"十年归梦寄西风,此去真为田舍翁。剩觅蜀冈新井水,要携乡味过江东。"还有一首《菩萨蛮》,说得更直白:"买田阳羡吾将老,从来只为溪山好。来往一虚舟,聊随物外游。有书仍懒著,水调歌归去。筋力不辞诗,要须风雨时。"苏轼甚至一度想在阳羡买一块地,建个橘园,再修一座亭子。他连亭子的名字都想好了,就叫"楚颂",有向屈原致敬的意思。

只是可惜得很,造化弄人,虽然苏轼一生仕途坎坷,厌倦了官场,但是他想当农民,想当一个属于阳羡的自由自在的农民的愿望,至死都没能实现。

16 断案之趣：这个大人有点儿暖

苏轼为官四十年，其为官之道的核心就是"民本"思想，但凡他手中有些权力，就总是想着多为老百姓办点事儿，解决实际困难，即便是在践行冰冷的法律条款的过程中，他也尽量表现出温情的一面，以至于很多案件的当事人都觉得：这个大人有点儿暖。

1

"老赖"是当今社会中被人所痛恨的一类人。然而，老赖并不是现代才有，古代的时候就有老赖这类人的存在，而且数量不少。熙宁四年（1071），苏轼任杭州通判时就曾审理过一起老赖的案子。

话说这天，有个布商到衙门击鼓告状，指控一家扇子店的老板为"老赖"，欠钱两千缗不还。这还了得？苏轼最见不得那些不讲信用的人，决定亲自办一办这个案子，要狠狠处理那可恶的老赖。

可是，当衙役把被告传唤到堂时，苏轼的心不禁咯噔了一下，只见那扇店老板面容瘦削，衣衫褴褛，甚是可怜。苏轼不觉就动了怜悯之心，他缓和脸色问道:"有人告你欠钱两千缗,可有此事?"扇店老板如实回答:"大人,我欠他钱是真,不过事出有因啊。前不久,我父亲去世,花了一大笔钱,再加上今春天气不好,一直阴雨绵绵,做好的扇子根本卖不动,积压在箱子里都快发霉了,实在是无力偿债啊。"

苏轼见他说话老实,在情在理,就说:"你马上回家取些扇子来,我自有办法帮你还债。"听说通判大人有办法帮自己还债,扇店老板既高兴又疑惑。高兴的是,通判大人乃朝廷命官,绝无戏言,还债定然有望;疑惑的是,如今天凉扇难卖,通判大人究竟会有什么法子呢?来不及细想,他急忙赶回家中,取来一批折扇。

苏轼逐一打开扇面,仔细看过,发现用料考究,做工精细,都是上等好货。于是,他挑出二十把,在案桌上展开,磨浓墨,蘸饱笔,一番点染勾画,然后题上"眉州苏轼"的落款。一切搞定后,苏轼对扇店老板说:"拿去吧,保你能够卖出好价钱。"

扇店老板顿时激动不已,半天说不出话。那时的苏轼已经是名满天下的大才子,由他亲笔题画的扇面,身价不知要翻高多少倍!果然,扇店老板拿着苏轼题画的扇子,从衙门出来,还未到家,沿途就被人抢购一空,每把一百缗,共得钱两千缗,正好还清欠债。

一桩老赖拖欠货款案,硬是让苏轼搞成了一场慈善拍卖。有意思的是,苏轼后来还把一件走私案搞成了特快专递。

2

元祐四年(1089),苏轼到杭州任知州,权力很大。他在当时算得上是一个老官吏了,对官场上的那一套自然了然于心,按常情讲,下面这个案子不应该是这样的一种处理方式。

案子是这样的：有个叫吴味道（瞧这名字取的，跟苏轼的先祖苏味道叫一个名儿）的南剑州乡贡进士进京赶考，因为家里穷，没有路费，四乡八邻便凑份子帮他筹集了一笔盘缠。这个吴进士可能是穷怕了，也可能是受当时不良社会风气的影响，寻思着趁这趟进京顺便挣点小钱，就没有守住读书人的底线，干起了夹带私货进行贩运的勾当。他用那笔盘缠中的一部分钱买了一批建阳小纱，准备到京城后脱手。但是，他粗略计算了一下，如果沿途被抽税，到京城就只剩下不到一半了，根本没有赚头。于是，他想了一个歪招——在那批货的外包装上写着"杭州知州苏轼封至京师苏侍郎宅"。这是什么意思呢？原来他是想冒用杭州知州苏轼的名义，向京城的苏辙寄送货物。这样做至少有两点好处：一是沿途不用缴税；二是没人敢检查。他本以为自己的计划天衣无缝，不料百密一疏，写在外包装上的"苏侍郎"让他露了馅儿，被杭州的都商税务官当场扣下，押送到苏轼这里接受审理。原来，苏辙已于当年六月卸任吏部侍郎，改任翰林学士兼吏部尚书。这个吴味道并不知道这项人事变动，自作聪明地仍然写作"苏侍郎"。

按理说，这个案子的性质是相当恶劣的，吴味道不但逃税，而且还假借苏轼的名义走私。一般官吏处理起这样的案子来，必定是严惩不贷。但是，苏轼不是一般的官吏，他是一个佛系官员，也曾体验过一个寒士的艰难困苦。所以，当下属将吴味道押到跟前来的时候，苏轼看到此人一副寒酸模样，顿时心生怜悯之情，等到问清缘由后，苏轼更加心软，他实在不忍心因为吴味道一时糊涂犯下的罪过而去阻断他的前程。稍加思考之后，苏轼决定冒险担一次责——他派人在吴味道原来的包装上再加一层包装，亲自提笔写上这样一排字："杭州知州苏轼封至京师竹竿巷苏学士收"，然后悉数交还给吴味道，并对他说："前辈这回纵使走上天去也不用怕了。

这次你如果考试顺利通过,请务必来杭州做客。"

吴味道做梦都没想到是这个结果,自己不但没有陷入绝地,反而逃出生天。他感动得涕泗横流,再三拜谢。据说,第二年,这个吴味道在考试顺利通过后,真的赶到了杭州,真诚地向苏轼表达了感激之情。

苏轼这次对吴味道的"违法不究",以现代法治的眼光来看,当然是不行的。如果用历史唯物主义的眼光看,则是值得点赞的。因为在人治时代,推崇的是"重教化而轻刑罚",苏轼的做法,正好符合德政仁治的要求。

3

然而,一旦遇到了重大的案件,苏轼则一点都不含糊,该重罚时决不手软,该智取时比谁都精明。

宋有夏、秋两税之分。当时,浙西丝绢的质量是最上乘的,朝廷允许这里的民户以丝绢缴纳夏税,但是,有些奸猾的人为了减轻纳税压力,就以劣质的丝绢冲抵,还聚众极力阻挠收税官吏挑选识别。苏轼当了知州后,坚决制止这种行为,不料,竟然引发了一场两百人的聚众骚乱。他们涌入州衙,叫嚷着要知州大人出来给个说法,目的就是要苏轼同意维持原状,继续接收劣质的丝绢。

苏轼临危不乱,审时度势,首先做好了众人的安抚工作,将一帮人劝退,避免了矛盾升级恶化,紧接着,他派人查到幕后主使人是颜章和颜益两兄弟。这两人是地方恶霸,经常犯罪,苏轼决定严惩他们,将他们"法外刺配",就是在脸上刺字,充军到远州恶郡之地。

遗憾的是,这宗案子最终在朝中御史的干预下,没有达到苏轼的预期效果,但是从整个案件的处理过程可以看出,苏轼对待盲从的民众和领头的恶霸完全是两种态度：对待民众，他柔和；对待恶霸，他刚猛。

如果说，在颜氏的聚众骚乱案中，苏轼是除恶务尽而不得，那么，他在密州处理的悍卒扰民案，则是一网打尽无后患。

熙宁七年（1074）十一月，苏轼到密州任知州。一到任后，他马上采取措施应对蝗旱灾情，还严厉打击盗贼。不承想，在严打的过程中，竟然发生了一件非常棘手的案子：山东安抚转运使得到情报，有一帮强盗正在密谋，打算劫掠密州的某个地方。为了打击强盗，官府派遣了三班使带领几十名强悍士卒，到密州来实施抓捕行动。这本来是件好事，当地政府官员都乐意配合。不料，这帮士卒的纪律观念太差，在地方上肆意妄为。为了邀功获利，有的士卒甚至将国家禁运物资故意放在居民家里，被发现时栽赃诬陷居民，结果引发了居民的愤怒。在一次争斗中，士卒不小心将一个居民杀死了。这帮家伙见事情闹大了，便畏罪逃匿。要知道，这帮家伙手里有武器，又受过军事训练，随时都有作乱的危险。至于怎么个作乱法，读者朋友不妨参看《水浒传》中方腊、宋江等人闹出来的动静。

事件发生后，老百姓集体上访，堵在苏轼的知州衙门前讨要说法。至此，案子变得越来越复杂，不仅涉及上级安抚转运使，还关系到原本就有争议的禁物认定，同时，士卒不小心杀害当地居民的事也需要处理，一旦处理失当，可能会引发士卒哗变和百姓造反。

尽管案情复杂棘手，但是苏轼处理得从容淡定，结果堪称完美，手段则出乎意料。史书上是这么记载的："民奔诉轼，轼投其书不视，曰：'必不至此。'散卒闻之，少安，徐使人招出，戮之。"对老百姓的投诉，苏轼故意装着不相信，看都不看一眼状纸，直接扔在地上，还说，"你们说的肯定不是真的，趁早回家洗洗睡吧！"苏轼的这招欲擒故纵很快就有了效果。那些逃匿的士卒真以为这位知州苏大人不会追究他们，都放下心来。

苏轼这才召集他们一起开会，亮出人证物证，让他们无法抵赖，一网打尽，最终把这个案子办成了铁案，将这帮家伙全部正法。

通过这件案子的妥善办理，我们可以清楚地看到苏轼不仅十分关心民生疾苦，还有令人佩服的办案技巧。

4

苏轼毕竟是个才华横溢的文人，在司法断案中，免不了偶尔展示一下自己的文学才华，也是一件很有趣的事情。

宋代的《绿窗新话》就记载了这样一个故事：杭州灵隐寺有个花和尚，名叫了然，他六根不净，过不了色戒这一关，对妓女李秀奴非常迷恋，经常花钱向她讨好求欢。天长日久，资财耗尽，连衣钵都败光了，成了真正的穷和尚。如此一来，李秀奴就不愿再接待他了，但是，了然色心不死，依然纠缠。有一天晚上，了然喝了很多酒，借着酒劲又去找李秀奴。李秀奴厌恶至极，就是不让他近身。了然恼羞成怒，就对秀奴动了手，不料出手太重，竟然将李秀奴打死了。这时，苏轼正在杭州担任通判，便审理了这起案件。案情简单，事实清楚，人证物证齐全，很快就结了案。然而有意思的是，苏轼在审问和尚时，发现他身上有刺青文身，写的是两句诗："但愿生同极乐国，免教今世苦相思。"——好你个花和尚，好色不说，还如此明目张胆，不知羞耻，简直就是佛家败类！苏轼怒不可遏，提笔作《踏莎行》词，作为案卷上的判词。原词是这样的：

这个秃奴，修行忒煞，云山顶上空持戒。一从迷恋玉楼人，鹑衣百结浑无奈。

毒手伤人，花容粉碎，空空色色今何在？臂间刺道苦相思，这回还了相思债。

苏轼判罢，将了然和尚打入死牢，秋后处斩。

我国古代的判词，自西周开始传承于世，历经三千余年。在《吏学指南》中，对判词的定义是："剖决是非，著于案牍，曰判。"判而成文，称为"判牍"，其文辞就是"判词"。自唐代以来，把"明法"作为科举考试的科目之一，判词更加得到重视，判词的优劣与否直接与官员的选拔挂钩。苏轼无疑是写作判词的高手，他对了然和尚的这篇判词，就是流传千古的名篇。

这个判词的开头非常直白，相当于对这个花和尚破口大骂，可见苏轼当时有多么愤怒。苏轼自小就与佛家结下了不解之缘，向来对那些身在佛门、不行佛事的人痛恨不已。称和尚为秃驴，是骂称，具有极强的感情色彩。在这篇判词中，苏轼虽然没有直接称"秃驴"，而是改称"秃奴"，但都是一个意思。

苏轼在徐州担任知州时，也遇到过一个与和尚有关的案子。有一天，一个名叫怀远的和尚到州府衙门告状，诉说自己被乡民殴打，请求知州大人做主。苏轼虽然心中有佛，但不等于没有原则地偏袒佛门中人，他讲求实事求是。所以，他马上派人对案情进行深入调查。结果，一调查就发现了问题，原来，这个怀远和尚之所以挨打，是因为他偷偷下山喝酒，喝得醉醺醺的，在回寺庙的途中碰见一个美女，就按捺不住，上前动手调戏猥亵，恰好被一众路过的乡民撞见，便将他一顿胖揍。被打得鼻青脸肿的怀远害怕回寺庙后被寺规惩罚，就撒谎说自己被乡民欺负，企图恶人先告状，掩盖自己的丑行。他没有料到，苏轼不吃他这一套，给他来了个一查到底，把案情搞得一清二楚。

得知真相后，苏轼也是气不打一处来，提笔在怀远的诉状上写下十四字："并州剪子苏州绦，扬州草鞋芜湖刀。"至于这十四字是什么意思，他也不明说，而是让怀远回去后自行感悟。

花和尚怀远虽然色胆不小，奈何文化不高，对苏大人的判词百思不得其义，只好向附近的一名私塾先生请教。那个老先生告诉他，这两句话其实是歇后语，没有说出的那半部分是三个字——

打得好！

5

我们今天来看苏轼的这些断案小故事，可以明显地感受到，苏轼的办案理念早在他当年进行人生第一大考时，就已经表露出来了。

在他那篇知名度和美誉度双高的满分作文《刑赏忠厚之至论》中，力主"*以君子长者之道待天下，使天下相率而归于君子长者之道*"体现的就是民本思想。他认为，赏可以过，罚不可以过，赞成慎刑；"*赏疑从与，罚疑从去*""*罪疑惟轻，功疑惟重，与其杀不辜，宁失不经*"，苏轼要求以仁义作为刑赏的标准。我们以现代人的角度来看，他的这些观点，涉及了法律与道德相辅相成、疑罪从无、有利于被告人原则、宽严相济等现代法学的很多方面。

难能可贵的是，在后来的执政过程中，苏轼努力把自己的理念贯彻到实践当中。通过上面的那些案例，我们发现，在执法过程中，苏轼从来都不是简单机械地执行法律，而是能够"因法便民"，把法律条款本身存在的不足而可能造成的损失降到最小，竭尽所能地让老百姓的利益最大化。

所以，民国时期的林语堂说苏轼是一位心肠慈悲的法官，真的是一点也没错。

17 医疗之趣：违背誓言施药方

人食五谷，难免生病。疾病面前，人人平等，正如疾病不会因为苏轼学富五车、才高八斗就放过他。苏轼经常生病，这很可能跟他们家族的基因有关，他的弟弟苏辙和他的几个儿子的身体也都不是很好。经常被疾病困扰的苏轼自然就特别注意医疗和养生方面的问题，久而久之，他就成了一名自学成才的"赤脚医生"。

1

我们读苏轼的作品，会发现其中有很多医学秘方、偏方以及自我"行医"的记录。在史书中，也有这样的记载："轼杂著时言医理，于是事亦颇究心。"

这是苏轼治疗别人的例子——有一次，苏轼得知江州东林广惠禅师的手臂经常疼痛，便将"虎骨散"和"威灵仙丸"推荐给他，说自己曾多次使用，效果特别好，还叮嘱禅师最好将两种药同时使用，药效会更好。还有一次，苏轼的老长官文彦博得了痢疾，腹疼不止，吃了很多药都不见效果，苏轼便将"姜茶汤"秘方和制作方法传授给他，文彦博的病很快得到了治愈。有一位叫张鹗的人上门向苏轼请教养生术，苏轼给他开了"秘方"：第一，无事当贵；第二，早寝当富；第三，安步当车；第四，晚食当肉。苏轼告诉张鹗，这四味药可治妄念，可治贪馋，可减肥赘，可调胃肠。——这不单单是养生学，已经带有点哲学意味了。

除此之外，苏轼还有自我治疗的故事——某天夜里，苏轼的牙龈出血，并伴有发烧症状，他进行自我诊断，认为是热毒所致，应当服用清凉药物。于是，他将人参、茯苓、麦门冬煎煮出浓浓的药汁，当作茶来喝，很快就见了效。苏轼长有痔疮，而且经常发作，虽然多次进行治疗，但也不见好转。为此，苏轼坚持了一段时间不喝酒，也不吃肉，只以"胡麻茯苓面"充饥，效果很明显。苏轼谪居黄州时，更加注重健身防病。他广泛搜集民间的单方验方，形成了一套养生方法，比如，吸食朝气、地气、水气；实行日浴、风浴、雨浴、露浴；还有旦起梳发、午窗坐睡、夜卧濯足等。

在《东坡志林》中有这样的记载：有一天，苏轼与欧阳叔弼、晁无咎、张文潜一同在戒坛上参加法事活动。苏轼感到有点目眩，打算用热水洗眼睛。张文潜劝说道："不能用热水洗，眼睛有病，应该让它休息保养；牙齿有病，则应该多加使用，两种病的应对方法不一样。这治疗眼睛，就应该像治理百姓，而治疗牙齿呢，则应该像治理军队，治理百姓应学习曹参治理齐国的方法，治理军队应该学习商鞅治理秦国的方法。"苏轼觉得张文潜的这番话非常有道理。——其实，这已经不是在说治病了，而是在影射时事政治。

2

苏轼记载的药方中,最为著名的应该是"圣散子"。

说到"圣散子",首先得说到一个人,一个奇人。他叫巢谷,字元修,是苏轼的老乡。元丰五年(1082)的重阳,巢谷不远千里,从眉州来到黄州看望苏轼,住在雪堂里。为了留他长住,苏轼请他给自己的两个儿子苏迨和苏过当家庭教师。巢谷欣然接受,这一住就是整整一年。

苏轼听说巢谷有一个祖传的秘方"圣散子",就一心想求得。然而,巢谷并不想让人知道这个秘方,因此坚决不外传,甚至连自己的儿子都不给。不过,药方毕竟是用来治病救人的,按照巢谷的做法,一旦他离世后,这个秘方就真的失传了。也许苏轼就是担心这种情况的发生,所以就一直苦求巢谷,希望他能够将药方传授给自己。至于用了什么样的"苦求"法,苏轼没有记录,我们也不得而知。总之,在苏轼的苦求之下,巢谷终于想通了。一年后,他准备离开黄州回到眉州,临行前,同意将"圣散子"传授给苏轼,但是有个条件,要苏轼指江为誓,绝不再传给他人。

苏轼当时肯定是发过誓的,不然巢谷不会真的将药方传给他。有意思的是,苏轼在不久后就违背了誓言,将"圣散子"传给了第三者。可是,他这次违背誓言,不仅没有遭到别人的指责和耻笑,反而还被视为佳话,流传千年,即便是当年的巢谷,在得知秘方外传的真相后,也没有怪罪苏轼不守承诺。

接受苏轼传授"圣散子"的人,叫庞安时。

3

庞安时又是什么人呢?

民间关于苏轼与庞安时有很多传说。其中有个故事,说的是苏轼与庞安时用中药名对句:

有一天,庞安时到苏府拜访,发现门上新挂了两只灯笼,不由得来了兴致,脱口吟出一句下联:"灯笼笼灯,纸(枳)壳原只为防风。"苏轼恰好迎出门来,听罢稍作思考,即对出上联:"鼓架架鼓,陈皮不能敲半下(夏)。"两人相对哈哈大笑,进入后院花园,只见园中翠竹郁郁葱葱,庞安时便赞叹道:"中暑最宜淡竹叶",苏轼随即答道:"伤寒尤妙小柴胡"。接着,两人坐在园中小憩,庞安时看到满园玫瑰怒放,煞是怡人,又出一联:"玫瑰花开,香闻七八九里。"苏轼未加思索,对答如流:"梧桐千丈,日服五六十九。"庞安时小坐后起身告辞,再出一联:"神州到处有亲人,不论生地熟地。"苏轼含笑对出下联:"春风来时尽看花,但闻藿香木香。"

两人如此对句,不失为趣味盎然,过程中巧妙嵌入12味中药,它们是:枳壳、防风、陈皮、半夏、淡竹叶、柴胡、玫瑰、梧桐、生地、熟地、藿香、木香。

然而,这个故事不过是后人并不高明的杜撰,很有可能是中药材贩子故意为之,目的无非是吸引顾客多买几味药材而已。

凭什么就断定这故事是假的呢?因为故事的编造者显然不知道,历史上的庞安时其实是位严重的听障人士,不可能与苏轼聊得如此欢实。

庞安时，字安常，蕲州蕲水（今湖北浠水）麻桥人，打小聪慧过人，喜好读书，从他的父亲那里学得医术，尤其擅长针灸，治愈率不说百分之百，至少也在百分之九十以上，只是他患有严重的听力障碍，看病问诊，常以指画字。

元丰五年（1082）三月七日，苏轼到沙湖相田，回程中淋了一场雨，看着淅淅沥沥的雨，他不禁高唱"一蓑烟雨任平生"，却不料此时毕竟是春寒未尽时节，淋不得冷雨，于是他回家后就感觉左臂肿痛难耐，估计是得了严重的风湿。蕲水县尉潘鲠听说后，就建议苏轼赶快到麻桥去找庞安时看看。苏轼不敢耽误，慕名找到庞安时，一番笔谈后，庞安时已经完全了解了苏轼的病情，只一针扎下去，苏轼的左臂就肿消痛除，彻底好了。苏轼惊诧于庞安时的医术如此高超，便开玩笑说："我以手为口，你以眼为耳，我们俩都算得上一代奇人啊！"说完，彼此相视大笑，从此两人成为互相欣赏的朋友。庞安时给苏轼看病不收钱，只求他写一幅字。苏轼便写下了那首著名的《浣溪沙·游蕲水清泉寺》："山下兰芽短浸溪，松间沙路净无泥，萧萧暮雨子规啼。谁道人生无再少？门前流水尚能西！休将白发唱黄鸡。"

不久，黄州瘟疫大暴发，很多人染病死去，情形十分危急。苏轼想到了巢谷传授的"圣散子"，当然他也记得自己曾指水为誓，但是，此时此刻救人才是第一位的，他依照药方配制汤药，免费提供给染病的人，挽救了很多人的生命。为了能救下更多人，苏轼决定违背当初的誓言，将"圣散子"传给庞安时。因为他觉得庞安时医术高明，又善著书，必能将这个药方传承下去，造福更多人。成大事者不拘小节，苏轼的这个决定无疑是十分正确的，因为这是为了大多数人的利益。后来，庞安时在著《伤寒总病论》时，果然将"圣散子"收入书中。苏轼还欣喜地为之作序，对"圣散子"的功效和传承经过进行了详细介绍。

几年后,在杭州,苏轼再次用"圣散子"挽救了很多人的生命。

4

元祐五年(1090)春夏,杭州百姓经历了一段至暗时刻,一场瘟疫突然降临,严重威胁着百姓的生命安全,整个杭州城笼罩在恐怖的气氛当中,人人惶惶不可终日。

面对这种情形,作为地方一把手的苏轼心急如焚,但是,他着急归着急,并没有乱了阵脚。有了几年前在黄州抗击瘟疫的经验,他知道自己该先做什么,接着再做什么。在对付这场瘟疫的战斗中,他制定了三个步骤,而且步步为营。

首先,苏轼组织了一支志愿者队伍——挑选一批懂医术的僧人——在官吏的率领下,走进杭州城的大街小巷,对那些罹患疫病的人进行检查治疗。

接着,组织预防。他拿出"圣散子"配方,而且自掏腰包,按照方子购买了大批药材,命人在街头现场熬制成药剂,让过往行人免费饮用,不论男女老幼、贫富贵贱,要求他们都喝下一大碗,有病治病,无病防病。这一举措在实施不久后就取得了成效,疫情很快就得到了控制。杭州城恢复了生机,人们无不对父母官苏轼充满感激。

然而,苏轼并没有满足于眼前的抗疫胜利,而是考虑得更长远。他曾说,杭州是水陆交通要道,人流量大,相比于其他地方,更易于疾病的传播,每年造成的死亡人数也比其他地方多,所以,杭州人再也不能被动地应对疫病,而应该未雨绸缪,提前建立一座方便百姓看病的医坊。所谓医坊，类似于现代的医院。在这之前，似乎还没有出现过这样一种医疗机构。为了尽快完成医坊的建设，他首先提供了经费保障，拨付工程款两千缗，还动员妻子王闰之变卖首饰，凑齐黄金五十两，并把这些钱全部捐了出来。很快，一座医坊在杭州的众安桥建成，被命名为"安乐坊"。安乐坊不仅收留贫困患者就医，每年立春到次年春夏，还会免费向老百姓提供"圣散子"，以预防疫病感染。这是我国历史上第一座为老百姓服务的公立医院。

在维持医坊的运作上，苏轼也动了一番脑筋。没有大夫，他就请来一批医术过硬的僧人。没有运营经费，他就规定每年从地方税收中提留一部分专项资金拨给医坊。为了留住僧人，他制定了激励措施，对具有突出贡献的僧医——医术高明、医德高尚、三年内治愈病人达到千人以上者——呈报朝廷赏赐紫衣。

据记载，苏轼一手创办的这座医院在此后十多年里一直发挥着重要作用，后来搬迁到西湖边，更名为"安济坊"。

5

先后谪居惠州和儋州的苏轼，被剥夺了权力，也没有了财力，想再像在杭州那样通过行政的力量和慷慨施药去治病救人，显然不现实。这一时期，他关于保健养生倒是有了很多心得体会，形成了"谪居三适"保健法，即：旦起理发、午窗坐睡和夜卧濯足。在惠州时，他每天早晨起来梳头一百下。在儋州，因为没有澡盆，不能沐浴，他就用道家的方法，晚上躺在床上，用两手搓揉身体，是为"干浴"。

除了"三适"养生，苏轼还坚持手书药方。为什么呢？因为儋州十分蛮荒，缺医少药，当地人非常无知愚昧，一旦生了病，信巫不信医，常常通过宰杀生牛、祭祀神仙来治病，苏轼对此心痛不已，所以收录药方，以期能够帮助到这个地方的百姓。在手书药方的过程中，他常常亲自到田野间去寻找草药，亲自尝试，一一作记。对那些一时寻找不到的草药，他就写信向内陆的朋友求助，请求他们用船送一些到儋州来，比如他的朋友何德顺道士就给他寄过柴胡。

　　苏轼还曾自制了一种药丸。他见过一种植物，花朵鲜红，当地人叫它"倒黏子花"，结出的果实呈紫色，可食用，味道甘美，中有细核，味苦涩。苏轼通过访问得知，小孩子如果吃了这些果实就会便秘，当地人常用来治疗泻痢。苏轼当时也患有腹泻，便取倒黏子的嫩叶，用酒熏蒸后碾成末，捏成丸，一天吃上一百粒，非常见效。他便给这种自制的药丸取名"海漆"，并记录进自己的药方中。

　　苏轼将验方、名方整理成册，名《苏学士方》。后人将这部著作和沈括的《良方》两书整理合编成一册，这就是著名的方书《苏沈良方》，至今仍被使用。

6

　　建中靖国元年（1101）六月初三，时值酷暑，从儋州回到大陆的苏轼，开怀纳凉，畅饮冰水，半夜就急泻不止，一直到天亮。他对自己的医术颇为自信，就服用了人参茯苓汤等药。当时确实效果不错，只是三天后他还没等好利索，就又和朋友米芾一起畅饮，结果病情反复，日益加重，二十多天后就去世了。

　　这是天大的无法弥补的遗憾！病相显示，苏轼北归时得的是痢疾，也就是细菌性传染病——阿米巴痢疾。他采取的治疗方法是停止服用治病药物，只用人参茯苓汤，而这其实根本不对症。人参主安神，茯苓也是安神的，他的目的是想培养元气，以增强身体的抵抗力来抵御疾病，结果耽误了治疗。

其实，痢疾是一种常见病，《内经》称之为"肠澼""赤沃"；《难经》称之为"大瘕泄"；张仲景的《伤寒论》和《金匮要略》将痢疾与泄泻统称为"下利"，东晋葛洪《肘后备急方》有"天行毒气，夹热腹痛下痢"之说，通常采用的治疗方剂是"白头翁汤"。白头翁为毛茛科植物，多年生草本，别名有奈何草、粉乳草、白头草等，在中国北方有广泛分布。

上面这些医学著作，苏轼或许都读过，却没有采用白头翁汤这个方子对症治疗，真的是个天大的遗憾！

一个救人无数的医者，最终却没有医好自己的病，在心痛之余，我们是否该反思点什么？

18 创造之趣：被诗文耽误的"创客达人"

苏轼是一个很会过日子的人。他是学士，是官儿，是老爷，但是，他没有学士文人普遍存在的酸腐之气，也没有官场老爷的颐指气使做派。他很接地气，可以在东坡上俯身拾瓦砾，也可以撸起袖子，搞点小发明、小设计、小制造，俨然是一位被诗文耽误的"创客达人"。

1

先说说苏轼的发明。

关于苏轼发明的故事有很多，比如东坡肉，知名度极高，几乎妇孺皆知。再比如，东坡笠，如今的海南人仍然相信那是苏轼当年的杰作。

东坡笠呈圆盖形，直径约一尺，用竹篾等材料编制而成，笠顶有洞，笠沿有麻布围帐，可开合，能撩起，是海南岛老百姓遮阳的常用器具。相传，当年苏轼谪居儋州时，为了遮挡热带地区毒辣的太阳，便设计了这款"太阳帽"，人们称之为"东坡笠"，至今已经有九百多年了。2005年9月，东坡笠成功入选海南省首批"非物质文化遗产代表作保护名录"。

这极有可能只是传说，并非是真正的史实，因为不同的地方有不同的说法。位于北部湾畔的合浦县，也流行戴东坡笠，那里的妇女们认为，苏轼当年是到了廉州时才发明了这款既可遮太阳又可遮羞的凉笠。

与此相类似的，还有提梁壶的发明。江苏宜兴，是苏轼曾经打算弃官隐居的地方，在那里购置有房产。宜兴有一座蜀山，苏轼还曾在那里讲过学。苏轼喜欢饮茶，尤其喜欢用宜兴的紫砂壶泡茶，对铜壶铁壶之类的不感兴趣，认为金属壶有腥味。不过，他觉得宜兴紫砂壶泡茶好倒是好，就是太小，用起来不过瘾，于是就思索着自己设计一款称手的大壶。他叫人买来上好的天青泥，以及制壶的必要工具，就自己动手了。可是，制壶是个技术活儿，哪能那么容易搞定呢？苏轼玩泥巴玩了好久，还是没做出一把像样的壶，但是，他没有气馁，一直坚持摸索。一天夜里，小书僮提着灯笼送来夜宵。苏轼突然就来了灵感，为何不照灯笼的样子做一把茶壶呢？说做就做，苏轼一直忙乎到天亮。因为壶型大，泥坯软，老往下塌，他就用竹签在壶肚里支撑着，等泥坯变硬一些，再取出竹签。办法虽然原始，但很管用，一把灯笼大壶还真就做成了。为了方便拿取，苏轼又从房梁结构上得到启发，在灯笼大壶上加装提梁。经过反复精修细磨，灯笼大茶壶最终定型，烧制成器后苏轼非常满意，取名"提梁壶"。后来，人们称这种壶为"东坡提梁壶"，简称"提苏"。

事实上，这个传说的真实性也是要打折扣的，倒不是说苏轼没有制陶的天赋，而是他没有那个时间。有学者考证，苏轼买田筑室于宜兴，将宜兴视为第二故乡，一生中多次到过宜兴，一是熙宁年间任杭州通判时；二是在元丰八年乞居常州宜兴，得到朝廷批准后，在宜兴居住过；三是元祐年间在杭州任知州期间，曾多次往还于宜兴与治所之间。但是，苏轼到宜兴大多是路过、访友或暂住，真正在宜兴长住的时间并不多，很少有工夫来完成手工制作大茶壶这种精细度极高的活儿。当然，不排除他提出设计方案，由制陶高手帮助完成这种可能。

传说的魅力不在于其是否真实，而在于其故事中蕴含着的情趣。东坡笠也好，东坡提梁壶也好，是不是苏轼的发明并不重要，重要的是人们把这些物件与苏轼挂钩，表达了一种崇敬之情。所以，传说姑且让其继续这么流传，听者也姑且这么倾听，真要较真的话，就坏掉了情怀。

2

再说说苏轼的设计。

当年广州城的"自来水"工程，倒是有确切历史记载，可以证明那的确是苏轼的一项重大实用设计。

宋哲宗绍圣元年（1094），苏轼被贬英州，赴任途中接到降官一级的通知，过了两天，又接到改贬惠州的通知，十天三贬，堪称政治奇闻。这是苏轼的第二次贬谪，情形远远坏于元丰年间"乌台诗案"的那一次。

然而，连续被贬的苏轼没有沉沦，他仍在发光发热，为民生福祉贡献自己的力量。绍圣三年（1096），谪居惠州的苏轼从广州知州王敏仲的来信中，得知广州城百姓的饮用水很成问题，苦涩得要命，结果淡定的老人不淡定了。他很快给王知州回信，把自己和罗浮山道士邓守安一起制定的关于"自来水"工程的设计方案向王知州和盘托出，毫无保留，建议王知州派人"于岩下作大石槽，引以五管大竹，续处以麻缠漆涂之。随地高下，直入城中。"也就是通过竹筒管道，将山上甘甜的泉水导引到广州城中，供百姓饮用。这个设计方案绝对不是苏轼和邓守安的异想天开，而是他们对当时广州地形地貌详细了解后，确定的非常有针对性的良策。

当时，身为贬官的苏轼只能待在惠州，不能亲自前往广州指导落实这个设计，但是他提出了非常具体的实施方案。为了保障工程质量，苏轼将邓守安推荐给王知州担任工程"总官"，也就是项目总经理。苏轼对工程中出现的问题有充分预计，给出了解决预案，比如，为了防止将来竹筒管道堵塞，建议在每根竹筒上，钻一个绿豆大小的探孔，平时用竹针堵上，一旦整个管道出现淤塞情况，可以通过这些探孔查找堵点，避免将整个管道拆开检查。苏轼甚至对建成后的这套"自来水"系统的使用和管理，都有具体建议："专差兵匠数人，巡觑修葺，则一城贫富，同饮甘凉，共利便不待言他。"就是说，不论贫富均可享受，并由专人管理。在南方，苏轼所设计的这种"自来水"供应系统，在相当长时期内一直被老百姓沿用。喝着甘甜的山泉水，人们的心中一直念着苏学士的好。

除了搞些实用设计，苏轼也喜欢搞创意设计。他的创意设计充分体现了一个顶流文人的品位和情趣。雪堂就是经典案例。

元丰四年（1081）冬季，苏轼相中了东坡附近的一块高地，那里距离州门南向四百三十步，曾经是养鹿场，非常开阔，是建造房屋的理想之地。于是，他购置建材，自己也撸起袖子参与施工，于第二年二月大雪纷飞的季节建起了拥有五个房间的大房子。房屋落成，苏轼自然很高兴，他亲自进行室内设计，一手打造了一个与众不同的居住环境。

怎么个与众不同呢？通常情况下，人们对居室的墙壁处理，大多是用石灰刷白而已，高雅一点的，顶多再挂些字画条屏之类的装饰物。苏轼则不同，他的创意设计更具有个性化，也更加具有艺术气息——他亲自提笔，以新房堂屋的四壁为画纸，挥毫点染，画满了雪景，还给这所房子取名"雪堂"，并榜书"东坡雪堂"四个字，悬挂于新屋门楣之上。从此，苏轼在这里接待远方来的朋友，饮酒作诗，讨论文学，探讨人生命题；也是在这里，他写下了著名的散文《雪堂记》。雪堂因此成为中国古典文学史上一个闪亮的文化地标。

绍圣四年（1097），谪居惠州的苏轼在归善县城东面白鹤峰上的一块空地建起了一座新居，共有二十个房间，其一砖一瓦、一花一木，都凝聚着他的心血，仅在房间的命名上，就能感受到他那满满的设计感——他把堂屋命名为"德有邻堂"，把书斋命名为"思无邪斋"。只可惜，这座房子建成两个月后，苏轼就被贬往了儋州。到儋州后，苏轼经常在梦中回到惠州白鹤峰的新居，可见他对这处倾注了心血的居所有多么留恋不舍。

元符二年（1099）五月，被董必派人赶出官舍的苏轼和苏过父子，在朋友们的帮助下，动手在城南南污池侧桄榔林，建造了一栋十分简陋的住房，共有五间平房和一个龟头屋。虽然简陋，但是苏轼还是不肯马虎，给房子取名为"桄榔庵"。

——这就是苏轼，哪怕面对的是一碗萝卜，他也要尽量吃出人参的范儿。

3

最后，我们来说说苏轼的制造。

说到苏轼制造，当然要说到苏轼制墨那档子事儿。元符二年（1099）四月，金华墨工潘衡到儋州拜见苏轼。苏轼正愁没有好墨可用，现在来了个墨工，自然高兴得很。当时的儋州没有什么好东西，但是有很多松树，于是，苏轼和苏过、潘衡三人一起，搭起工棚，就地取材，砍松烧火，积烟制墨。

起初，他们收集的烟煤虽然很多，但是制成的墨却不怎么样。苏轼早年跟一些著名墨工打过交道，是制墨的行家里手，很快就发现了成墨不精的原因。他让苏过和潘衡对墨灶进行改造，采用"远突宽灶法"，也就是将烟囱移到远端，扩大灶肚容量。这样一改动，虽然收集的烟煤量减少了一半，但是烟煤质量得到了极大提升。

对于自己制作出来的成墨，苏轼很自信，认为其质量不会输给张廷珪墨和张遇墨等大品牌。苏轼的产权意识也很强，为了防止其他人盗用自己名义制造伪劣产品，他从自制墨中选择最精良的产品，打上"海南松煤""东坡法墨"的印文。

一天晚上，苏轼和苏过父子俩将采回的松脂堆放在墨灶旁，不料半夜时，墨灶火花迸发，引起松脂燃烧，把整个制墨工棚都烧掉了，好在有周围的百姓及时帮忙扑火，才没有酿成大祸，苏轼还从火中抢救出五百多枚上等好墨，也算是万幸。

其实，制墨工艺非常复杂，要经过烧烟、收烟、加胶、加药、和烟、蒸剂、杵捣、锤炼、制样、入灰、出灰、去湿等十几道工序。墨的配料也非常讲究，成品是否名贵，也全在这配料上。上等的好墨往往配有麝香、梅片、冰片、金箔等，配料之多甚至多达千种，如何配比，则是商业秘密，墨工常常秘而不宣。苏轼在海南制墨时，由于条件艰苦，当然没有那么多名贵的配料，但是他制作的墨后来却成了北宋名墨。显然，他的这个"名"，不在名贵，而在名气。

另一个要说到的苏轼制造，是酿酒。

苏轼爱喝酒，但是酒量不大。谪居黄州时，他在《饮酒说》中曾说："予虽饮酒不多，然而日欲把盏为乐，殆不可一日无此君。"但是，黄州的酒比较差劲，不合他的口味。可好酒很贵，他又买不起。有多贵呢？以元丰二年（1079）的价格为例，在东京汴梁，一斤酒要价二百五十钱，而苏轼在元丰三年一天的开支只有一百五十钱，也就是说，要想喝到东京的好酒，得一家二十口人饿两天肚子才行。苏轼虽说自称老饕，但还不至于为了自己的口腹之欲，而致使全家挨饿。

想喝好酒，又没钱，那怎么办呢？

一是喝朋友送的酒，比如知州徐君猷送的好酒，还有黄州的朋友们送的酒，攒起来也不少，一时喝不完，苏轼就将它们混合装在一个被他称之为"雪堂义樽"的容器里。这恐怕是最早的鸡尾酒。

二是自己酿酒。苏轼的老乡道士杨世昌，曾经给他传授过一个酿制蜜酒的秘方——用蜂蜜四斤，加入六斤热水，再加捣碎的面曲二两和南方白酒饼子米曲一两半，用生绢袋子装好，放入容器内密封发酵。一段时间后冒泡了，则酒成可饮。苏轼如法炮制，还作了《蜜酒歌》：

真珠为浆玉为醴，六月田夫汗流沺。
不如春瓮自生香，蜂为耕耘花作米。
一日小沸鱼吐沫，二日眩转清光活。
三日开瓮香满城，快泻银瓶不须拨。
百钱一斗浓无声，甘露微浊醍醐清。
君不见南园采花蜂似雨，天教酿酒醉先生。
先生年来穷到骨，问人乞米何曾得。
世间万事真悠悠，蜜蜂大胜监河侯。

歌中"一日小沸鱼吐沫，二日眩转清光活。三日开瓮香满城，快泻银瓶不须拨。百钱一斗浓无声，甘露微浊醍醐清。"对酿酒过程进行了完整记录，其中当然有些想象和夸张。

可惜的是，也许是器具消毒不够，也许是密封不严，又或许是原材料配比不对，总之这次酿造的蜜酒并不成功，味道不像酒，喝了还拉肚子。

林语堂先生说苏轼是"造酒试验家"，而不是"实验家"，这倒是非常准确的定义。苏轼酿酒的确更多在于"试"。这次酿造蜜酒虽然失败了，但是苏轼对酿酒的兴趣丝毫没有削减。58岁那年，他被贬到定州时，学会了酿造松酒和橘子酒；60岁时，他被贬到惠州，学会了酿造桂酒，写下《桂酒颂》和《桂酒诗》。谪居儋州时，他又学会了酿造天门冬酒。天门冬是百合科植物，也叫天冬、明天冬、天冬草、丝冬、赶条蛇、多仔婆等，具有养阴清热、润肺滋肾的功能。庚辰岁（即元符三年）正月十二日，冬门酒熟，苏轼面对自己的劳动成果，极为兴奋，边漉边饮，不知不觉中大醉。醒来后，他写诗道："自拨床头一瓮云，幽人先已醉浓芬。天门冬熟新年喜，曲米春香并舍闻。"

酿酒的过程带给苏轼心灵的愉悦，他认为酿酒充满了"理"。在《浊酒有妙理赋》中，他写道："失忧心于昨梦，信妙理之疑神。浑盎盎以无声，始从味入；杳冥冥其似道，径得天真……稻米无知，岂解穷理？麹蘖有毒，安能发性？乃知神物之自然，盖与天工而相并。"

千百年来，蜜酒、松酒、橘子酒、桂酒、天门冬酒等，在时光的窖藏中，皆因与苏轼有牵连，有碰撞，有交融，而变得闻名遐迩。

4

苏轼是文人，也是官人，但他不是五谷不分、四体不勤的文人和官人，他喜欢动脑，喜欢研究，喜欢尝试，很少当看客，绝不做甩手掌柜。他搞发明，搞设计，搞制造，都是亲力亲为，在放下架子、扑下身子、撸起袖子中造福他人，也愉悦着自己。

所以，从这个角度讲，苏轼身上其实具有一种十分难得的创客精神，堪称他那个时代的"双创"楷模。

辑 四

知行大德：人生名利皆为梦

君子之知人，务相勉于道，不务相引于利也。

——苏轼《与李方叔书》

……

　　苏轼劝慰老太婆道："老人家，你家那房子是被我买下的，你不要太过悲伤，我今天就把房子还给你。"不仅这样说，他还马上付诸行动，让邵民瞻去取来房屋买卖凭券，当着老太婆的面一把火烧掉，而且还叫人找来老太婆的不肖之子，苦口婆心一番教育，第二天，就让这对母子搬回了老房子。更为难得的是，那五百缗购房款，苏轼提都不提，根本就没有索还之意。

……

有人曾经说过，人类先天就有一种对善美的追求，对生命的歌颂和对造物者的佩服，越是善良的灵魂，越是对造物者有至高的敬意。还有人说，善良是天才者的伟大品质之一。中国的孟子也说过："君子莫大乎与人为善。"

苏轼无疑是一个善良的人。善良，是他最基本的品质，他的所有才华因为建立在这个基础之上，才显得那么光彩夺目，那么令人钦佩，而他这个人也才赢得了人们的喜爱乃至敬仰。

19 惜花之趣：为何偏爱海棠红

花，是美丽的载体。百花绽放，争奇斗艳，令人赏心悦目，而花谢花飞，又容易让人产生时光流逝、生命衰亡之感，所以，文人除了书籍之外，往往爱花。他们常常从鲜花绽放的烂漫中，获得精神的愉悦；从时花盛极而衰的无奈里，获得命运的共鸣。

苏轼作为文人典范，与花的缘分很深，他一生创作了大量与花有关的作品。他既有赏花的慧眼，更具惜花的灵心，在其充满雅趣的一生中，留下了许多与花共鸣共情的温暖故事。

1

苏轼爱花，很大程度上跟其小时候生活的环境有关。

苏家一开始并不富裕，这是因为苏轼的爷爷苏序乐善好施，苏轼的父亲苏洵又喜欢游历四方，钱财只出不进。好在苏轼的母亲程夫人是位极为贤惠的女主人，为了维系一家人的生活，便在眉州最为繁华的"商业街"——纱縠行租下一处宅院，专门经营丝布生意。程夫人经营有方，生意极好。

这处宅院是商住两用，在程夫人的精心打理下，鲜花竹柏，丛生满庭，生机盎然。年幼的苏轼和苏辙两兄弟就是在这样的环境中成长起来的。

后来，苏轼和苏辙长大成人，到了京城，仍然喜欢侍弄花花草草。

宋仁宗嘉祐六年（1061）八月，苏轼和苏辙在制科考试中脱颖而出，一个拔得头筹，一个取为第四等，马上就可以被授予官职了。也就是说，他们将结束"京漂"模式，正式开始国家公务员的生活。跟现代青年人差不多，到一座新的城市生活和工作，必须解决的首要问题当然是房子。经过一番考察，苏轼在京城宜秋门附近相中了一处房产，便买了下来，取名"南园"，把老父亲苏洵、弟弟苏辙以及全家人都安置在这里。这处房子虽然不是很大，但是在他们父子三人的打理下，庭院中花木繁茂，萱花、葵花、牵牛花各类花都有，整个院落馨香馥郁。

这无疑是启发艺术灵感的所在，苏轼在写给朋友杨济甫的信中，不无自得地说这个地方"一似山居，颇便野性也"。苏辙还对庭中的花草树木逐一进行题咏。想想也是，作为年轻人，能够在京城里拥有这么一个花香满园的住所，谁不想在朋友面前炫耀一番呢？

2

最能满足苏轼赏花欲求的一次经历，恐怕要算十年后在吉祥寺赏花了。

在群芳谱中，唐代人特别钟情于牡丹，那时，洛阳的牡丹花会非常盛大。到了苏轼所处的时代，举办牡丹花会的风气也盛行不衰，是人们特别看重的一项文化活动。在杭州安国坊吉祥寺，有个守璘和尚非常善于培植牡丹，养了几百个不同品种的牡丹，足有一千多株，每年春季花开，争奇斗艳，蔚为壮观，吸引着大量香客前去赏花。

熙宁五年（1072）三月，苏轼陪同沈知州大人到吉祥寺参加牡丹花会，以体现吏民同乐的思想。花会上置酒奏乐，热闹非凡，前来赏花的百姓数以万计。等苏轼他们一行人到来后，五十三名百姓手捧金盘彩带装饰的牡丹花篮，并将其进献给各位大人，然后官员们便放肆饮酒，极尽欢娱，真是好一个令人振奋的牡丹花会！

宋代有一个风俗，就是男人也流行戴花。据南宋文人周密的《武林旧事》所记载，在庆贺宋高宗赵构八十华诞的御宴上，"自皇帝以至群臣禁卫吏卒，往来皆簪花"。这里的"簪花"，就是戴花。所以，苏轼一行人参加牡丹花会时，头上也插满了鲜花。花会结束的时候，所有的人跟随着知州的仪仗队离开吉祥寺，穿街走巷，一路欢歌笑语。

苏轼见此情景，不禁诗兴大发，带着醉意吟道："人老簪花不自羞，花应羞上老人头。醉归扶路人应笑，十里珠帘半上钩。"在这首《吉祥寺赏牡丹》里，苏轼说自己是老人，不配戴花了，其实此时的他才三十七岁，之所以这样说，是因为在艳丽的牡丹花面前，他实在觉得有些自卑。

对于这次牡丹花会，苏轼一直记忆深刻，念念不忘，以至于几年后，他到密州任知州时，还时常想起，并写了一首《惜花》诗：

> 吉祥寺中锦千堆，前年赏花真盛哉。
> 道人劝我清明来，腰鼓百面如春雷。
> 打彻凉州花自开，沙河塘上插花回。
> 醉倒不觉吴儿咍，岂知如今双鬓摧。

3

除了牡丹这种富丽堂皇的"国色天香",苏轼对清可绝尘、浓能远溢的桂花,也是很喜欢的。

熙宁四年(1071)十一月到熙宁七年(1074)九月,苏轼在杭州担任通判期间,与天竺寺和孤山寺的一些僧人多有来往,经常有诗文唱和。话说熙宁七年(1074)的中秋,桂子飘香,天竺寺的僧人摘下了一些上好的桂花,不惜走一两天的路,终于在八月十七日赶到了杭州城,并将桂花送给了苏轼。这份情谊令苏轼感动不已。捧着金黄的桂花,馥郁的芬芳沁人心脾,苏轼没有独占这份美好,他想到了一个好朋友,打算与他分享。

这个好朋友就是杨绘。杨绘是四川绵竹人,字元素,号先白,年长苏轼五岁,是嘉祐元年的进士,曾担任过荆南府通判、开封府推官等职,神宗皇帝即位时曾让他修过起居注。他的政治观点跟苏轼是相通的,也曾受到王安石的打压。不久前,他刚到杭州接替陈襄担任知州,成了苏轼的上司。

苏轼将桂花匀出来一部分打包,吩咐人给杨绘送去,随送的还有一首诗:

> 月缺霜浓细蕊乾,此花无属桂堂仙。
> 鹫峰子落惊前夜,蟾窟枝空记昔年。
> 破戒山僧怜耿介,练裙溪女斗清妍。
> 愿公采撷纫幽佩,莫遣孤芳老涧边。

在诗中，苏轼以桂花自比，表达了自己自外任后，仍然保持高贵、清廉、耿介、不随流俗的秉性情怀，以及孤芳自赏而不被人理解的郁闷。特别是尾联，对朋友杨绘寄予了厚望，但愿他能经常采撷桂花，连缀成佩饰，常挂身上，不至于把"我"这株独秀的香花遗弃在小溪边不闻不问。说得直白点就是：咱俩是好朋友，要经常一起玩哟。

又是赠花，又是献诗，可见苏轼对待朋友的真心和真情。这个时候的苏轼并不知道，十几天之后，朝廷会将他调到密州担任知州。

4

在密州，苏轼爱上了杞菊。

受到唐代诗人陆龟蒙《杞菊赋》的影响，苏轼对密州古城废圃中生长的枸杞和野菊花颇感兴趣，曾和自己的下属刘庭式一起前往采摘。为此，他还写了一篇《后杞菊赋》，自嘲在密州生活的清苦，讽刺朝廷削减公使钱的新政策。

其实，苏轼在食用了这些枸杞和野菊之后，身体也越来越好了。

关于苏轼与菊花，有一个很有趣的故事。有一天，苏轼到王安石家拜访，结果王安石不在家，苏轼在王安石的书桌上看到了两句咏菊诗："西风昨夜过园林，吹落黄花满地金。"苏轼心想："菊花敢与秋露鏖战，说西风'吹落黄花满地金'，岂不大错特错？"于是提笔续诗两句："秋花不比春花落，说与诗人仔细吟。"王安石回来以后，看了这两句诗，对苏轼这种自以为是的作风很不满意。后来，苏轼被贬为黄州团练副使，到了重阳，连日大风，菊花纷纷落瓣，满地铺金。这时，苏轼想起了给王安石续诗的往事，才知道是自己太主观了。

这当然是小说家言，与事实相去甚远。《西清诗话》的记载也许更接近事实：有一天，王安石写了一首菊花诗，名为《残菊》，其中两句为："黄昏风雨暝园林，残菊飘零满地金。"欧阳修看后，对王安石说："深秋季节，百花落尽，唯有菊花在枝头怒放，怎么能说是残菊遍地呢？"欧阳修还续写了两句："秋英不比春花落，为报诗人仔细吟。"对此，王安石不以为然，他辩解道："我这样写是有理由的，《楚辞》里不是有句'夕餐秋菊之落英'吗？难道欧阳先生没有学过吗？"

看看，相似的情节，主人公却不一样，很可能是传播故事的人张冠李戴了。

5

苏轼的爱花清单里，还有杏花。

元丰二年（1079年）二月，已经调任徐州知州的苏轼接待了一位同乡。此人叫张师厚，他进京赶考，顺道来徐州拜见苏轼。他没有料到苏轼对待他这个后辈竟然一点官架子都没有，非常平易近人，最让他感动的是，苏轼还趁着杏花盛开时，专门举办了一个杏花酒会来招待他。

那天晚上，皓月当空，在杏花绽放的庭院中，苏轼摆下酒席，还邀请徐州的两个青年才俊王蓬、王适兄弟，在杏花间吹奏洞箫。花前月下，一州之长的苏轼完全放松了下来，他与三个青年后辈一边对酌畅聊，一边借月赏杏，真是其乐融融。其间，苏轼写了一首《月夜与客饮酒杏花下》：

杏花飞帘散余春，明月入户寻幽人。

褰衣步月踏花影，炯如流水涵青苹。

花间置酒清香发，争挽长条落香雪。
山城薄酒不堪饮，劝君且吸杯中月。
洞箫声断月明中，惟忧月落酒杯空。
明朝卷地春风恶，但见绿叶栖残红。

后人细品这首诗时发现有个不解的地方：此次杏花酒会本来应该是欢乐的聚会，苏轼为什么在诗的最后出现了情绪反转，突然来了这么两句"明朝卷地春风恶，但见绿叶栖残红"？

神奇的是，苏轼写完此诗四个月后，"乌台诗案"就发生了，果真就应了这两句"诗谶"。

哎，真是乌鸦嘴啊！

6

梅花，是苏轼极为欣赏的花朵。

当年，在去黄州的路上，苏轼见到寒风中绽放的梅花，打心眼儿里生出一股浓浓的爱意。

元丰三年（1080）正月二十日，被贬出京城的苏轼顶风冒雪已经走了二十天，到达黄州府麻城县关山的春风岭下。进入黄州地界，说明距离目的地已经不远了，苏轼的心情自然好了不少，加上雪霁天晴，一条清溪沿道流淌，夹岸的梅花凌寒盛开，一阵风过，吹落片片梅瓣，飘入清溪，缓缓流去。苏轼不禁怦然心动，作了两首梅花诗：

其一

春来幽谷水潺潺，的皪梅花草棘间。
一夜东风吹石裂，半随飞雪渡关山。

其二

何人把酒慰深幽？开自无聊落更愁。
幸有清溪三百曲，不辞相送到黄州。

苏轼是典型的"梅花控"，一生创作了大量跟梅花有关的诗词。除了初到黄州时为梅花写过诗外，多年后苏轼被贬惠州，在岭南松风亭下，也写过一首梅花诗。那天，苏轼在凉亭下，看见盛开的梅花，不禁勾起贬谪黄州的回忆，觉得这梅花似乎总与自己跌宕的命运相纠缠——每次贬谪，途中总是遇见梅花，他无限感慨，作诗道：

春风岭上淮南村，昔年梅花曾断魂。
岂知流落复相见，蛮风蛋雨愁黄昏。

北宋初，梅花还没有被普遍种植，生活在北方的人对梅花的了解不多。据蔡绦《西清诗话》记载，"红梅独盛于姑苏，元献始移植西园第中。贵游赂园吏，得一枝分接，都下始有二本。元献尝赋诗曰：'若更迟开三二月，北人应作杏花看。'盖元献犹假设耳，至荆公，则坐实矣，其诗曰'春半花才发，多应不耐寒。北人初未识，浑作杏花看'。"这则记载表明，那时的北方人经常分辨不出梅花与杏花的区别。

苏轼当然算不得北方人了，他对梅花是了解的。他眼中的梅花，不只是供人观赏的植物，更像是有血有肉有魂的人。

在中国文学史上，苏轼是第一个提出"梅格"的文人。这见识就比在他之前的文人要高出许多。比如石延年，有首《红梅》诗写道："梅好唯伤白，今红是绝奇。认桃无绿叶，辨杏有青枝。烘笑从人赠，酡颜任笛吹。未应娇意急，发赤怒春迟。"在他眼中，梅花跟桃杏只是外形不同而已，因此，他笔下的梅花是没有生命力的梅花。苏轼曾批评道："诗老不知梅格在，更看绿叶与青枝。"指出石延年们（"诗老"）对于梅的肤浅认识。

且看下面这首《西江月·梅花》：

玉骨那愁瘴雾，冰姿自有仙风。海仙时遣探芳丛。倒挂绿毛幺凤。

素面翻嫌粉涴，洗妆不褪唇红。高情已逐晓云空。不与梨花同梦。

你以为他这是在写梅吗？不，他是在写人，写他深爱的那个人。她就是王朝云。

王朝云，字子霞，钱塘人，因家境清寒，自幼沦落为歌妓，但是她出淤泥而不染，有着一种清新洁雅的气质。苏轼任杭州通判时，在一次宴会上对能歌善舞的王朝云一见倾心，便将她收为侍妾。此后二十多年，王朝云一直陪伴在苏轼身边，跟随他宦海沉浮，颠沛流离。

朝云美丽聪明，最懂苏轼的心。一次，苏轼回家，指着自己的肚子问家里人，你们有谁知道我这里面有些什么？有人回答："文章。"也有人说："见识。"苏轼都摇头。王朝云笑道："是一肚子的不合时宜。"苏轼听后捧腹大笑，说："知我者，唯有朝云也。"

宋哲宗绍圣元年（1094）十月，苏轼被贬往惠州，朝云随苏轼万里投荒，照顾起居，尽心尽力。这时的苏轼已经把朝云当作结发妻子对待，希望能够相携终老。不料，绍圣三年（1096）七月初五，朝云不幸染上瘟疫，因缺医少药不治而亡，年仅 34 岁。身处困厄中的苏轼，遽然失去红颜知己，不禁肝肠寸断，老泪纵横，先后写下了《悼朝云》诗、《惠州荐朝云疏》，以及上面这首《西江月·梅花》等多篇作品。

这首《西江月·梅花》明为咏梅，实为悼亡，也是苏轼献给王朝云的一首赞歌。

7

元丰三年（1080）二月初一，劫后余生的苏轼来到黄州。初来乍到，他寄居在城内定惠院中，也不用上班打卡。起初，他"畏蛇不下榻，睡足吾无求"；后来，他隔三岔五地去城南的安国寺洗澡，"披衣坐小阁，散发临修竹"，进行自我调适。除此之外，他开始到处闲逛，寻找可以排遣寂寞的地方，不管是寺庙还是私家花园，他都会前去敲开门，请求进去看一看。

还别说，苏轼还真就发现了两处能够给自己带来心灵慰藉的园子。一处是尚氏花园，里面遍植竹木花草，特别是櫱枳花，很有特色，令人印象深刻。苏轼曾仔细观赏，还动手绘制了花图。另一处是柯姓林园，那是一座靠山的园子，山上是一片枳树林，树上有白色的花朵，散发着浓郁的清香，常常吸引苏轼驻足观赏，流连忘返。

说了这么多花，苏轼最钟情的恐怕还是海棠花，因为他觉得自己就是一株流落飘零的海棠。

有一天，寓居在定惠院的苏轼散步到东山，在满山的杂花丛中忽然发现了一株艳丽的海棠。苏轼感到十分惊讶，因为海棠是西蜀濯锦江独有的名花，其他地方向来没有。在黄州这样偏僻的地方，怎么会有海棠呢？他进而猜想，这株孤独的海棠，一定是天上的鸿鹄把种子从西蜀衔到黄州来的，只可惜这里的土著人根本不知此花的名贵，任其孤独生在野外。于是，多愁善感的苏轼马上就联想到了自己，觉得自己的命运与这株海棠高度相似，心中那股自怜自惜之情就再也压不住，到了不吐不快的地步。他提笔蘸墨，一首长诗一挥而就：

江城地瘴蕃草木，只有名花苦幽独。
嫣然一笑竹篱间，桃李漫山总粗俗。
也知造物有深意，故遣佳人在空谷。
自然富贵出天姿，不待金盘荐华屋。
朱唇得酒晕生脸，翠袖卷纱红映肉。
林深雾暗晓光迟，日暖风轻春睡足。
雨中有泪亦凄怆，月下无人更清淑。
先生食饱无一事，散步逍遥自扪腹。
不问人家与僧舍，拄杖敲门看修竹。
忽逢绝艳照衰朽，叹息无言揩病目。
陋邦何处得此花，无乃好事移西蜀。
寸根千里不易致，衔子飞来定鸿鹄。
天涯流落俱可念，为饮一樽歌此曲。
明朝酒醒还独来，雪落纷纷哪忍触。

这哪里是写海棠，分明就是写的他自己啊！这首诗，有一个很长的题目：《寓居定惠院之东杂花满山有海棠一株土人不知贵也》。这之后，苏轼意犹未尽，又写了一首《海棠》：

东风袅袅泛崇光，香雾空蒙月转廊。

只恐夜深花睡去，故烧高烛照红妆。

这其实还是在说他自己：处江湖之僻远，不遇君王恩宠。

通过这两首诗所透露的信息，我们真该为流落黄州的海棠庆幸一下，苏轼很可能是把那株东山上的孤独的海棠移栽到了自己家里，并一直精心照顾着，以至于夜晚还要起来，点着蜡烛欣赏一番。不仅如此，两年后的寒食节，我们还可以见到它的容颜——元丰五年（1082）的寒食节，过着"空庖煮寒菜，破灶烧湿苇"日子的苏轼，在《寒食诗》中写道："卧闻海棠花，泥污燕支雪。"——在苏轼的眼里，那时的海棠就像雪上搽了胭脂那样美丽。

苏轼遭遇政治迫害，九死一生，但是他不屈服，不沉沦，不失自己的本真，硬是在黄州这个穷乡僻壤之地顽强地生存着。他一再赞美海棠，何尝不是对自己的一种肯定呢？

8

我们不难发现，在爱花人苏轼的眼里，花有三重境界。第一重，花是泛爱的对象，比如牡丹、菊花、桂花、杏花等，它们的美丽，是仅供远观的景致，与苏轼之间是纯粹的客体与主体的审美关系；第二重，花是真爱的化身，比如梅花，它是人格美的代表，与苏轼之间是一种心心相印的亲密关系；第三重，花是自爱的载体，比如海棠，它是本我的寄托，与苏轼之间是一种物我合一的兼容关系。

所以，除了"苏东坡"这个称号之外，我们似乎也可以称苏轼为"苏海棠"，假如他老人家不嫌这个名号有些阴柔的话。

20 积善之趣：喜欢不求名利的付出

佛经有云："大慈与一切众生乐，大悲拔一切众生苦。"儒、佛、道兼通的苏轼，胸怀一颗慈悲心，宁可自己吃亏受累，也要成人之美，帮助受苦受难的芸芸众生。

1

嘉祐六年（1061），苏轼被任命为大理寺评事、签书凤翔判官，这是他的第一份正式工作，相当于政府秘书长。他到任之后，除了牵头负责州府衙门里的那摊子杂事外，还负责追缴百姓拖欠官府的债务。

以前，负责这项工作的官员都是采取狠办法，将拖欠人捆绑起来一顿打，催逼还债，但是效果并不好。那些官员为了尽快完成催缴任务，就肆意搜刮，甚至动用牢狱刑法进行威吓，更加恶劣的是，他们利用朝廷大赦，趁机勒索被关押的欠债人，拿钱来贿赂的就释放，没钱的就继续关押。苏轼到任后，一改这些恶劣做法，采取了人性化的措施。经过一番认真调查摸底，他确认225人属于无辜被关押，于是按照正常程序上报朝廷，请求予以释放，同时利用私人关系敦请主管官员蔡襄尽快解决落实。其对百姓的仁爱之心可见一斑。

熙宁四年（1071）十一月，苏轼到达杭州。在这里，他开启了一段很重要的职场之旅——担任杭州通判。通判是宋太祖赵匡胤天才般的创造，是"通判州事"或"知事通判"的简称，明面上是辅佐州府一把手处理行政事务的副职，似乎可以理解为州府行政系统的二当家，实际上是朝廷派来监督知州工作的"监察员"。所以，在杭州担任通判的苏轼蛮有权力，不仅要管行政那一摊子事情，还要兼管司法。按照衙门里的惯例，每年的除夕，通判要负责将监狱里的囚犯提出来逐个点名。

话说熙宁四年的除夕，走马上任不久的苏轼按照惯例去点名，看着那些戴着脚镣手铐的囚犯，一个接一个从堂下走过，心中忽然被深深触动。他想，这些人为了有口饭吃才犯法，我也是为有口饭吃才做官，本质上好像没有什么区别嘛，都是为了生活。那一刻，他甚至头脑发热，想学一学唐太宗，将这些犯人暂时放回家去过年。据史料记载，唐贞观六年，临近春节，到了"年检"（即检录死囚）的时间，唐太宗李世民亲自到监狱去检录犯人，看着死囚的名字和背后的案例，突然感到于心不忍，经过反复思考后，决定放死囚回家过年，与家人团圆。前提条件就是，放回家的囚犯必须保证第二年秋天准时回到监狱。当时，共有390名死囚被放回家过年。到了第二年约定的时间，390个死囚一个不少地如期回来了。唐太宗认为，这些死囚信守承诺，懂得感恩，最终决定将他们的死罪赦免，全部释放。苏轼觉得唐太宗这个做法好，是仁政的典型案例，的确值得效法，只是因为自己胆小，不敢真的去实施。苏轼的这个心理活动，绝对不是后人虚拟的，而是他自己写诗说的。这首诗就是《除夜直都厅，囚系皆满，日暮不得返舍，因题一诗于壁》：

除日当早归，官事乃见留。执笔对之泣，哀此系中囚。

小人营糇粮，堕网不知羞。我亦恋薄禄，因循失归休。

不须论贤愚，均是为食谋。谁能暂纵遣，闵默愧前修。

一个心存善念的人，他的思考方式和行为方式，常常就是这么的佛系。

2

元丰四年（1081）三月的一天，谪居黄州的苏轼闲来无事，到乡野里去散心，顺带访问民情。这一访问，就发现了一个问题，令他好几天心神不宁。

原来，有个叫黄天麟的乡民告诉他，在黄州这个穷乡僻壤之地，一直有一种不好的习俗——溺婴，就是老百姓太穷，有的生了太多的孩子负担不起，便将其溺死在水里，其中以女婴为多。那场面令人心悸："初生辄以冷水浸杀，其父母亦不忍，率常闭目背向，以手按之水盆中，咿嘤良久乃死。"

向来有好生之德的苏轼听后，倍感心痛，饭都吃不下，有心要解救那些不幸的婴儿。可是，凭他一个贬官，而且"不得签书公事"，又该如何解救呢？他想到了一个人，就是安国禅寺的住持继连和尚。两人合计，一个完美的救助行动计划便出台了。

苏轼是罪官，不便出面牵头，只能做幕后工作。首先，在他倡议下，由继连、古耕道等人组建黄州救婴会，古耕道担任会长，兼管钱物，继连和尚当会计，主管账目。接着，苏轼亲自拟定章程，发动黄州救婴会向富人募捐，请求他们每年捐款十缗，用来买米、买布、买被褥。苏轼在经济极为拮据的情况下，勒紧裤腰带，率先捐款十千。在其示范带动下，很多人加入捐赠行列，慷慨解囊。接下来，救婴会派人深入穷乡僻壤，入户调查那些贫苦孕妇，如有答应养育婴儿的，便当即赠以金钱、粮食和衣裳。

苏轼毕竟当过行政官员，知道激励作用的重要性。他要求救婴会将所有捐款者、养育婴儿者都记入功德簿，并且公告于众，以资弘扬，垂范后世。他更知治标还要治本的道理，提笔写信给老朋友、时任鄂州知州的朱寿昌，建议他以地方长官名义下令禁绝溺杀婴儿。

这封信实际上是一个资料翔实、分析透彻、建议具体的调查报告，而且言辞恳切，字里行间透着浓浓的"爱民情怀"。在信中，苏轼分析了黄州地域"多鳏夫"的原因在于"尤讳养女，故以民间少女"，恳切进言道："准律故杀子孙，徒二年。愿公明以告诸邑令佐，使召诸保正，告以法律，谕以祸福，约以必行，使归转以相语，录条粉壁晓示。"又建议明令设立举报之制，奖励举报人，举报溺杀婴儿者及隐瞒不报的乡官。最后，他说，只要依律惩处数个敢于以身试法者，此风便革，"此等事在公如反手耳，公能生之于万死中，其阴德十倍于雪活壮夫也。"朱寿昌读罢老友的这封来信，触动很大，都一一照办。

最后结果令人满意。在苏轼劳累奔波下，救婴行动成效显著，一年之内救活婴儿多达一百多个。苏轼开心地笑了，他说，每救一婴实为心头一大喜事。

为公益出钱出力，而且不图名利，这种事情在苏轼身上绝对不止发生过一次。比如前面所说的，元祐四年（1089），苏轼担任杭州知州时，利用"圣散子"抵抗瘟疫，救治百姓，还捐款建立了我国古代第一座公立医院。

赠人玫瑰之手，历久犹有余香。慈善捐赠，归根结底捐的就是一颗滚烫的善心。

3

在海南岛，民间至今还流传着一个温暖的故事，故事的主人公是苏轼和一位做小生意的老太太。

那是苏轼被贬儋州后，看见一个卖馓子①的老太婆，因为生意不好而愁眉不展。苏轼便停下来，写了一首诗交给老太婆，微笑着说："老人家，把我这诗贴在你家店门上，生意一定会好的。"说完，一口水都没喝就走了。

老太婆不识字，也不认识苏轼，便有些将信将疑。抱着试一试的态度，第二天一早，她把那首诗贴在门上，结果真就顾客盈门，生意兴隆。

原来，那首落款为"眉州苏轼"的诗写道："纤手搓来玉色匀，碧油煎出嫩黄深。夜来春暖知轻重，压扁佳人缠臂金。"这分明就是一段经典的广告词嘛，读着就令人垂涎欲滴，那"馓子"想不火都难。

苏轼以诗助人，看似是举手之劳之事，实则极不简单。一般来说，没有悲悯之心的人，在别人身处难处时，往往会视而不见；即使是见了，他也会袖手旁观；即使不袖手旁观，他也会敷衍了事，很少能够完全抛却利己之心而去利他。苏轼能够做到无私利他，是因为他确有一副炽热心肠。

弯下身子帮助他人站起，是对心灵极好的锻炼。其实，这种锻炼与苏轼相伴终生。

4

建中靖国元年（1101），年老体弱的苏轼得到朝廷大赦，从儋州回到内地阳羡（今宜兴），遇到第一难便是住房问题。当地名士邵民瞻是苏轼

---

① 注：一种油炸食品。

的莫逆之交，经他周旋，帮苏轼买到一套"二手房"，花掉五百缗，那是苏轼的全部积蓄。办完交割手续，苏轼悬心落地，单等吉日搬家。

次日晚上，月朗星稀，苏轼心情不错，便邀约邵民瞻去郊外散步赏月。两人经过一个小村庄，看见村口有个老太婆哭得伤心，苏轼就又动了恻隐之心，便上前向老太婆探问究竟。原来，老太婆刚刚搬来此村，此前她在阳羡城里有一处老房子，已传承近百年，但是，老太婆的儿子不成器，欠下大笔外债，实在没有办法，只得在一天前将老房子变卖，可老太婆对自家那百年老房子感情深厚，如今搬离，心痛难当，于是大放悲声。

获知原委，苏轼不禁怆然，便问老太婆：你家老宅在何处？卖钱几何？不问不打紧，一问就问出了意外——老太婆家的百年老房子正是苏轼刚买的那套"二手房"。这样的事情，搁在常人身上会怎样？估计多数人扔下几句宽慰话语后，就会赶紧溜掉。

可是，苏轼没有如此。他劝慰老太婆道："老人家，你家那房子是被我买下的，你不要太过悲伤，我今天就把房子还给你。"不仅这样说，他还马上付诸行动，让邵民瞻去取来房屋买卖凭券，当着老太婆的面一把火烧掉，而且还叫人找来老太婆的不肖之子，苦口婆心一番教育，第二天，就让这对母子搬回了老房子。更为难得的是，那五百缗购房款，苏轼提都不提，根本就没有索还之意。

苏轼体谅老太婆疾苦，将他人利益置于己上，焚券还宅——用俗人的眼光看，根本就是"赔本赚吃喝"，实在太亏。然而，他真的亏了吗？从短期的经济利益看，他的确是"亏了血本"，可是，从另一个层面看，他的这种行为，何尝不是一世的修行所得？

佛家说："不为自己求安乐，但愿众生得离苦"，苏轼半生漂泊，惯看秋月春风，历览沧海桑田，其最大收获，不就是一颗纯净的佛心吗？

5

苏轼的助人之心，积善之德，其实是有渊源的。眉山苏家，历来就有乐善好施之名，口碑要比另一个大户程家好很多。至少从苏轼的曾祖苏杲那一代起，苏家就建立起了乐善好施的优良传统。

苏杲家道殷富，非常喜欢做慈善。做慈善的人有很多种，其中有一种为了图名，比如当今的某个"慈善达人"；也有一种人做慈善什么都不图，就当作一种生活方式，比如，媒体曾经寻找的"微尘"。苏杲不是某慈善达人，而是"微尘"，生前总是偷偷摸摸救济穷人。他曾说："多财而不施，吾恐他人谋我；然施而使人知之，人将以我为好名。"苏轼的祖父苏序，为人厚道，只要是有利于别人的事情，他都会去做，从来不为自己着想。他家陆田不多，苏序用大部分田地种粟，并且盖起一座大仓专门存粟，几年下来足有三四千石。有一年，眉州发生饥荒，苏序就开仓取粟，赈济他人。有人问他：救荒何必一定用粟？苏序说，粟米性坚，能耐久储，缺粮时用它，不会霉烂。平日里，苏序还让家人们在宅院周围种上芋魁，每年收成很多，都用厚草囷贮藏起来，到了寒冬腊月，他让家人用大蒸笼蒸出热腾腾的芋魁，摆放在自家门外，任凭那些饥民取食。苏轼的父亲苏洵，更是侠肝义胆，广结广交，助人无数。

《西游记》第九十六回中，唐僧曾经吟过一副对联："欲高门第须为善，要好儿孙在读书。"意思是说多做善事，才能提高家庭的社会地位；教子孙好好读书，才能有好的后代。应该说，苏轼的家族很好地证明了这副联语的正确性。联中所说的两件"法宝"，是苏轼从祖辈那里继承的最大财富。

6

助人是人格升华的标志。《礼记·访记》上说："君子贵人贱己，先人而后己。"法国的哲学家和道德家拉布吕耶尔则说得更加通俗："最好的满足就是给别人以满足。"

苏轼的人格正是在无私的助人中得到升华。对他来说，无私助人已经成为一种生活方式，那是融在其骨血中的本能选择。他不会因为"赔本赚吆喝"式的付出而耿耿于怀，反而会有丰盈的获得感和满足感。他付出的是可以估价的物质，收获的是不可估值的体验。

苏轼之所以愿意选择这样的生活方式，当然是因为他的"情趣"，正如有人喜欢健身，有人喜欢垂钓，有人喜欢旅行，有人喜欢摄影一样，都是"情趣"使然，所不同的是，苏轼的这种"情趣"，是利他的，也是更为博大的，堪称"大雅之趣"。

21 交友之趣：朋友的影响有多大

上可以陪玉皇大帝，下可以陪卑田院乞儿。

吾眼前见天下无一个不好人。

这是贾似道在《悦生随抄》中转引刘壮舆《漫浪野录》里的两句话。说这两句的，正是苏轼。应该说，这两句话基本上反映出了苏轼在建立朋友圈儿时的真实情况——无贤不肖，皆能欢然相处。

于是，"人缘好"便成为苏轼的标签之一，千百年来一直被人津津乐道。台湾诗人余光中就超爱苏轼的这个"人缘好"。他在一篇文章中写道，中国的古代文人中，最有群众基础的，除了李白、杜甫，就当数苏轼了。他还说，如果他要出去旅行，不会找李白一起，李白不负责任；也不会找杜甫，杜甫太苦；他会找苏轼，苏轼会是一个好朋友，也是个能让一切变得有趣的人。

是的，苏轼因为有趣，所以很多人都爱跟他交朋友。

1

德国哲学家卡西尔说："没有朋友的人，只能是半个人。"如果能够穿越时光，苏轼听到一个老外说出这么有感觉的话，定会有"知我者，卡西尔也"的感慨。

苏轼是个一天都不能缺少朋友的人。当年被贬至黄州，他最大的不爽，不是住房问题，也不是吃饭问题，而是朋友问题。他曾坦言："黄州岂云远，但恐朋友缺。"

苏轼这种喜欢交友的性格或许是受了遗传因素的影响。太远的就不说，单说他的曾祖苏杲，喜欢交友的脾性就已经融入其血脉了。到了苏杲的儿子，也就是苏轼的祖父苏序，一脉相承，也是待人以诚朋友甚多。传到苏洵，这种基因不仅没有退化，还有所强化而显得更为抢眼——苏洵富有游侠精神，喜欢结交一帮斗鸡走狗的城中少年，以至于遭到族中保守派的非议。秉承先辈的遗传基因，苏轼打小就是个孩子王。那时，他经常带着一帮小兄弟，结伴到醴泉寺爬树采橘柚，登石捡松果，玩得很嗨。

天性喜爱结交朋友是苏轼的幸运。在后来的宦海沉浮中，如果不是朋友们的陪伴和帮助，说不定苏轼早就罹患上了抑郁症。

2

朋友是个很温暖的名词。唐代诗人李贺说："人生所贵在知己，四海相逢骨肉亲。"苏轼对此应该深有体会。才到黄州不久，他逐渐有了新交，也有了重逢的故友。他像一块磁铁，有着强大吸附力，很快就构建起一个新的朋友圈儿。作为圈子的中心，他被温暖包围着。

最初的温暖，来自一个叫乐京的小吏。此人曾为县令，因反对助役法，从正县级直接降到正科级，担任著作左郎，监黄州酒税。"同是天涯沦落人，相逢何必曾相识。"都是政治失意人，自然有着更多共同语言，所以，初到黄州的苏轼结交的第一个朋友就是这个乐京。他们俩吟诗饮酒，结伴出游，彼此安慰，温暖直达内心。

最解决问题的温暖，来自穷朋友马梦得。得知苏轼被贬至黄州，马梦得特地从外地赶来探望。当看见苏轼一家二十口人生活拮据，马梦得毫不犹豫地启动"精准扶贫"项目——通过熟人关系，向当地政府申请到一片废弃营地，交给苏轼耕种。那城东门外冈峦起伏间的一方五十亩平地，也就从此进入中国古典文学史，永远被人牢记。它，就是"东坡"。正是那块地，让苏轼一家拮据的日子稍稍得到改善。

最绵长的温暖，来自一帮本地朋友。在长江对岸武昌车湖寓居的王齐愈、王齐万两兄弟，在对江樊口办"酒吧"的潘丙，在西市开药店的郭遘，以及热衷公益的古耕道，都先后成为苏轼的朋友，将一份又一份温暖带来，聚成一团火，烘焙着苏轼那颗受伤的心。这潘、郭、古三位朋友的情谊日久绵长，不离不弃，极为难得，令苏轼感动不已，他曾写道："我穷交旧绝，三子独见存。从我于东坡，劳饷同一餐。"

在朋友们给予的温暖中，苏轼硬是把谪居黄州的苦日子熬成了一碗小米粥，哺乳着心灵，喂食着性灵，培育着机灵。他将穷乡僻壤的蛮荒和人生遭际的不公抟揉在一起，发酵成诗酒风月的浪漫，酿造出空前绝后的"珍品一号"——"一词二赋"。

时下，有位青年女教师说：朋友是为了奉献我们的爱与关怀，为了与之分享心灵的丰富和生活的美好，为了那种相互理解所带来的默契，为了

"不时常想起,却无处不在"的空气般的同在感和信赖感。以此来解读苏轼与朋友们的关系,倒是蛮恰如其分。

3

以现代人的视角考察,按照亲疏程度或可将朋友大致分为三类:知己朋友、死党朋友、普通朋友。所谓"知己朋友",就是彼此之间没有秘密,不用说出就知道彼此所想,永远有说不完的话题。所谓"死党朋友",就是短时间内也许会争吵,但是很快能恢复到从前的感情。所谓"普通朋友",就是虽然很熟,但可能会为某个理由而反目成仇。

有趣的是,以此去考察苏轼的朋友圈儿,这三种类型居然也能找到对应人物。比如方山子、陈季常,就是苏轼知己朋友的代表。比如佛印和尚,一直与苏轼斗嘴不休,却从不伤感情,堪称"死党朋友"。再比如沈括和章惇之流,翻脸不认人,倒是蛮符合"普通朋友"的定义。

这朋友圈儿里各色人等杂陈,似乎确证了苏轼没有说假话,果真"上可以陪玉皇大帝,下可以陪卑田院乞儿",果真"眼前见天下无一个不好人"。

广交朋友,需要一种胸怀。一个人如果没有包容之心,很难拥有真正的朋友。正是因为苏轼具有一颗包容之心,所以他"眼前见天下无一个不好人"。这是他的一种情趣,纯真的可爱,仿佛童话世界里孩子的心。

当然,现实往往很骨感,不可能都是好人,常常会有坏人,甚至有敌人。但是,这只是现实的不堪,是他人的险恶,应该与苏轼孩童般纯净的心灵相区隔。这正如一盏灯放出了光芒,在拐角处有一片暗影,我们显然不能因为那片暗影,而去责怪灯光的明亮。

那么,苏轼在交友这件事情上,是不是真的就毫无选择呢?当然不是。

只不过,相对于唐代刘禹锡那种"谈笑有鸿儒,往来无白丁"的主动过滤法,苏轼有所不同,他采用的是自然淘汰法——让时间来帮他选择出真正的朋友。

是的,时间是最厉害的筛选机器。君子和小人在时间面前,都会被区分得清清楚楚。

4

小人就是小人,不会因为其拥有高深学识而改变本性。

在中国历史上,自汉有张衡后,沈括是第二个在正史中有传的科学家。只可惜,在政治的大染缸里,他是一个被污染了的反复无常的小人。王安石就曾对神宗皇帝说:"沈括壬(小)人,不可亲近。"

熙宁六年(1073),沈括作为钦差大臣到达杭州,热情接待他的正是老朋友苏轼。当时,苏轼正担任杭州通判。席间,两人相谈甚欢。临到分手时,苏轼手抄了几首新近写成的诗,送给沈括作纪念。但凡真朋友,没有不珍惜这份友情的。可是,沈括竟然把这份纪念品作为打倒、搞臭苏轼的证据——他将那几首诗逐一加上笺注,呈送给神宗皇帝,状告苏轼的诗"词皆讪怼",意思是说苏轼写诗表达对实施新法的不满。这可是涉及举什么旗走什么路的政治大问题啊!

这种黑状堪称恶毒。好在神宗皇帝还没有糊涂,置之未理。但是,这种构陷的手法流毒极深,在五六年后,被李定、舒亶等人所继承借鉴,终于炮制出惊天的"乌台诗案"。

事实上,卖友求荣的沈括,在这次告黑状事件中,损人不利己,他没有捞着一点好处，反而严重拉低了自己的人格评分。后来，因政治态度反复无常，他终于遭到弹劾，早于苏轼被贬离京，到宣州担任知州。

对于沈括这样的假朋友，苏轼有没有厌恶？当然有。只是他具有自己的操守，不愿意去做以牙还牙的事情罢了。当年，有人向苏轼透露消息，说沈括在告黑状，苏轼不以为意，只在给朋友刘恕的信中自嘲道："不忧进了也。"意思是说不担心没有人把我的作品献给皇帝看了。

这就是高度，一种区别于小人的高度。

5

时间能够淘汰假朋友，时间也能甄别出真朋友。

在苏轼的朋友圈儿中，有几个人个性极为鲜明，常常把事情做到极致，透着一股动人心魄的力量，令人印象深刻。

第一个要说的，便是到黄州给苏轼"精准扶贫"的那个马正卿。此公读罢一首诗，弃官走天涯，在苏轼朋友中堪称"至纯"之人。马正卿只比苏轼小八天。年轻时，马正卿曾在太学为官，因为性情耿直，说话喜欢直来直去，不但没有处理好与同事们的关系，就连太学生们也不喜欢他。在尴尬的处境中，马正卿极为郁闷。

这一天，在朝为官的苏轼办完公事，便到马府拜访。不巧，马正卿不在家。仆人便让苏轼在书斋稍候。等了好一会儿，苏轼有些坐不住，在书斋里转了两圈，一时兴起，提笔在墙壁上写了一首诗："雨中百草秋烂死，阶下决明颜色鲜。著叶满枝翠羽盖，开花无数黄金钱。凉风萧萧吹汝急，恐汝后时难独立。堂上书生空白头，临风三嗅馨香泣。阑风长雨秋纷纷，四海八荒同一云。去马来牛不复辨，浊泾清渭何当分？"这是唐代诗人杜甫的《秋雨叹》，吟咏的是在秋雨中与百草一同烂死的决明草。写完后，苏轼告辞而去。

马正卿回来后，读到这首诗，内心竟然受到巨大冲击。他感到，苏轼火眼金睛，一眼就洞穿了他马正卿——诗中的决明草分明就是自己的真实写照。一诗点醒梦中人，第二天，马正卿便递交辞呈，挂冠而去，浪迹江淮之间，虽白首穷饿，始终不再做官。

被一首诗改变人生，马梦得并非痴愚，而是为了自心安适，追求的是精神的纯粹。应该说，他的境界绝非常人能够企及。

6

第二个要说的是巢元修，他堪称至真之人。

巢元修是四川眉山人，与苏轼是同乡，年龄比苏轼大。年少时，他科考不中，便改习弓马兵法。他是一个待人特别坦诚真挚的人，在秦凤、泾原等地游历时，曾结交了一个名叫韩存宝的名将，并帮助他打了不少胜仗。不料，后来韩存宝犯了法，朝廷要处死他。韩存宝便向巢元修托付后事，说："我是泾原的一介武夫，死并没有什么可惜的，只是我的妻子难免要挨饿受冻，生活困苦。我的手里有几百两银子，希望你能够代我交给他们。除了你，我没有可以托付的人。"韩存宝被杀后，巢元修隐姓埋名，步行数百里，将银两交给了韩存宝的儿子。

苏轼和弟弟苏辙小时候就知道巢元修为人仗义，便结为忘年交。因此，他俩入朝为官后，巢元修并没有前来攀附，反倒是在苏轼兄弟俩获罪被贬谪，人人都唯恐避之不及的时候，身在四川眉山的巢元修公开表示，将步行去寻访他们兄弟俩。

元符二年（1099）正月，已经七十三岁且患病在身的巢元修从眉山出发，步行三千七百多里，先到梅州看望苏辙，相聚一个多月后，又从梅州启程，向两千多里外的儋州进发，准备去看望在那里的苏轼。

不料，巢元修走到广东新会时，他的包裹盘缠被人统统偷走。后来，他听说贼人在新州被抓获，又连忙赶到新州，想追回一点盘缠。可是，他毕竟年纪大了，经此一番折腾，终于一病不起，不治而逝。苏轼和弟弟苏辙听到噩耗，痛心不已，大哭不止。

《史记·汲郑列传》中说："一死一生，乃知交情；一贫一富，乃知交态；一贵一贱，交情乃见。"巢元修的言行堪称这句话最好的注脚。

7

第三个要说的是章元弼。这位老弟因痴迷《眉山集》，竟然休掉了自己的妻子，算得上是一个至专之人。在宋李廌所著的《师友谈记》中，章元弼长得很丑，却是个专心向学的人，用起心来真正是废寝忘食。不过，他虽然丑，艳福却不浅，有幸娶了自己的漂亮表妹陈姑娘为妻。

有一天，章元弼在书肆上买了一本苏轼的新刻雕版的《眉山集》，便爱不释手，窝在家里仔细研读，完全沉浸在苏轼的诗文作品当中，到了茶饭不思的地步，天黑了也不进房睡觉。一连好几天，天天如此。可是，那漂亮的陈表妹又不是木头人，她心中不满，难免就发了几句牢骚，大意是说，你这人既然如此钟情这本《眉山集》，就跟它过日子算了，何必娶我为妻？还不如让我回到娘家去！

章元弼一听这话，看了看妻子，又看了看手中的《眉山集》，把牙一咬，说："行啊，我就依了你的心愿，免得你成天嚼舌头，搅扰我看书。"

说着，当即提笔写下一纸休书，并命人把陈氏送回了娘家。

后来，有人问章元弼为何休妻。他拍着手中的《眉山集》，颇为得意地说："就是因为我读这本书导致的。"失去了美丽的妻子，章元弼竟然丝毫没有心痛的感觉，因为他觉得有《眉山集》相伴已经足够了。

倒是苏轼听说这件事情后，认为自己破坏了一桩婚姻，颇有些难为情，便邀约章元弼见面，劝他兼顾读书与生活，以免互相耽误。

8

第四个要说的是朱康叔。此人曾经辞官寻嫡母，雷雨护坟茔，在苏轼的朋友中是个至孝之人。

朱康叔的父亲朱巽曾官至工部侍郎。他的母亲是朱巽的小妾，在朱家没有什么地位，一直遭到朱巽正妻的妒忌和排挤，终于在朱康叔七岁那年，被赶出朱家，远嫁他方。母子离别时的情景，深深刻在了年幼的朱康叔的脑海里。

长大后，朱康叔做了官，更加想念自己的生母，以至于"饮食罕御酒肉，言辄流涕"。每到一处为官，他都要派人打探自己生母的下落，虽然一直没有结果，但是他始终没有放弃。那时的人比较迷信，难办的事情多祈求神灵。朱康叔曾经按照佛法所说，灼背烧顶，还刺血书写《金刚经》，以示虔诚。终于有一天，他听说母亲流落到陕西一带，改嫁到了党家，并生养了几个孩子，他兴奋不已，当即刺血抄写《金刚经》，并辞去所任官职，一心前往陕西寻母，发誓不找到生母绝不回家。

皇天不负有心人，朱康叔历经千难万险，终于在同州找到了生母。分别长达五十年的母子俩相拥而泣，流下了幸福的泪水。那时，朱康叔已经年过五旬，而他的生母则七十有余。

找到母亲后，朱康叔尽心赡养了三年。母亲去世后，朱康叔一直为母亲守坟。因为他母亲生前怕雷，所以每到春夏之季，只要遇上雷雨天，朱康叔就会撑着雨伞，护卫着母亲的坟墓，不离左右，不分昼夜。

朝廷得知朱康叔的孝行事迹，大为感动，让他官复原职，以示嘉奖。

苏轼也曾写诗褒扬过朱康叔寻母的事迹。他被贬黄州时，朱康叔正在黄州对面一江之隔的武昌（今鄂州）担任知州，两个老朋友还曾合作阻止民间溺婴，在当地留下了一段佳话。

9

爱因斯坦说过："世间最好的东西，莫过于有几个头脑和心地都很正直的、严正的朋友。"

苏轼的交友圈经过时间的淘洗和过滤，最后留下来的，基本上都是谈得来、信得过、靠得住的真心朋友。那些曾经做过他朋友的诗人词客、和尚道士、农夫渔樵、贩夫走卒、倡优歌姬，都在其贬谪辗转、颠沛流离中，不断优化重组，到最后还在来往的都是超级"苏粉"。对于苏轼来说，这未必不是一种收获。

更重要的是，像马梦得、巢元修、章元弼、朱康叔这些把事做到极致之人，对苏轼人生的影响实在巨大，而且长远。"问汝平生功业，黄州惠州儋州。"苏轼经历的是一段脱胎换骨的修行。历经沧桑，看过人事，他不再是天真地以为"眼前见天下无一个不好人"的风华少年，不再是凤翔府中那个得着机会就"报复"一下顶头上司的小吏，不再是"满肚子不合时宜"的愤青。他变得现实、隐忍、内敛和机智。

建中靖国元年（1101）三月，身处虔州贬所的苏轼听到了一个消息：政敌章惇被贬雷州司户参军。听到这个消息后，他没有拍手称快，而是"惊叹累日"。从前，章惇位高权重，对苏轼的迫害不可谓不深。那时，章惇在京城得知苏轼作了荔枝诗，对岭南充满了留恋之情，于是把已经六十一岁的苏轼贬往更加蛮荒的海南岛——那是一个仅次于死刑的罪罚。可是，如今整人者亦被整，面对章惇的遭遇，苏轼没有幸灾乐祸。对曾经的加害者，他选择了原谅。

那一刻，苏轼已然洞悉：一个人想要显示自己的力量，暴力和仇恨从来不是最好的方式。恨不止恨，唯爱能止。

22 提携之趣：不遗余力帮后学

苏轼和苏辙之所以能够在北宋政坛和文坛上崛起，除了自身才学和实力够强之外，还得益于张方平、欧阳修、梅尧臣、杨畋等一帮前辈的大力举荐和提携。苏轼在名满天下后，对提携年轻人也是不遗余力，留下了很多故事。

1

苏轼是继欧阳修之后北宋文坛的盟主，身边拥有一大批粉丝，最有名的莫过于"苏门六君子"。他们分别是晁补之、黄庭坚、秦观、张耒、陈师道和李廌，又因为前四位都在科举中取得了功名，所以被称为"苏门四学士"。

这六人中，最早拜在苏轼门下的是晁补之，算得上是苏轼地地道道的大弟子。晁补之比苏轼小十六岁，他的父亲晁君成是杭州新城县令。熙宁六年（1073），苏轼作为杭州通判，到新城县巡视，住在陈氏园。晁补之早就听父亲说过苏轼的大名，便来拜见。当然，他没有空手来，而是带来了自己的文章《七述》。这篇文章是他十七岁那年跟随父亲到杭州时，看见钱塘美丽的风景之后，有感而发写下的。作为功成名就的文学前辈，苏轼并没有摆架子，也没有敷衍搪塞，在读了晁补之的《七述》之后，他由衷地赞叹道："这都是我原来想写的内容，现在已经被你写尽了，看来我只好搁笔了。"苏轼还称赞晁补之的文章写得行云流水，有说服力，远超一般人，以后一定会扬名于世。不仅如此，苏轼还欣然和诗一首。想想看，一位文坛大咖又是盛赞又是和诗，对一个寂寂无闻的文坛小白来说，这该是多么幸运啊！就这样，晁补之的名气越来越大。宋神宗元丰二年（1079），晁补之参加了开封府的考试和礼部别院的考试，均为第一，最终考中了进士。

元祐后期，苏轼和晁补之都在扬州任职。元祐七年（1092）八月，晁补之介绍自己的堂哥晁咏之认识了苏轼。苏轼对他的文才也给予了充分肯定。苏轼可不是滥夸，这个晁咏之记性超强，的确是个有才华的人。有一次，苏轼写完一篇文章《温公神道碑》，带到晁补之的家去，落座后，说："我今天完成的这篇文章，还没有人看过。"说着，便念给晁补之听。由于他带有浓重的眉州口音，有几处晁补之没有听明白，就逐一问清楚。送走苏轼后，晁补之准备将苏轼的这篇文章讲给家里人听，没有想到，还没等晁补之开口，晁咏之就将文章全部背诵了一遍，竟然一个字不差。原来，刚才苏轼和晁补之谈论文章时，晁咏之就在屏风后，边听边记了下来。

晁咏之如此过耳不忘的本事，令晁补之惊叹道："十二郎真吾家千里驹也！"

2

在"苏门六君子"中，黄庭坚是年龄最大、跟苏轼的关系最为特殊的一个。他只比苏轼小九岁。黄庭坚也是一个全能型文艺奇才。他的书法与苏轼、米芾、蔡襄齐名，并称"宋四家"，他还开创了江西诗派，其诗与苏轼齐名，人称"苏黄"。苏轼对黄庭坚极为赏识，经常在一起吟诗、填词、弈棋、联对，完全是亦师亦友的关系。

苏轼和黄庭坚的相识，是未见其人先见其文。苏轼任杭州通判时，到湖州考察水利工程建设，湖州知州孙觉举行盛大宴会招待苏轼，并拿出一沓诗文稿请苏轼鉴评。苏轼读后，耸然惊异，赞叹不已。这叠文稿的作者不是别人，就是孙觉的女婿——黄庭坚。孙觉对苏轼说："我女婿的诗文写得好，很多人都知道，可就是缺少一个像你这样的人物替他称颂传扬。"苏轼笑着说："此人如精金美玉，不去接近别人，别人也会主动接近他，逃名而不可得，何须扬名？"后来，苏轼任徐州知州，身处河北大名府的黄庭坚寄给苏轼两首《古风》，对苏轼表达了倾慕之意。苏轼写了一封回信《答黄鲁直》，信中说："我一直诚恐不能与你结交，而你今日不惜辱没才华，如此礼待于我，我这喜愧之怀，几乎难以承受。"当时，苏轼已经名满天下，黄庭坚刚崭露头角，苏轼能够这样放低姿态回信，可见他对黄庭坚有多么赏识。元祐元年（1086），神宗驾崩，哲宗即位，太皇太后高氏垂帘听政，苏轼和黄庭坚分别被召回京城，两个神交已久的人，这才终于见了面。

黄庭坚自称"山谷道人"，人们把他的诗称为"山谷体"。有一次，苏轼写了一首诗，自称是"仿山谷体"，相当于承认老师在向学生学习写诗，搞得黄庭坚很不好意思，赶紧在那首诗后面作注说："我的这位苏老师所谓的'仿山谷体'，是他闹着玩的，各位读者朋友千万别当真啊。"

虽然黄庭坚在书法和写诗方面与苏轼齐名，有时甚至还没大没小地开些玩笑，但是，在他的心里，始终把苏轼当作前辈一样尊重。苏轼去世后，黄庭坚就曾在自己的屋子里悬挂着苏轼的画像，每天早晨，都要对着画像恭恭敬敬行礼。有人对他说："您各方面并不比苏学士差，有必要这样吗？"

黄庭坚回答道："老师就是老师，我敬重他，跟我的诗写得如何、名气有多大是没有关系的。"

3

在"苏门六君子"中，若论苏轼最为欣赏的门生是谁，恐怕还要数秦观。苏轼视秦观为"异代之宝"，曾盛赞其有"屈宋之才"。

秦观比苏轼小十二岁，虽然不修边幅，但是为人方正，风流倜傥。相传，当年苏轼从杭州调任密州，要经过扬州，正在扬州的秦观得知消息，就在扬州一处寺庙的墙上，模仿苏轼的风格题写了几首诗。后来，苏轼路过寺庙，看过那些诗，非常诧异，心想自己之前没到过此地啊，怎么会题诗在墙上呢？一问才知是秦观所为，于是就记住了秦观秦少游的名字。

后来，苏轼任徐州知州，赴京应考的秦观路过徐州，经李公择介绍，拜见了苏轼。这之前，苏轼在李公择那里读到过秦观的诗文，认为那些文字珠圆玉润，好得很，现在见到了真人，一见如故，印象极好。对秦观此次赴京应考，苏轼表示了极大的关切，写了一首长诗送给秦观，给予鼓励，诗中写道：

江湖放浪久全真，忽然一鸣惊倒人。
纵横所值无不可，知君不怕新书新。

因为考期临近，秦观不能久留，苏轼便约他考完之后再来徐州一聚。

在徐州抗洪中，苏轼带领军民经过艰苦斗争，取得了胜利，朝廷给予嘉奖，苏轼趁势修建了一座黄楼，当时很多人都给苏轼写了文章表示祝贺。

秦观也写了一篇《黄楼赋》寄来，苏轼收到后回诗一首表示感谢，称赞秦观的作品清新婉丽，有屈宋之才，言辞像南山石一样柔滑清润，描写像摹刻的朱蜡一样细致入微。

不过，在这次科考中，秦观名落孙山，他情绪低落，根本没有心情再到徐州，就独自回家乡高邮去了。苏轼听到消息后，觉得非常可惜，马上作诗寄给秦观，替他抱不平：

秦郎文字固超然，汉武凭虚意欲仙。
底事秋来不得解，定中试与问诸天。
一尾追风抹万蹄，昆仑玄圃谓朝跻。
回看世上无伯乐，却道盐车胜月题。
得丧秋毫久已冥，不须闻此气峥嵘。
何妨却伴参寥子，无数新诗咳唾成。

苏轼虽然很欣赏秦观，但是也有提出批评的时候。有一次，秦观拜见苏轼，苏轼劈头对他批评道："没想到，你近来竟然学柳永写起艳词来了。"秦观一脸茫然，说："我虽然学问一般，但还不至于到那种地步啊。"苏轼指出："你那首《满庭芳·山抹微云》中的句子'销魂当此际，香囊暗解，罗带轻分'就是典型的柳永句法。"接着，苏轼问秦观有什么新作。秦观随即吟诵道："小楼连苑横空，下窥绣毂雕鞍骤。"苏轼一听，毫不留情地说："你用十三个字，就只描写了一个人骑马从楼前经过，简直太浪费笔墨了！"

后来，苏轼谪居黄州时，秦观参加了科举考试。苏轼听说后，赶紧给王安石写信说："才难之叹，古今共之。如观等辈，实不易得。顾公少借齿牙，使增重于世，其他无所望也。"意思是说，秦观这个人才难得，要是沦落于野就太可惜了，您的威望高，帮忙给推荐一下吧。想想看，苏轼当时身居贬所，是泥菩萨过河，自身难保，却还在担心秦观的前途，这是多么难得的一件事。

元丰八年（1085），秦观终于如愿以偿，考中了进士。他一开始担任定海主簿、蔡州教授等官职，元祐二年（1087），经苏轼引荐，担任太学博士，后来又担任秘书省正字，兼国史院编修官。

冯梦龙《醒世恒言》中有一篇故事《苏小妹三难新郎》流传很广，说苏轼有个妹妹叫苏小妹，聪明美貌，希望比文招婿——哪位青年才俊的文章好，她就嫁给谁。一时间，苏小妹收到了多篇文章，最终她看中了秦观的文章，决定嫁给他。洞房花烛夜，苏小妹又以三副对联为难秦观。秦观才思敏捷，再加上有苏轼暗中相助，很快就对上了苏小妹的对联，抱得美人归。

这当然是小说家言，不是真的历史。真实的历史是：秦观只是苏轼最为喜欢的一个门生而已，并非他的妹夫。因为，苏轼根本就没有妹妹。

4

在"苏门六君子"中，苏轼与张耒既是师徒又是朋友，交往密切，感情深厚。苏轼对张耒非常赏识，寄予厚望；张耒对苏轼十分敬重，一直挂念着他，甚至不计个人祸福安危。

张耒比苏轼小十七岁，少年时就表现出对文辞的敏感，十三岁就喜欢写文章，十七岁就写出了一篇《函关赋》。苏轼是通过自己的弟弟苏辙结识张耒的。苏辙在陈州担任学官的时候，张耒也在陈州游学。苏辙非常赏识张耒的学识。熙宁四年（1071），苏轼离开京城，到杭州担任通判时经过陈州，与弟弟苏辙话别。苏辙便趁着这个时机将张耒引荐给苏轼，从此开启了两人二十多年相知相惜的交往历程。后来，在苏轼的引荐下，张耒在姑苏参加府试，考中举人。熙宁六年（1073），二十岁的张耒进士及第，被授予临淮主簿，开始步入仕途，可谓年轻有为，前途无量。

熙宁七年（1074）十二月，苏轼由杭州通判调任密州知州。第二年，苏轼主持修建了一座超然台，为了扩大影响力，他邀请了文彦博、司马光、文同、李清臣、鲜于侁等一帮文坛老前辈为超然台写文章，同时，他还想到了后辈张耒。不过，苏轼觉得贸然让张耒写这个命题作文可能有些唐突，便委托自己的老友刘攽出面，邀请张耒写文章。于是，张耒作了一篇《超然台赋》，苏轼称之为"超逸绝尘"，有秀杰之气。如此一来，张耒的名气更大了。原来，苏轼转弯抹角要张耒作《超然台赋》，是要给他创造一个在大咖面前露脸的机会，真可谓用心良苦。

不过，据孔凡礼先生考证，苏轼和张耒的初次会面，应该是在谪居黄州时，在此之前，很可能都是书信往来。如果真是如此，那么苏轼主动约稿之举，就显得更加难能可贵了，充分体现了一个前辈对后学的提携之情，可谓不遗余力。

元丰八年（1085），太皇太后高氏垂帘听政，起用司马光为相，苏轼、苏辙相继奉调进京。元祐元年（1086），张耒、黄庭坚、晁补之等人参加太学学士院考试，考试题目由翰林学士苏轼所出，考试的结果很圆满，三人的成绩都很好，令苏轼感到非常欣慰。

张耒对苏轼的敬重也是自始至终的。建中靖国元年（1101），苏轼病逝于常州，当时身在颍州的张耒万分悲痛，举行仪式悼念恩师，不料竟触怒了上方，在崇宁元年（1102）被贬为房州别驾，于黄州安置。这是他第三次被贬黄州。

好在黄州有苏轼的朋友潘大临健在，张耒与其结为近邻，彼此安慰鼓励，共守节操，共度时艰。

5

可能很多人不知道，陈师道入列"苏门六君子"，居然不是他自己主动要求的，而是被苏轼"生拉硬拽"进来的。

陈师道比苏轼小十六岁，是徐州彭城人，出身于仕宦家庭。不过，到了陈师道成人的时候，家境已经衰落。陈师道聪明好学，志向很大，十六岁时，他的文章就得到文坛大咖曾巩的赏识。

陈师道作诗，属于慢工出细活的苦吟系。他虽然没有贾岛"二句三年得，一吟双泪流"那般夸张，不过他苦吟时的"行为艺术"却更加令人印象深刻。据马端临《文献通考》记载，陈师道一旦作诗的灵感来了，就赶紧跑回家，先清场——让妻子将鸡鸭关进笼子，再带着孩子们离开家，以保持家里绝对安静，然后他躺在床上，用被子蒙住头，直到一首诗成形才掀开被子下床。陈师道的这种"行为艺术"，很特别，也很有意思，有人就给他取了一个雅号，叫"吟榻"。黄庭坚曾送给他一句诗："闭门觅句陈无己。"无己，是陈师道的字。这句诗显然是对陈师道关门盖被作诗的"可笑"行为，开了一个善意的玩笑。

陈师道是性格决定命运的典型。他一直没有取得功名，倒不是他学识不够，而是因为当时科举以王安石的经义之学为考试内容，陈师道对此看不惯，就不去参加考试。权臣章惇赏识陈师道的才华，曾通过秦观转告陈师道，让他来见一见自己，准备荐举他任个官职。这本来是求之不得的好事，不料，陈师道拒不拜见，如此一任性，就把自己的仕途给耽误了。直到元祐二年（1087），当时任翰林学士的苏轼与傅尧俞、孙觉等一起，推荐他任徐州州学教授，他才有了公职。可是，元祐四年（1089），苏轼出任杭州知州，路过南京应天府，陈师道没有经过批准就自行前往送行，结果被扣上了擅离职守的帽子，丢了饭碗，好在不久后复了职，担任颍州教授。

当时，苏轼是颍州知州，就主动对陈师道说："你投到我门下来做我的门生怎么样？"堂堂一州之长，又是赫赫有名的文坛盟主，对一介书生主动发出这样的邀请，该是多大的面子啊，搁在谁身上都是求之不得的好事。可是陈师道并不领情，写诗回绝道："向来一瓣香，敬为曾南丰。"曾南丰，就是曾巩。他的意思很明白：我这支香啊，已经属于曾巩曾老师了，至于您那儿，实在对不起，我去不了。苏轼也是真的大度，看过诗后，竟然毫不介意，此后仍然对陈师道的创作活动悉心指导。

陈师道俸禄低，一生贫困，令人同情。有一次，苏轼让傅尧俞代表自己去看望陈师道，傅尧俞发现陈家除了一床一桌外，什么也没有，真的是穷得叮当响。两人谈文说艺，到了饭点，陈师道都没办法留客人吃饭。傅尧俞本想送给他十两金子，但听他谈吐高雅，始终没好意思把金子掏出来，因为他怕被陈师道当作俗人。

苏轼认为吏部侍郎赵挺之是"聚敛小人"。也许是受到苏轼的影响，陈师道也讨厌赵挺之，要知道，他和赵挺之可是连襟关系。元符三年（1100）冬，陈师道被召回京城任秘书省正字。这一年，京城下了一场大雪，特别冷，滴水成冰，可是，朝廷却要一帮官吏到郊外参加祭祀。陈师道因为太穷，连件厚一点的冬衣都没有，妻子怕他外出冻着，就到自己姐姐家，也就是赵挺之家，借了一件毛皮大衣。谁知，陈师道得知是赵家的东西，坚决不穿，硬是穿着单薄的冬衣，冒雪去参加祭祀，结果被冻得一病不起，于第二年春不幸去世。

陈师道硬气,这不可否认。然而,如果说他的智商是珠穆朗玛峰,那么他的情商则是马里亚纳海沟,他的确了不起,但是,远远没有苏轼那般可爱。

6

在"苏门六君子"中,李廌是个才气很高但运气极差的人,苏轼虽然对他极力提携和帮助,但最终都没有成就他的功名仕途。

李廌,字方叔,比苏轼小二十二岁,华州人。他六岁的时候父亲就去世了,但是他勤奋自学,十几岁时因为有学问而受到街坊邻里的称赞。元丰四年(1081),苏轼谪贬黄州,李廌在与苏轼书信往来几个月后,专程赶到黄州拜见苏轼,呈上自己的文章,向苏轼求教。苏轼读后,非常欣赏,认为他的笔墨翻澜,有飞沙走石之势。苏轼还拍着李廌的背,夸赞道:"子之才,万人敌也。抗之以高节,莫之能御矣。"意思是说,你的才华可以对阵万人;但你高尚的气节,他们根本就抵挡不住。

元祐三年(1088),朝廷开科省试。苏轼与孙觉、孔仲文一起担任礼部贡举的主考官,黄庭坚、晁补之、张耒等苏轼的门生都是阅卷人员。李廌是这一届的考生,对于他来说,这次考试应该是天时地利人和,再加上自己有真本事,进士及第应该是十拿九稳的事情。不仅李廌自己这么认为,苏轼以及苏门其他师兄弟也都这么认为。考试结束后,李廌回到家里,还信心满满地说:"我的文章一定不会排在三名之后。"

苏轼在阅卷时,特地瞪大了眼睛,对送上来的前二十名卷子仔细审阅。其中有一份卷子笔墨跌宕,令苏轼眼前一亮,他兴奋地对另外几个主考官说:"这一定是李方叔的!"可是,拆开封名条一看,却不是李廌的。苏轼便仔细再看，又发现了一份卷子，他品味了很久，最后认定是李廌的，于是高兴地作了批注，还对黄庭坚说："这一定是李廌的文章！"于是，定为第一等。可是，令他万万没有想到的是，他再次看走了眼——拆封后，竟然是章惇的儿子章持的试卷。

原来，不知什么原因，在这次考试中，李廌的试卷根本就没有入围。

李廌名落孙山，苏轼感到非常难过，赶紧写了一首长诗进行安慰。不幸的是，李廌那七十岁的母亲由于经不起这样的打击，竟然上吊了。李廌受到刺激，一度情绪低落。苏轼又多次写信劝慰，信中说道："你文章写得这么好，何愁将来不能够发达呢？"

后来，苏轼怕李廌生活太困难，上进心会因此受到打击，就把自己的一匹御赐宝马送给他，还担心李廌若要出售，买主索要马匹的来路证明，便亲笔写了一份马券给李廌。

元祐末年，苏轼总算争取到大臣范祖禹联合举荐李廌，却不料时局突然发生了变化，苏轼因受到排挤，离开了京城，联合举荐之事也泡汤了。

李廌最终断绝了仕进之意，专心著述，在清苦的生活中走向了生命的终点，年仅五十一岁。

7

在"苏门六君子"之外，苏轼还提携过大量年轻人，比如张师厚、毕仲游、廖正一、孙勰、刘季孙、姜唐佐等人，甚至还有高俅，就是《水浒传》里的那个大反派。不过，这个时候的高俅还只是个小厮，一直跟在苏轼身边做些文秘工作。

元祐八年（1093）九月，苏轼离开京城到定州任知州，临行前，打算让高俅去为曾布工作，曾布因为家里有文秘人员，就辞谢不受。苏轼又将高俅推荐给驸马都尉王诜。王诜跟端王赵佶的关系很好，有一天，王诜让高俅送一件礼物到端王府，正好碰上赵佶在花园里蹴鞠，高俅便饶有兴味地站在一旁观看。结果引起赵佶注意，让他上场一起玩，没想到，这个高俅竟然是蹴鞠高手。赵佶一高兴，就把他留在了身边。后来，赵佶当了皇帝，也就是宋徽宗，高俅也就飞黄腾达了。

《水浒传》把高俅写得很坏，其实那是小说家言。事实上，高俅也有善的一面，他最得意之时苏轼早已去世，他很念旧情，对苏轼后人给予了诸多关照。

姜唐佐，字君弼，琼山人，是苏轼的最后一个弟子。元符二年（1099），也就是苏轼被贬儋州的第三年，闰九月，刻苦好学的年轻人姜唐佐从琼州专程到儋州，打算向苏轼当面求教。当时，苏轼正卧病在床，姜唐佐没有贸然登门，而是托人将礼物和一封书信送到苏轼的住所桄榔庵。苏轼收到礼物和来信后回了一封信。在回信中，苏轼认为自己年已老迈又遭贬谪，实在承受不起姜唐佐的这份情谊，同时，他也夸赞了姜唐佐书信的文采。于是，姜唐佐便拜在苏轼门下，虚心求教。苏轼对他也是尽心指导，讲授经史，传达作文之法，很快，姜唐佐的学问和文章水平就突飞猛进。

元符三年（1100）三月，姜唐佐辞别苏轼回到琼州。苏轼抄录柳宗元的两首诗《饮酒》和《读书》送给姜唐佐。为了勉励他继续不懈学习，苏轼还特地书写了半首诗相赠："沧海何曾断地脉，白袍端合破天荒。"意思是说，海南这个地方虽然被大海阻隔，但是地脉文气仍然同大陆紧密相连，希望你通过努力成为海南科举上的"破天荒"。苏轼还对这位弟子说："子异日登科，当为子成此篇。"意思是说，等你将来科举高中了，我再完成另一半诗。

姜唐佐的心里一直牢牢记着苏轼对自己的这份激励。崇宁元年（1102）秋季，姜唐佐渡海赶往广州参加府试，如愿以偿顺利中举，成了儋州第一位举人，实现了苏轼预测的"破天荒"。

崇宁二年（1103）年初，姜唐佐赴京参加进士考试，顺道去汝阳拜访了苏辙。见到苏辙后，他才知道恩师苏轼已病逝两年，不禁失声痛哭。他拿出苏轼当年写的"沧海何曾断地脉，白袍端合破天荒"给苏辙看。苏辙不胜唏嘘，面对兄长对姜唐佐"子异日登科，当为子成此篇"的许诺，觉得有义务替兄长兑现承诺，于是续成七律一首：

> 生长茅间有异芳，风流稷下古诸姜。
> 适从琼管鱼龙窟，秀出羊城翰墨场。
> 沧海何曾断地脉，白袍端合破天荒。
> 锦衣他日千人看，始信东坡眼力长。

姜唐佐中举意义重大，具有很强的示范引领作用，从他以后，儋州的文教事业得到了长足发展，读书人在科举上屡有斩获。

8

苏轼无疑是一位好老师。他凭借自身的学识和人格魅力，将一帮青年才俊聚集在自己的周围，并竭尽全力给予他们帮助。只不过，苏轼的才气将北宋的文化推向了顶点，所以在他的这些弟子中，没有人能够超越他。

但是，苏轼对待年轻人的那种真挚坦诚的情怀却值得我们永远珍视和崇敬！

23 歌筵之趣：善待那些美女艺术家

歌筵，不同于一般酒会，它是歌舞加酒会。在苏轼所处的时代，人们重文轻武，士大夫的日子好过得很，盛行宴游之风，在醇酒之外，总少不了歌舞侑酒的歌妓。受当时风气影响，苏轼是歌筵上的常客，所以与那些歌妓有话题，有瓜葛，甚至还有绯闻，经常登上"舆论头条"。

1

相对来说，苏轼接触歌筵是比较晚的。少年时期，在父母严厉的督促下，他一心向学，很少去参加奢华的歌筵。进入官场后，他才有机会涉足歌筵，直到任杭州通判时，受到陈襄、张先等人影响，他才完全放开自己，频繁流连于歌筵，结识了一个又一个歌妓。

北宋朝廷有严格的娼妓制度，规定隶身乐籍的妓女，也就是加入歌舞团的妓女，统一接受官府管理，称为官妓或营妓，她们都是清一色的"美女＋才女"，卖艺不卖身，靠才华吃饭，堪称美女艺术家。官妓之外，也有家妓，属于达官贵人之家的私产，家妓的多少和声容出众与否是当时显示财富和权势的重要指标。

据宋朝王明清的《挥麈后录》记载："姚舜明庭辉知杭州，有老姥自言故娼也，及事东坡先生，云：公春时每遇暇，必约客湖上，早食于山水佳处。饭毕，每客一舟，令队长一人，各领数妓任其所适。晡后鸣锣以集，复会圣湖楼，或竹阁之类，极欢而罢。至一二鼓夜市犹未散，列烛以归，城中士女云集，夹道以观行骑过，实一时盛事也。"意思是说当年苏轼在杭州，一有空就约上一帮朋友，带着多位官妓在湖上举行歌筵，一直玩到晚上才散去。

苏轼任杭州通判，应酬自然很多。依当时的官场风气，没有家妓是不行的。不过，苏轼一向俭约，家里只有几个家妓而已，而且比较尊重她们，跟对待侍卫和副官一样，向来访的客人介绍时，说她们是"搽粉的虞候"。在宋代，虞候是一种武官职务。

据宋朝施德操的《北窗炙輠录》记载，苏轼在自家举行歌筵、招待客人时是有讲究的。"东坡待过客，非其人，则盛列妓女，奏丝竹之声聒两耳，自终宴有不接一谈者，其人往返，更谓待己之厚也。至有佳客至，则屏云妓乐，杯酒之间，惟终日谈笑耳。"如果来的客人与苏轼的脾性合不来，他便将家妓全部派出来，在宴席上一个劲地演奏歌唱，而他自始至终不与客人交谈；如果来的客人是知心朋友，他便与客人终日饮酒谈笑，反而不让家妓出场表演。

有一天，杭州另一个通判鲁有开在西湖美堂上举行歌筵，邀请了好多歌妓，苏轼恰好乘船经过，看见鲁有开左拥右抱，与歌妓们调笑，便给鲁有开投诗一首："指点云间数点红，笙歌正拥紫髯翁。谁知爱酒龙山客，却在渔舟一叶中。"后来又劝他道："遥知通德凄凉甚，拥髻无言怨未归。"那意思是说，鲁有开啊，你的美妾正在家等你呢，都一大把年纪的老头儿了，却还在这里乐不思蜀，与女孩子们嬉闹。

苏轼的这个行为多少有点多此一举了。但是，由此可见，苏轼对当时歌筵狎妓的社会风气的态度很微妙，他既迎合这种风气，又不想和其他人一样醉生梦死——生在绮罗香泽之中，而无绮罗香泽之气——换言之，玩玩可以，但是要玩出高雅。

2

当杭州二把手时，苏轼跟一把手陈襄的关系不错。陈襄舍得放权，所以苏轼的权力空间比较大，求他办事的人也不少，其中就有几个美女艺术家。

话说苏轼刚到杭州不久，知州陈襄到外面出差，让苏轼临时主持工作。有一天，苏轼和几个朋友聚在一起，歌筵欢娱，自然少不了美女艺术家们前来歌舞一番。其中有位美女，非常娇媚，很善于撩拨男人，人送外号"九尾野狐"，一直想"出籍从良"，也就是不想当歌妓了。她得知苏轼目前主持着州府工作，就趁机向苏轼递交了"出籍申请"。苏轼本来就不太喜欢这个歌妓，所以看过申请后，二话没说，当即作出签批："五日京兆，判断自由；九尾夜狐，从良任便。"同意其从良。

当时，杭州城里有几个很会写诗的歌妓，排在头名的叫周韶，不仅肤白貌美，而且歌舞丝竹样样精通，她还有一个高雅的嗜好：喜欢品茶。有一次，她与朝廷高官蔡襄斗茶，搞得蔡襄甘拜下风，这样一来，周韶的名气更大了，一下子成了"网红明星"，追求她的人很多，于是她也动了出籍嫁人的想法。她听说通判苏大人很好说话，"九尾野狐"轻轻松松就获得了出籍签批，所以在一次歌筵上，她也斗胆向苏轼递交了申请。苏轼这回可慎重多了，他对周韶印象深刻，非常欣赏，根本不舍得让她出籍，更重要的是，他知道周韶是上司陈襄钟情的人，自己只是个代理知州，做不了主。于是，他在周韶的申请上批道："慕周南之化，此意诚可嘉；空冀北之群，所请宜不允。"意思是说，你想从良嫁人，这个想法当然很好，但是你这样的人才实在难得，所以啊，不能批准你出籍。周韶看到这样的批示，一时无话可说。

不久，有个叫苏颂的大官来到杭州，知州陈襄准备歌筵招待，特地安排周韶表演。演出很成功，苏颂很开心，周韶便趁机请求这位苏大人向知州陈襄说情。苏颂想了想，指着屋檐下的一只白色鹦鹉，对周韶说："你如果能够根据它作一首诗，我就去替你说情。"周韶也不含糊，略一思索，作诗一首："陇上巢空岁月惊，忍看回首自梳翎。开笼若放雪衣女，长念观音般若经。"当时，周韶一袭白纱，显得楚楚可怜，此诗一成，众人都嗟叹不已。这首诗妙在看似写鹦鹉，实则写周韵自己。知州陈襄一时心软，就批准了周韶的请求。

可是，过了不久，陈襄就后悔不已。苏轼也替他惋惜，为此还曾写过一首诗："草长江南莺乱飞，年来事事与心违。花开后院还空落，燕入华堂怪未归。世上功名何日是，樽前点检几人非。去年柳絮飞时节，记得金笼放雪衣。"

写这首诗是在周韶出籍一年之后，可见苏轼对周韶也是一直念念不忘。

关于苏轼帮助歌妓出籍，还有一个故事也有些意思。说的是他离开黄州到汝州上任时，经过润州，官妓郑容、高莹两位美女艺术家估计也是听说过"九尾野狐"轻松出籍的故事，就第一时间拜见了苏轼，请求苏大人帮忙向知州大人说情，准予她们出籍从良。苏轼宅心仁厚，当即表示同意。不久，知州许仲途举办歌筵为苏轼接风洗尘。郑容、高莹在一旁歌舞助兴，可是苏轼和许知州只顾喝酒闲扯，压根没有提二人出籍的事情，两位官妓只能干着急。歌筵结束后，离席之时，苏轼叫住了她们，将一首早就写好的词交给二人说："你们俩把这个呈送给许大人看看，或许能够达成心愿。"两位官妓接过那首词，将信将疑地呈送给许仲途。许知州接过一看，见是苏轼手迹，又反复品读，不禁会心一笑，真的批准了二人的出籍请求。原来，苏轼的那首《减字木兰花·郑庄好客》是这样写的：

郑庄好客，
容我尊前先堕帻。
落笔生风，
籍籍声名不负公。

高山白早，
莹骨冰肤那解老。
从此南徐，
良夜清风月满湖。

初读这首词，觉得它不过是一首带有答谢意思的抒情词。在词的上片，苏轼把知州许仲途比作汉代以好客闻名的"郑当时"，感谢他的歌筵款待，并表示自己一定不辜负这番美意，将来一定会好好写点文字夸一夸；下片里，苏轼发出感叹，说人生易老，一定要把握大好年华，享受清风明月盈满湖的美景。

然而，仔细再读，它竟然是一首藏头词。全词共八句，每句首字连读，就是"郑容落籍，高莹从良"。知州许仲途学识过人，又经常与苏轼唱和诗词，一看就明白了苏轼的用意，因此卖了个顺水人情，批准郑容、高莹二人出籍。

此说真假似乎已经不重要了，重要的是苏轼对待美女艺术家的这一份情怀。

还有一个传说，未必是真，但也很有意思。说杭州有个官妓叫琴操，冰雪聪明，很有诗才。有一年，杭州某通判在歌筵上唱秦观的《满庭芳》，把"画角声断谯门"唱成"画角声断斜阳"，一旁的琴操进行纠正，说"门"和"阳"不同韵，错一字，全词韵脚就乱了。那个通判丢了面子，就故意刁难说："你能不能用'阳'韵改写一首呢？"没想到，琴操真的改写了一首，而且神韵不比原作差。

苏轼担任杭州知州时，有一次在西湖上举办歌筵，琴操也在。苏轼因早闻其名，想试她一试，就说："我当长老你参禅，怎么样？"琴操点头。于是，两人有了下面一段对话：

"何谓湖中景？"苏轼问。

"落霞与孤鹜齐飞，秋水共长天一色。"琴操答。

"何谓景中人？"

"裙拖六幅潇江水，鬓耸巫山一段云。"

"何谓人中意？"

"随他杨学士，鳖杀鲍参军。"

"如此意究竟如何？"

琴操来不及作答。苏轼道："门前冷落鞍马稀，老大嫁作商人妇。"

苏轼引用这一句，本意是表示同情才气过人的琴操，琴操却感悟到了更深一层，认为知州是在暗示她的黯淡前途，便向苏轼请求出籍。据说，出籍后，她看破了红尘，出家当了尼姑。

这一次，不知道苏轼有没有后悔过。

3

熙宁十年（1077）四月，苏轼到任徐州知州。新官上任三把火，可是他的三把火还没有开始烧，就遇到了严峻考验，到任不到两个半月，徐州就遭遇了特大洪涝灾害，黄河决口，大水奔腾，徐州城危在旦夕。苏轼充分发挥他的领导才能，带领徐州官民，严防死守，历经七十多天，终于战胜了洪灾，保全了徐州百姓的生命财产。

洪水退去，苏轼紧张的情绪放松了下来，他想起此地有座燕子楼，是晚唐名妓关盼盼香消玉殒的地方，于是来了兴致，前去游览。当晚，他住在燕子楼，竟然梦见了关盼盼，惊醒后心绪难平，就写了一首《永遇乐》。在词中，苏轼感叹道："燕子楼空，佳人何在，空锁楼中燕。"

巧的是，徐州官妓中，有一个姓马的，也叫盼盼。这位马盼盼是苏轼的小迷妹，酷爱苏轼的书法，一直在模仿苏轼的字。她天赋很高，模仿得形神兼备。这似乎预示着苏轼和马盼盼之间一定会发生点什么。

元丰元年（1078）二月初四，神宗皇帝对苏轼的抗洪成绩进行嘉奖，并拨出了大批物资和人力，以加强徐州城外的水利设施建设。苏轼借此对徐州城东门进行拓宽加固，并在城门上修建了一座大楼，用黄土筑墙，取名"黄楼"，取五行中土能克水的意思。黄楼落成，苏辙作了一篇《黄楼赋》，苏轼亲笔书写，打算刻在石碑上，永久地立在黄楼中。

话说这天歌筵之后，马盼盼无意中看到苏轼书写了一半的《黄楼赋》，墨迹未干，显然是苏轼暂时搁笔做其他事情去了。马盼盼一时手痒，拿起笔，续写了苏轼还未写的"山川开合"四个字。这时，苏轼恰好进门，看到马盼盼写的四字，不仅没有生气，还笑意盈盈，只替她稍加润饰，而没有重写。所以，如今流传下来的《黄楼赋》碑帖中"山川开合"四字，其实是马盼盼的手迹。由此可见，苏轼和马盼盼之间的关系非同一般。在徐州的那段时间，他对马盼盼十分厚爱，一直让马盼盼陪伴其左右。

诗僧参寥是苏轼的好朋友，极其有才，能下笔成诗，令人叹服。有一次，参寥专程从杭州到徐州看望苏轼，被安排在虚白堂住着。这天，苏轼和一帮同僚举办歌筵，有一大群歌妓陪伴。歌筵结束后，苏轼笑着对大家说："我的朋友参寥虽然没有参加这次歌筵，但是我们不可不给他制造一点麻烦。"大家明白苏大人这是要开朋友参寥的玩笑，也都来了兴致，便簇拥着一同前往虚白堂。

本来带着歌妓拜访出家人就不合僧礼，苏轼还变本加厉，指使马盼盼手拿纸笔，故意风情万种地向参寥求诗。天性爱开玩笑的苏轼之所以这么做，就是想看看出家人参寥有什么反应。只见参寥气定神闲，接过纸笔，一挥而就："寄语东山窈窕娘，好将幽梦恼襄王，禅心已作沾泥絮，不逐春风上下狂。"意思是说，马姑娘，你去给苏子瞻带个话儿，面对你这样的窈窕美女，他不能一亲芳泽，就让他在梦中去感叹遗憾吧，而我呢，早就凡心尽去，一颗禅心就像沾了泥土的柳絮，根本就不会随着春风轻薄乱飞了。

参寥不愧为高僧，早把苏轼的那点小心思看穿了，知道他爱恋马盼盼，但按照朝廷规矩，又不能与马盼盼有肌肤之亲。他这首诗的调侃意味实在太浓，搞得苏轼有些招架不住，只得转移话题，点评起参寥的诗作来，说我也曾觉得絮落泥淖的情形，是可以入诗的，想不到被你参寥先写出来了！

苏轼在徐州待了两年，元丰二年（1079）三月离开徐州，也离开了马盼盼，到湖州担任知州。不久，"乌台诗案"发生，苏轼被捕，关进了御史台。大约在元丰七年（1084）初，也就是苏轼离开徐州四年左右，马盼盼抑郁而终。这肯定是苏轼没有料到的，也是不能接受的结局。

苏轼携歌妓"骚扰"僧人的事件，后来还有一次。

元祐四年（1089）七月三日，苏轼再次来到杭州任知州。根据宋朝的制度规定，知州对辖区内的寺庙有很大的监督权和管理权，重要寺庙的人事任免，知州都要过问。

净慈寺是杭州著名的寺庙，山门外的"南屏晚钟"是西湖十景之一。话说这一年，净慈寺请来高僧善本法师设堂讲经，善本戒律森严，要求所有进他禅堂的信众都必须斋戒沐浴。苏轼觉得，佛教禅宗讲究的是明心见性、自由顿悟，善本是禅宗大师，不应该像律宗那样注重形式。于是，有一天，他故意带了两名歌妓闯进善本的禅堂，目的就是要试探一下善本法师。慑于苏轼的知州身份，善本法师虽然面露不悦，但没有现场发作。苏轼变本加厉，作了一首《南歌子》，让歌妓在禅堂上演唱：

师唱谁家曲，宗风嗣阿谁。借君拍板与门槌。我也逢场作戏、莫相疑。
溪女方偷眼，山僧莫眨眉。却愁弥勒下生迟。不见老婆三五、少年时。

这首词用了大量佛家语言，专门前来踢场子的意味相当浓厚：敢问大师你是哪门哪派？唱的是哪家的经？我借你的拍板和门槌，也来讲讲经。我是逢场作戏哟，你可千万不要生气啊。刚才，这几位美女偷窥你的禅堂，你把愤怒写在脸上，这是给谁看呢？可惜啊，在座的这些信众出生得太晚了，无法看见你年轻时的那些表现。——如此挖苦，可谓酣畅淋漓。

对此，善本法师真的是一点办法也没有，只能强颜欢笑。这时，苏轼也笑了，不忘继续挖苦道："哈哈，今天参破老禅了。"

原来，反对形式主义，早在苏轼那时就开始了。

4

苏轼被贬黄州是不幸的，但幸运的是，他遇到了一位好的地方官——黄州知州徐大受。

徐大受是位风雅人物，特别好客，更重要的是，他对贬官苏轼礼遇周至，经常邀请苏轼一起参加歌筵。徐大受家里养有妩卿、胜之、庆姬、阎姬等五六个美丽的歌妓，她们都是善于作曲的美女音乐家。苏轼到徐家参加歌筵，为她们填了很多词。其中，胜之娇小玲珑，聪明绝顶，深得苏轼青睐。他曾陪胜之一起玩过掷骰子，将上好的建溪双井茶和谷帘泉送给她，认为只有她才配饮用。每次歌筵，看到胜之姑娘曼妙的舞姿，苏轼就非常陶醉，从中获得了满满的幸福感。为此，他曾写过一首词《减字木兰花》：

双鬟绿坠。娇眼横波眉黛翠。妙舞蹁跹。掌上身轻意态妍。

曲穷力困。笑倚人旁香喘喷。老大逢欢。昏眼犹能仔细看。

不过，几年后，徐大受去世，胜之被转到了当涂的张厚之家里。元丰七年（1084）七月初，苏轼结束黄州的生活，在去汝州的途中经过当涂，到张家做客，意外看见胜之出现在歌筵上，嬉笑自若，一副毫无旧时情谊的样子，不禁掩面号恸，并写了一首《西江月·姑熟再见胜之次前韵》，来表达心中那种复杂的情感：

别梦已随流水，泪巾犹浥香泉。相如依旧是臞仙。人在瑶台阆苑。

花雾萦风缥缈，歌珠滴水清圆。蛾眉新作十分妍。走马归来便面。

苏轼对这次看走眼的事情一直耿耿于怀，常常对那些蓄养歌妓的人说："老兄啊，千万要引以为戒哟！"

当然，胜之薄情，并不代表所有歌妓都如此。

元丰三年（1080），苏轼的好友王定国因受"乌台诗案"牵连，被贬谪到岭南的宾州，他家的歌妓柔奴姑娘就毅然随行，一起到岭南。柔奴的父亲原是御医，后来蒙冤入狱而死，母亲不久后也撒手人寰，叔父将她卖到京城的"行院"。与妓院不同，行院是以艺娱人。一次，柔奴陪同姐妹看病，遇见了陈太医。陈太医是柔奴父亲的至交，便出手相助，使银两、托关系，将柔奴赎出行院，留在身边打下手。一个偶然机会，柔奴被高官王定国相中，收到家里做歌妓。

元丰六年（1083），王定国北归，到黄州看望苏轼。苏轼举办歌筵招待，王定国让柔奴向苏轼敬酒。苏轼便问她岭南的风土人情怎么样。柔奴回答说："此心安处，便是吾乡。"苏轼听后，大受感动，觉得这话简直太好了，当即为柔奴填了一词《定风波》：

常羡人间琢玉郎，天应乞与点酥娘。尽道清歌传皓齿，风起，雪飞炎海变清凉。

万里归来颜愈少，微笑。笑时犹带岭梅香，试问岭南应不好。却道：此心安处是吾乡。

这首词刻画了柔奴的美好形象，歌颂了她身处逆境而安之若素的可贵品格。

元丰七年（1084）三月，苏轼奉旨结束在黄州四年多的谪居生活，即将搬家到汝州去。汝州离京师较近，所以，这是一次形势向好的搬迁，传递的是皇上准备重新启用苏轼的信号。

很快，苏轼将要搬走的消息传遍了黄州的街巷。一时间，朋友们纷纷前来道别，请苏轼吃饭的人一波又一波，求诗求字的人更是挤破了苏家大门。苏轼本就极重感情，在这即将离别的日子里，他是有求必应。

这天，黄州府一个官员设歌筵为苏轼饯行，安排了歌妓助兴，其中有位名叫李琪的女孩子，天资聪颖，爱好读书，身上透着一股子娴雅矜持之气，在众多歌妓中显得风韵独特。李琪是苏轼的粉丝，早就想向苏轼求诗，苦于一直没有机会，这一次，机会正好来了。酒过三巡，李琪歌罢，鼓起勇气走到苏轼面前，举杯再拜，然后取下自己的白色丝巾，请求苏轼惠赐墨宝。苏轼仔细打量了李琪好一会儿，说："你先去把墨磨好。"其实，苏轼早就注意到了李琪与众不同的气质，于是提笔蘸墨，在李琪的白色丝巾上写下两句："东坡五年黄州住，何事无言赠李琪？"写到这里，苏轼没有接着往下写，把笔一搁，转身又去和其他人一起喝酒谈天。这算什么事儿呢？晾在一边的李琪手捧白丝巾，好不尴尬哟。再看那两句诗，内容也很平淡，只提问没作答，明显是半截子诗嘛。在一旁的人也奇怪，以苏轼之才，总不至于留下个"烂尾工程"吧。

眼看酒席快散了，心中焦急的李琪再也忍不住了，斗胆到苏轼跟前再拜求诗。苏轼这才哈哈大笑说："我差点忘了。"说完后，迅速提笔在白丝巾上续写了两句："恰似西川杜工部，海棠虽好不题诗。"写完后，大家传阅，都向李琪道贺，因为在苏轼题赠给歌妓们的诸多诗作中，李琪所得到的这个褒扬是最高的。

为什么这么说呢？原来，苏轼赠给李琪的这首诗中，融入了杜甫的一个典故。当年，大诗人杜甫在素有"香海棠国"之称的四川生活了十年，写过很多咏物诗，却不见一篇提到海棠，也许是避讳吧，据说杜甫的母亲就叫海棠①。苏轼运用这个典故，是把李琪比作海棠，称赞她为花中极品，不同流俗。

显然，这是天性风趣幽默的苏轼，通过这种方式，跟朋友们开了一个温馨而浪漫的玩笑。

苏轼本来酒量就不大，在歌筵中喝酒是他的弱项，但是他还是频繁地参加各种歌筵。其实，他喜欢的不是喝酒本身，而是那种氛围，那种"我在哪儿，哪儿就是主场"的氛围。一旦没有这种氛围，他便觉得索然无味，有时候甚至还会在歌筵上打瞌睡。

元丰七年（1084）十月十九日，苏轼到达扬州。扬州知州吕公著举办歌筵招待他，不过，这次的歌筵有一点公事公办的味道。问题出在知州吕公著身上，他是著名宰相吕夷简的儿子，是与欧阳修同时代的人物，与苏轼之间本身就存在代差，再加上这位吕大人不苟言笑，态度持重，并不是个有趣的人，所以，这次歌筵，苏轼与他之间基本上没有什么交流，现场气氛非常沉闷，完全没有了"我在就是主场"的感觉。结果，苏轼竟然在席上打起瞌睡来（不排除酒精的作用），当歌妓唱到"夜寒斗觉罗衣薄"时，他惊醒过来，自言自语道："夜来走却罗医博。"惹得坐在一旁的几个歌妓偷偷发笑，令苏轼好生尴尬。直到酒散后，吕公著陪他在花园里散步，有个歌妓拿着一把团扇来请他题诗，他才又找到了感觉，提笔挥毫，一气呵成。

不得不说，被粉丝追捧的感觉真好！

---

① 注：《古今诗话》记载：杜子美母名海棠，子美讳之，故《杜集》中绝无海棠诗。

5

苏轼所处的时代,是歌筵盛行的时代。对于苏轼来说,歌筵是交朋结友、展示才华、纾解情绪的大好平台。他喜欢与歌筵的重要成员——歌妓们交往,但是,这种交往没有龌龊的肉体交易,而是纯粹的精神交流,即便是彼此生出情愫,那也是"柏拉图式精神恋爱"。在苏轼的眼中,歌妓是美丽的载体,是才华的化身,是情感的归依,她们当中既有值得同情的沦落人,也不乏心有灵犀一点通的红颜知己。所以,苏轼虽为士大夫,处在他那个时代"鄙视链"的最顶端,但是,他给予最底层歌妓们的,是同情,是欣赏,是尊重,甚至是爱恋。

可以这么说,因为有了苏轼,那个时代的歌妓才提升了好几个美学等级。

24 教子之趣：好孩子都是夸出来的

苏轼和苏辙能够在科举考试中脱颖而出，最终成为北宋文坛的大师级人物，首先得益于良好的家庭教育。当年，他们的父亲苏洵和母亲程夫人，对他们的教育可谓是尽心尽力。轮到苏轼做父亲的时候，他对自己孩子的教育也是高度重视，一刻也没有放松，并取得了卓越成效。

1

苏轼本来有四个儿子。宋仁宗嘉祐四年（1059），苏轼的原配夫人王弗生下长子苏迈。宋神宗熙宁三年（1070），苏轼的续弦夫人王闰之生下二儿子苏迨，熙宁五年（1072）又生下三儿子苏过。宋神宗元丰六年（1083），苏轼的如夫人王朝云在黄州生下幺儿苏遁。不幸的是，苏遁出生十个月就夭折了。

父母是孩子最好的老师。苏迈、苏迨、苏过在苏轼的教育培养下，都很有出息，较好地继承了苏轼的衣钵，《宋史·苏轼传》上说："轼三子：迈、迨、过，俱善为文。"

苏轼的教子法与他父亲苏洵的教子法是有所不同的。

苏洵教子虽然有时也用一点引导法，比如，在苏轼和苏辙小的时候，苏洵常常躲到角落里读书，等苏轼和苏辙一过来，他就故意把书藏起来，以引起两个儿子对书籍的强烈好奇心，从而促使他们把书找出来阅读；偶尔也来一点激励法，把苏轼和苏辙写的文章贴到家里的墙上，供大家欣赏，以增强他们的自信心和写作兴趣。但是，苏洵教子最主要的方法还是高压法。为了督促苏轼和苏辙学习，苏洵专门准备了一把一尺长的铜戒尺，每当两个儿子懈怠贪玩，就会用戒尺打他们的手心。对此，苏轼曾写诗道："夜梦嬉游童子如，父师检责惊走书。"说的是苏轼有一次梦见小时候没有按时背诵《春秋》一书，被父亲苏洵责罚，吓醒后出了一身冷汗。总的来说，苏洵的教子法，还是更偏向于"狼爸"式的教子法。

苏轼则不同，他不做"狼爸"。他将父亲苏洵好的方法——引导法和激励法——加以继承，并上升为自己的主要教子方法，而将苏洵不太好的方法——高压法——彻底摒弃。

2

苏轼对长子苏迈的引导和激励，一直持续到苏迈走上工作岗位。

苏轼谪居黄州的时候，他和儿子苏迈经常一起躬耕劳作，探讨问题，其中就包括鄱阳湖畔石钟山名字由来的问题。苏迈有不懂的问题时，常常是先查资料寻找答案，然后再向父亲求教。关于石钟山为什么叫这个名字的问题，苏迈从郦道元《水经注》和李渤《辨石钟山记》等典籍中，找到了一些说法，例如："下临深潭，微风鼓浪，水石相搏，声如洪钟""得双石于潭上，扣而聆之，南声函胡，北音清越，桴止响腾，余韵徐歇"等。

可是，对于这些说法，苏轼都觉得不怎么靠谱。

元丰四年（1081），二十二岁的苏迈进士及第，元丰七年（1084），苏迈被任命为饶州府德兴县尉，这时，苏轼也结束了黄州的谪居生活，准备到汝州去，两人正好顺道。苏轼决定先送儿子赴任，于是父子俩趁机对石钟山进行了一番实地考察。

白天，庙里的一个小沙弥拿着斧头，陪同苏轼和苏迈父子俩来到石钟山下，小沙弥用斧头敲打了一两处石头，石头发出了硿硿的回响，父子俩觉得这声音听起来根本不像钟声。当晚，朗月当空，父子俩乘一叶扁舟，来到绝壁之下，听到了石穴被江水冲击时发出的声音。小船行至两山间，将要入港口时，他们又发现江流中有一块大石，中空多窍，吞吐风水，声音清越，宛若钟鼓齐鸣。

父子俩此刻终于明白了，这才是"石钟山"命名的真正原因。

苏轼趁机告诫苏迈："弄清'石钟'名称的由来原本并不是一件很难的事情，只需实地考察一下就行。可是，普通人都不肯花费这个时间和精力，只愿在书上找现成答案，而一些人见识浅薄，作出的解释往往似是而非，以讹传讹。所以，迈儿啊，你务必要记住：事不目见耳闻，而臆断其有无，是靠不住的，也是不可能获得正确答案的。"

后来，苏轼就此次考察情况，写了一篇著名散文《石钟山记》。

苏迈即将进入官场，作为父亲，苏轼当然很高兴，但是也有担心，他怕儿子太年轻，对一些事情无法掌控。在江西湖口分别时，苏轼把一方砚台递给苏迈。苏迈接过，发现砚台底部刻有文字："以此进道常若渴，以此求进常若惊，以此治财常思予，以此书狱常思生。"他一眼就认出，那是父亲亲手刻上的，意思很明显：用此砚去学习人生道理时要如饥似渴；用此砚去求取功名，结果常常会令人吃惊；用此砚去理财时应该常想着给予他人；用此砚去书写狱讼公文时要时常想着放人生路。对于父亲的这番教诲，苏迈一直牢记于心，外化于行，努力做一名好官。《德兴县志·卷八》记载："迈公有政绩，后人立'景苏堂'仰之。"在《与陈季常书》中，苏轼不无自豪地说："我这个大儿子当官，很有些我的风范。"

熙宁十年（1077）三月，十九岁的苏迈娶吕陶之女，元丰五年（1082），吕氏不幸病逝，元丰八年（1085）正月，苏迈续娶石康伯之女。除了这两位正妻，苏迈还有两位侧室李氏和高氏。苏迈的妻妾生了几个孩子，在这些孩子的教育上，他尽心尽责，继承了父亲苏轼的很多做法。

3

苏轼对次子苏迨的关爱可能要更多一些，因为这个儿子自小体弱多病，更加需要关心和照顾。

苏迨是王闰之所生，命途多舛，四岁之前一直不能走路，行动需要大人抱或驮。这可把苏轼和王闰之给急坏了，他们四方求医问药，可是都没有什么效果。后来，苏轼在杭州担任通判，认识了上天竺寺的和尚辩才法师，就按照当时流行的迷信做法，让苏迨在观音菩萨面前剃度出家，请辩才为其摩顶，取名竺僧。当然，这只是名义上的出家，实际上还是一直在家生活。这样做有没有效果呢？据说，在辩才法师的祈祷下，过了不久，苏迨果真就能走路了。苏轼也有诗为记："师来为摩顶，起走趁奔鹿。"说儿子苏迨能像鹿一样奔跑。这很神奇，以现代眼光看，这么显著的疗效，不可能是因为祈祷和摩顶，极有可能辩才法师是一位技术高超的大夫，对这孩子进行了有效治疗。

不管怎么说，苏迨从此能够自由行走是事实，只是身体比较弱，成年后也不太好。但是，苏迨极为好学，在父亲的教育下，他学有所成，颇具文才。苏轼曾评价苏迨："诸子惟迨，好学而刚""迨好学，知为楚辞，有世外奇志"。为了鼓励苏迨，苏轼曾亲笔书写了自己的六篇赋送给苏迨。

"好孩子都是夸出来的。"这句话用在苏迨这里是再恰当不过了。在教育培养苏迨的过程中，苏轼主要使用的，就是激励法——逮着机会就对这个情况有些特殊的儿子一顿猛夸。

苏迨十六岁那年随父亲到登州，也就是现在的山东蓬莱，途中经过淮河口，遭遇大风，一连刮了三天，他们的船根本走不了。苏迨便有感而发，写出了一首诗《淮口遇风》，对风涛横扫的力量和气势进行了描写。苏轼看后，打心眼里高兴，为了鼓励儿子，他马上步原韵和诗一首："我诗如病骥，悲鸣向衰草。有儿真骥子，一喷群马倒。"对儿子进行花式夸赞——他说自己的诗格调不高，像病马悲鸣着走向衰草，而苏迨的诗像千里马，只嘶鸣一声就会令一群马倾倒。

苏迨原诗压的是险韵，也叫强韵，就是生僻少用的韵，这在写诗技巧上属于高难动作。苏轼敏锐地发现了这一点，对苏迨又是一段猛夸，说他在这方面胜过了唐代大诗人孟郊和贾岛："君看押强韵，已胜郊与岛。"不仅如此，他还把苏迨的诗和自己的和诗一同寄给好友杨康功、弟弟苏辙，也得到了一致的夸赞。

苏迨的诗真有那么好？当然没有。苏轼这么说，完全是为了增强儿子的自信心，鼓励他在写作的道路上努力前行。

当然，苏轼心中还是有谱的。他担心儿子膨胀，不忘及时打预防针，说："养气勿吟哦，声名忌太早。"告诫苏迨要先养浩然之气，忌讳过早出名。

苏迨十七岁那年，苏轼买了一道度牒，也就是和尚的工作证，让辩才法师另外再剃度一人，以赎回苏迨，把苏迨的和尚身份换过来。元祐初，苏迨娶欧阳棐①的六闺女为妻,不幸的是,这位欧阳小姐在元祐八年(1093)病逝于京城,后来苏迨又续娶了欧阳棐的七闺女。

宋哲宗绍圣元年(1094)六月,苏轼被贬惠州,苏迨本打算跟父亲一起,但是苏轼让他带着家小到江苏宜兴与苏迈会合,身边只带着苏过和王朝云。父子分离,苏轼想起当年跟大儿子苏迈分别时送他砚台的事情,便同样送给苏迨一方砚台,砚底刻了《迨砚铭》:"得之艰,岂轻授。旌苦学,畀长头。"畀,就是给予的意思;长头,是指苏迨,因为苏迨出生的时候,颅骨异形,长得比较长。在铭文中,苏轼明确说明,这方砚台得来十分艰难,原本不肯轻易送人,现在送给儿子,以表彰儿子的苦学精神。

苏轼的激励教育成效显著。苏迨后来师从大学者张载,与范育、吕大临一起,被称为张载的三大高足。后因品学兼优,元祐八年(1093),苏迨以苏昺之名,任饶州太常博士。第二年,他又以苏鼎之名考中进士,授朝汉大夫,最后因卷入学术之争而被贬官。苏轼去世后,苏迨闭门读书十年,学识、文章都很有成就。"苏门六君子"之一的陈师道曾有《送苏迨》诗,赞道:"胸中历历著千年,笔下源源赴百川。"

宋钦宗靖康元年(1126),苏迨去世,享年五十七岁。

从当初的一个残疾儿,到最终成为一名学者,苏迨的成长历程中如果没有父亲苏轼的悉心教育和培养,这种跨越是很难实现的。

4

在苏轼的儿子中,苏过的文学成就最高、名气最大,当时有评价说"苏氏三虎,季虎最怒"。苏过对诗、词、文、赋、书、画等都很擅长,颇具

---

① 注:欧阳修的第三个儿子。

苏轼风范，所以有"小坡"之称。这是因为苏过在三十岁之前都在父亲苏轼的身边长大，苏轼被贬到惠州和儋州的那些艰难岁月里，苏过始终相随，他服侍苏轼的时间最长，从父亲那里获得的真传也最多。

在对苏过的教育上，苏轼除了对其言传身教、潜移默化之外，更多的还是采用激励法。

苏轼很擅长画修竹、枯木和怪石，作画的时候，苏过常常在一旁磨墨抻纸，耳濡目染下，苏过也迷上了绘画，而且技法日趋成熟。有一次，苏过在护头小屏上画了一幅《偃松》图，苏轼看后，非常高兴，马上写出《偃松屏赞（并引）》，对儿子进行称赞和鼓励：

> 燕南赵北，大茂之麓。天僵雪峰，地裂冰谷。
> 凛然孤清，不能无生。生此伟奇，北方之精。
> 苍皮玉骨，硗硗鳌鳌。方春不知，沍寒秀发。
> 孺子介刚，从我炎荒。霜中之英，以洗我瘴。

在这篇赞里，苏轼称颂生长在冰天雪地的松树是"北方之精"，然后笔锋一转，说儿子苏过性格刚强，跟随父亲到这"炎荒"之地来，简直就是"霜中之英"。这番由松及人的夸赞，传递的是满满的正能量。

苏轼在惠州谪居的生活十分艰苦。在那几年里，苏过的任务主要是侍养父亲和耕读。苏轼曾有诗，"小儿耕且养，得暇为书绕。"除了耕读，苏过还学习写作，曾写过一篇《凌云赋》，得到了苏轼的高度评价和充分肯定。苏轼写诗赞道："小儿少年有奇志，中宵起坐存黄庭。近者戏作凌云赋，笔势仿佛离骚经。"他说，我儿子苏过从小就有大志向，最近写了一篇《凌云赋》，真是太牛了，都快赶上《离骚》和《诗经》啦！

可想而知，苏轼的及时赞扬对苏过君子品性的养成该是多么重要。

苏轼谪居儋州的日子艰苦到了极点，经常会断粮挨饿。苏轼和苏过父子俩相依为命，相互鼓励，想尽办法共度艰难。辟谷是道教的修炼之法，就是不吃五谷。元符二年（1099）的一天，他们父子俩已经没有吃的了，于是，苏轼就想用"辟谷"来对付绝粮。辟谷之法有很多种，苏轼认为其中的"龟息法"最好，就对苏过说："晋武帝时，有人掉进深洞，出不来，饿得受不了，这时他看见洞里许多龟蛇向东方伸着脖子吸旭日之光，并吞咽之，便也学着去做，居然不再饥饿，而且感到浑身有力。"苏轼不仅讲故事，还写出操作手册《学龟息法》，交给苏过。苏过当然知道父亲的用意，二话不说，就跟着父亲一起练习龟息法。是否真有功效暂且不论，单说在艰难困苦面前，苏轼这种不抱怨、积极面对困难的精神，对苏过的影响无疑是巨大的。

因为见过父亲在官场的沉浮，以及受陶渊明思想的影响[①]，苏过对做官没有太大兴趣，只是为生活所迫，苏过在四十一岁时做过太原府监税，四十五岁时做过颍昌府（今许昌）郾城知县，终因党禁关系而被罢免，前后不过七年。但是，苏过在文学艺术方面的成就则很高。他善画，有人将其墨竹画与文与可相提并论；他也能书，行草仅次其父，其楷书古劲，在定州天宁寺存有其楷书石刻；他更能文，有《斜川集》二十卷行世。

5

苏轼的思想兼容儒释道各家，但终究还是以儒家思想为主流，致君尧舜是他的最高政治理想。这些反映到他的教育思想上，就是注重社会教化，

---

① 注：当年，苏过和苏轼经常一起和陶诗。

强调仁义礼乐，培养出有益于社会的君子，他对儿子们的教育基本上也都是基于这样的教育理念而开展的。无论是采用引导法，还是激励法，抑或是言传身教、潜移默化法，都不过是教育的手段，最终的目的还是要把儿子们培养成为能够实现"仕进"的君子。

"乌台诗案"是苏轼人生当中遭受的第一次重大打击，谪居黄州是其人生的第一个低谷，在这时期，苏轼的身心较之年轻时期都有巨大改变。这时，王朝云给他生下了第四个儿子苏遁，中年得子，苏轼自然高兴。孩子出生后第三天，俗为"三朝"，苏轼写下《洗儿》诗：

> 人皆养子望聪明，我被聪明误一生。
> 惟愿孩子愚且鲁，无灾无难到公卿。

因为身处逆境，所以苏轼在诗中不乏激愤之语，甚至说出"惟愿孩子愚且鲁"这样的话，

但是他最终的落脚点还是希望自己的孩子"无灾无难到公卿"。公卿是什么？就是富且贵的人，就是有功名、食爵禄的人。——这说明，即便是在最艰难的处境中，苏轼依然还是希望自己的孩子能够成为仕进之人。

从苏迈、苏迨、苏过的人生结局来看，苏轼对他们的教育无疑是成功的，尽管他们的官职都不是很高，但是他们都是当之无愧的有益于社会的谦谦君子。

由此看来，好孩子都是夸出来的。

辑 五

率真大士：千帆过尽自从容

上交不谄，无所畏也；下交不渎，无所忽也。

——苏轼《东坡易传·系辞传下》

……

程颐见阻拦不住，犟脾气也上来了，竟然抢在众人前头，告诉司马光的儿子："不得接受吊唁！"苏轼同一帮朝臣碰了一鼻子灰，气愤不过，便开口骂道："颐可谓鏖糟陂里叔孙通。"鏖糟陂是开封城外十五里的一块沼泽地，素以脏乱差闻名——程颐啊，你可真是烂泥地里爬出来的叔孙通啊！

……

有人说："一个勇敢而率真的灵魂，能用自己的眼睛去观照，用自己的心去爱，用自己的理智去判断。不做影子，而做人。"这话说出了率真者的潇洒。不过，率真应有度，过了则不行，容易惹麻烦。

苏轼的自然率真有可爱的一面，也有让人诟病的一面，但总体来看，还是可爱的一面多些。我们应该看到，正是他的这种复杂的真实，优点和缺点都在明面上摆着，才使得他这个人接地气、有意思，让人觉得亲切可爱。

25 述奇之趣：真亦假时假亦真

苏轼被贬到黄州后，除了定期向长官报到之外，基本上不用上班。那么，这大把的时间用来做什么呢？文人嘛，自然是以吟诗作赋为主，他经常跟一帮儒释道朋友办个沙龙、搞个派对，当然，为了生计，也到东坡上从事农业生产。除此之外，他还有一个特殊兴趣，那就是听人讲"奇谈怪论"，整理后记录在案，乐此不疲。他所记录的那些奇人奇事奇谈，真真假假，既神秘又有趣。

1

苏轼到黄州时碰到的第一个故交，是隐居在麻城岐亭的方山子陈慥。陈慥，字季常，号方山子，别号龙丘居士，是苏轼的老乡，还是个官二代，他的父亲就是苏轼在凤翔当签判时的顶头上司陈希亮。苏轼在《方山子传》中说，陈慥出身官宦之家，有钱有势，别人都害怕输在起跑线上，他一出生就占据人生有利位置，想弄个一官半职过上豪奢生活，简直易如反掌。但是，陈慥对富裕安乐不感兴趣，抛弃豪宅良田，偏偏要跑到穷山沟里过苦日子。

元丰三年（1080）一月，苏轼从东京汴梁到黄州，路过麻城岐亭时偶遇陈慥，老友相见，甚是欢喜。陈慥以"白马青盖"的隆重礼仪迎接苏轼，硬是把苏轼拉进山里做客，杀鸡宰鹅，好吃好喝一番招待，搞得苏轼乐不思蜀，一住就是五天，才恋恋不舍地启程到黄州城。这次的经历给苏轼留下了太多美好的回忆，所以在黄州四年多的时间里，苏轼先后四次跑到岐亭的陈慥家做客，而陈慥也七次到黄州见苏轼。他们两人在一起寄情山水，吟诗作赋，谈论佛老，快活异常，留下了许多佳话。

元丰八年（1085），苏轼曾写过一首诗《寄吴德仁兼陈季常》，其中有四句写到陈慥："龙丘居士亦可怜，谈空说有夜不眠。忽闻河东狮子吼，拄杖落手心茫然。"本来是苏轼善意地嘲笑陈慥学佛未领会其真义，却引发了读者很多有趣的联想。"河东"，典出杜甫《可叹》，其中有"河东女儿身姓柳"之句，这里指陈慥之妻柳氏。"狮子吼"，典出《景德传灯录》和《佛说长者女庵提遮狮子吼了义经》。相传，释迦牟尼初生时，"分手指天地，作狮子吼声"。苏轼用这两个典故调侃陈慥，说他与妻子一起学佛，却没有妻子领悟得精深。

但是，后来的人们据此杜撰出了陈慥惧内的故事：陈慥的老婆姓柳，非常厉害又爱嫉妒。有时陈慥与宾客们谈天说地，废寝忘食，柳氏就发脾气骂起来，搞得陈慥在宾客面前灰头土脸，手杖落地心发抖，又奈何不了老婆大人。于是，苏轼戏作一诗相赠："龙丘居士亦可怜，谈空说有夜不眠。忽闻河东狮子吼，拄杖落手心茫然。"

明代戏曲作家汪廷讷甚至还创作戏曲《狮吼记》，长演不衰，深受百姓喜爱。就这样，历史上风流潇洒的陈慥生生被塑造成了怕老婆的典型代表。

2

苏轼在黄州时书写的另一个奇人叫王翊，麻城岐亭人。此人不仅家中富裕，而且乐善好施。

有一天，王翊做了个梦，梦见自己在河边救下一个受伤严重、奄奄一息的人。第二天，王翊偶然来到水边，看见猎人捕获了一只鹿，鹿的身上中了好几枪。王翊若有所悟，赶紧掏钱从猎人手中将鹿买下。这只鹿很通人性，后来一直跟在王翊身边，从未离开一步。

王翊家后面有一片茂盛的桃林。一天，一个村妇在林中看见有颗熟透的大桃挂在树梢，就摘下来吃了。王翊见后大惊，估计是觉得这么大的桃子就这么被吃掉了，实在可惜。那村妇把桃核扔在一边，抹抹嘴转身走了。王翊没见过这么大的桃核，出于好奇，剖开来看，发现这颗桃核果然与众不同——桃核中有块神似桃仁的雄黄。雄黄，又称石黄、黄金石、鸡冠石，是一种含硫和砷的矿石，具有解毒杀虫的功效，所以古人当它是难得的宝贝，通常会在端午节泡雄黄酒喝。王翊认为自己得了宝，当即服用这块雄黄，感觉味道好极了。从此以后，王翊的饮食习惯大变，不沾荤腥，每天只吃一顿饭，也不再杀生。苏轼觉得这是一桩奇异的事情，便记录了下来。

显然，苏轼认为，王翊坚持行善，因此得到了剖桃核而得雄黄的善报。不过，以现代的眼光看，桃核里出现雄黄当然是不可能的，王翊吃了雄黄后饮食习惯大变，也不是什么好事，八成是消化系统受损，导致出现了厌食症状。因为雄黄有毒，肠道吸收后，会引起呕吐、腹泻和晕厥，慢性中毒会损伤肝脏和肾脏。

3

苏轼在黄州时还记录过一位奇人,叫张憨子。

此人行动举止像个疯子,见人就骂"放火贼"。不过,他能够写字,一看见纸张就会默写郑谷的《雪中偶题》。郑谷,唐末著名诗人,字守愚,唐僖宗时进士,曾任都官郎中,人称郑都官,他的《鹧鸪诗》写得非常好,人称"郑鹧鸪"。郑谷的诗多写景咏物,表现士大夫的闲情逸致。他的《雪中偶题》是这样的:"乱飘僧舍茶烟湿,密洒歌楼酒力微。江上晚来堪画处,渔人披得一蓑归。"在诗中,诗人郑谷选择了"僧舍飘雪""歌楼密洒""渔人晚归"三个场景,突出表现了雪景,以及雪景中不同人物的生活情态。张憨子爱这首诗,说明他内心对郑谷所描绘的这种闲散生活充满了向往。

张憨子的不寻常处,还表现在他是个矛盾体。有人请张憨子做工,他欣然接受,哪怕做一整天都不推辞。他经常向别人乞讨,只要吃的,不要钱。一年到头,他都穿一身褐色衣服,三十年不变,但是奇特得很,走近他身边时却感觉不到他身上有难闻的气味。说实话,这位奇人的举止虽然怪异,倒是颇有几分可爱。

苏辙曾作过一首诗《次韵子瞻赠张憨子》:

得罪南来正坐言,道人闭口意深全。天游本自有真乐,羿彀谁知定不贤。构火暾暾初吐日,飞流滚滚旋成川。此心此去如灰冷,肯更逢人问复然。

这首诗也不知道是否送到了张憨子手上,即使送到了,也不知道张憨子是否真的看得懂。

4

道人徐问真,是苏轼着墨比较多的一个奇人。

此人嗜酒如命,狂放不羁,喜欢吃生葱和鲜鱼。他身怀绝技,能够用手指给人针灸,以土为药给人治病,而且疗效显著。欧阳修在青州做官时,徐问真跟他一起住了很长时间才回去。后来,听说欧阳修退休后住在汝南,他又赶去看望。欧阳修腿脚有毛病,影响行走,大夫都不知道是什么原因所致。徐问真看后,就教给欧阳修一套从脚底到头顶汲引气血的方法。欧阳修遵照着去做,腿病真的就治好了。

有一天,徐问真要求回去,态度非常坚决。欧阳修一再挽留,徐问真说:"我有罪啊,与公卿交游这么长时间,一定不能再留下了。"欧阳修只得派人送他离去。那天,有个身高八尺、头戴铁冠的神秘男人站在路边等候徐问真。徐问真让一个村童帮他拿着药箱,一同出城。走出好几里路,村童说想回家,徐问真就从自己的发髻中取出一个红枣大小的袖珍小瓢,往掌中倒了几次后,神奇的事情发生了:徐问真竟然得到了满满一手掌的酒。徐问真让村童喝下,而且喝了两次,然后离去。从此,徐问真失去音讯,不知生死,而那村童也发了狂,最终离家出走,音信全无。

苏轼从欧阳修那里听说了徐问真的故事,还把徐问真治疗欧阳修腿病的方子牢记在心。后来,黄冈县令周孝孙罹患严重腿疾,谪居黄州的苏轼就将那个方子传给周县令。七天后,周县令腿病痊愈,非常神奇。

不过,我们现在读苏轼写的《记道人问真》一文时,总感觉这个徐道士怪怪的,有阴森之气,不像是技术高超的医师,倒像是拥有魔法的巫师,特别是他把一个无辜的小村童搞疯了，就实在太不应该。

5

除了奇人，苏轼还记载一些奇事儿。

在《东坡志林》中就有一桩神奇事件：富弼在青州为官时，河北闹饥荒，百姓都来投奔他。有对夫妇背着尚在襁褓里的孩子逃难，饥寒交迫中，只得把孩子遗弃在路旁的一座空冢中。一年后，这家人返乡路过这座空冢，打算把孩子的尸骨带回老家安葬，却不料，那个孩子竟然还活着，并且比被遗弃的时候还要健壮。更有意思的是，小家伙看见父母，就爬过来亲热。父母发现空冢里什么都没有，只有一个洞穴边缘特别光滑，像是有蛇鼠经常出入。有一只车轮大的蟾蜍，嘘嘘喘着气，从洞穴中爬出来。夫妇俩猜测，孩子在洞穴中很可能就是常常呼吸蟾蜍呼出的气息，所以不吃东西也能够保持身体健壮。

从此以后，这个孩子一直都不吃饭，到六七岁时，他的肌肤就像玉一样光洁。

再后来，父亲把孩子带到京城，让大夫张荆筐查看。张荆筐说："燕蛇蟾蜍这类动物有气就能冬眠，能冬眠就能不吃，不吃就能长寿。之前那只大蟾蜍，足有千岁，肯定是宝啊！坚决不能给孩子吃药，如果能让他不吃东西，不结婚娶妻，以后必会得道。"

孩子的父亲非常高兴，带他离开了京城。

这个事儿不是苏轼亲眼所见，而是大夫张荆筐在嘉祐六年（1061）告诉苏轼的。对此，苏轼竟然完全相信了。

6

还有一些灵异事件，苏轼不仅相信，还认真作了记载。比如，对死而复生事件的记载。

在《东坡志林》中，他记了这么一件事儿：宋哲宗绍圣五年十一月，苏轼谪居儋耳，听说城西李家有个女孩子病逝两天后，又活了过来。于是，苏轼就和进士何旻一起专程到李家一探究竟。李父向他们讲述了女孩在冥间的遭遇：小女孩一开始昏迷不醒，后来她好像被人领到了官府部门，听见有人说："抓错人了！"庭院里有个小吏说："可以暂且关着。"又有个小吏说："此人无罪，应当把她放回去。"女孩发现这个监牢建在地窖里，通过隧道与外界相连。监牢里被关押的，都是儋耳人，其中六七成是和尚。有个老妇人全身长满黄毛，既像驴子又像马，戴着枷锁坐在那里。女孩认识她，是儋耳一个和尚的俗家亲人。老妇人说："我因为私拿施主的财物而犯罪，身上的毛已经换了三次。"女孩还见到了一个和尚，是她家邻居，已经死去了两年。他的父母刚刚为他办了死后两周年的祭礼，有人拿着祭祀的饭菜和数千钱，说："送给某个僧人。"和尚拿到钱后，把几百钱给了看门人，就端着饭菜进了监牢的门。被关押的人一哄而上，来抢和尚的那些饭菜，和尚反倒没吃到多少。这时，又有一个和尚过来，大家都合掌下跪行礼。这和尚说："赶快派人把这个女孩送回去！"送人者于是伸手把墙壁推开，让女孩走过去，面前是一条河，河里有一艘船。送人者让女孩上船，然后用手一推，船跳跃颠簸起来，女孩受到惊吓后，就醒了过来。

苏轼没有对这件事进行评论，但是从他把这件事记录在案来看，他大抵是相信这件事情的。

7

在《东坡志林》中，还记载了另一个死而复生的灵异事件。

有年三月，一个叫陈昱的官吏暴病而亡，三天后又复活了。他在介绍自己的经历时说，起初，他看见墙壁上有个小孔，有人通过小孔投出一件东西，落地后就变成了陈昱死去的姐姐。姐姐拉着陈昱的手从孔中进去，说："冥吏要追捕你，让我先来找你。"陈昱放眼一望，远处有光，空中有桥，桥上写着"会明"二字。桥很高，有人在上面行走，他们都使用泥钱。姐姐说："这是升天的。"陈昱在桥下走，在他们的下面还有人，有的正被乌鸦啄食。姐姐说："这些都是用网捕鸟的人。"陈昱又看见了一座桥，这座桥叫"阳明"。那里的人都使用纸钱。有十多个官吏正在等待拿着状纸和纸钱的人，等他们走过来后，就将他们的纸钱收走，像抽税一样。

不久，陈昱见到了冥间长官，冥间长官原来是陈襄。陈襄问陈昱为什么杀害乳母，陈昱说："没有那么回事！"冥吏就传陈昱的乳母过来对质。乳母满脸是血，怀抱着婴儿，仔细看了看陈昱后，说："不是这个人，是他门下的小吏陈周。"陈襄知道搞错了，就准备把陈昱放掉，并说："路途遥远，应当给他竹马。"还让冥间书记员查看陈昱的生死簿，只见上边写着，陈昱可以活到六十九岁，官至左班殿直。

在返回阳间的路上，陈昱看见追捕陈周的官吏。等到陈昱醒来时，陈周果然死了。

这起灵异事件，苏轼没有说明是听谁说的，可从他写到了其在杭州担任通判时的老上级陈襄来判断，这极有可能是苏轼杜撰的，完全可以看成是一篇志怪笔记。他在以这样一种特殊的方式向自己尊敬的前辈陈襄致敬。

8

我们在阅读《东坡志林》时会发现，苏轼对奇人异事可谓兴趣盎然，津津乐道。其中有许多关于鬼怪的故事，并不是他亲眼所见，而是通过别人转述，他不但相信了，并都记录在案。对于学识渊博的苏轼来说，这不是有点令人费解吗？

其实，这是很好理解的。

首先，苏轼的思想以儒释道为主，对那些超自然力量本身就充满着热望，对那些不可思议的灵异事件抱有浓厚的兴趣，这是文化基因使然。

其次，苏轼一生仕途坎坷，大多时候处在颠沛流离中，时不时涌起的对命运的无力感使得他对超自然力量更具有心理的欲求，而这些道听途说恰好满足了他的这一心理需求。他对奇人异事的搜集、整理和记录，其实可以看作是在寻求心灵的自洽。

所以，从苏轼的述奇之作中，我们能看到他迷信的一面，也能感受到他进行自我心理调适的努力。

26 论人之趣：来生莫做毒舌男

苏轼生性率真，有时候说话口无遮拦，甚至喜欢用刻薄的语言去逗趣他人，结果就落得了一个"毒舌男"的名声。苏轼一生仕途坎坷，祸不单行，一方面有官场险恶、人心难测的外部原因，另一方面也有其口舌轻薄、谑语损人的自身原因。

1

苏轼在制科考试中一举夺魁后，被授予的官职是凤翔签判，这是他真正进入官场的开始。初次入职，他就因为年少气盛，锋芒太露，受到了顶头上司陈希亮的打压。陈希亮之所以这么做，其实是出于善意——他与苏家是世交，担心苏轼因年轻不知官场险恶，故意用打压的方式来调教他。可惜，当局者迷，当时的苏轼并不懂内情，还一味跟陈希亮置气，并利用写《凌虚台记》的机会，对陈希亮狠狠讽刺了一番，初步彰显了他毒舌的一面。

好在陈希亮有度量，没有计较他的毒舌。但是，从长远来看，苏轼的这个行为并不好，它固然让苏轼放飞了个性，但是也让苏轼在这条毒舌之路上越走越远，以至于惹是生非、招灾致祸而不自知。苏轼得罪王安石就是如此。

在王安石变法中，苏轼是反对派，而且是急先锋，在时事评论的时候，多半充当的是意见领袖的角色，而且语气多愤激刻薄，毒舌风格明显，这就给王安石留下了不好的印象。要知道，王安石可是当时的"改革设计师"，位居权相。苏轼的仕途也因此受阻。

有一年，苏辙辞去制置三司条例司的检详官，宋神宗想让苏轼接替这个职位。王安石说："苏轼兄弟大抵以飞箝捭阖为事。"神宗问："如此则正宜配合时事，何以反为异论？"王安石说："苏轼兄弟学本流俗，朋比沮事，如朝廷不行先王正道，才合这班流俗朋比者的心意。"在王安石眼中，苏轼跟战国时期的苏秦、张仪那样的游说之士一样，可恶得很。在王安石的一再阻挠下，神宗的这项人事调整计划最终流产。

王安石不仅是政治家，还是学问家，喜欢探究考据字的起源。据《宋史》记载，王安石晚年著有《字说》。有一次，大概就是在金陵拜访那一次，苏轼和王安石闲聊，就聊到了《字说》。王安石按照《字说》解析"东坡"的坡字，说"坡"字从土从皮，乃土之皮。苏轼一听，就笑了，说："如相公所言，滑字乃水之骨也？"王安石接着说："四马曰驷、天虫为蚕，古人制字定非无义。"苏轼又笑了，拱手问道："鸠字九鸟，可知有故？"王安石以为真有什么典故，就连忙向苏轼请教。苏轼笑着说："《毛诗》云：'鸣鸠在桑，其子七兮。'连娘带爷共是九只。七只雏鸟再加上爹娘，不正好是一家九口吗！"王安石这才发现被苏轼嘲弄了，心中自然是不大痛快的，只是这时他已经手中无权，对苏轼的仕途不可左右了。

其实，苏轼不过就是过过嘴瘾而已，对王安石何尝有过坏心思。除了政见不同，在苏轼的心里，他对王安石的才学还是认可的，甚至是钦佩的。例如，当苏轼读到王安石的一首词《桂枝香·金陵怀古》后，苏轼禁不住说："此老真野狐精也！"不只这一次，后来苏轼读到王安石写的"杨柳鸣蜩绿暗，荷花落日红酣，三十六破春水，白头想见江南"时，也脱口而出："此老野狐精也。"

这里的"野狐精"可不是骂人的话，它是夸人的，指虽非正宗，但又十分精灵的人，典出《景德传灯录·慧忠禅师》。瞧，苏轼连夸人都这么不走寻常路，不懂的，还真以为他是在骂人。

2

与王安石不同，司马光在政治上与苏轼同属一个阵营，两人是政治盟友。应该说，苏轼对司马光还是非常敬重的，但是，到了元祐年间，两人产生了矛盾，苏轼在情急之下对司马光也是嘴不留情。

宋哲宗元祐元年（1086），高氏垂帘听政，启用司马光为相，一帮反对变法的旧党重返中枢，掌握朝政大权，将王安石的变法政策全部废止。苏轼认为，王安石推行的免役法有可取之处，不该一刀切。于是，他多次找司马光面谈，进行劝阻，但是，司马光是个固执的人，根本听不进苏轼的话。有一次，苏轼跟司马光又争执了起来，苏轼实在气不过，回到家后，一边脱帽解带，一边愤恨地连声高喊："司马牛！司马牛！"历史上确有司马牛其人，是孔子的学生，复姓司马，名耕，字子牛。在这里，苏轼一语双关，用高喊古人司马牛之名来讽刺司马光像牛一样不知变通。他这边一通发泄，过了嘴瘾，可是这件事传到了司马光的耳朵里，令其大为不悦。

还有一次，苏轼与司马光展开激烈辩论。苏轼情绪非常激动，发明了一个新词来讽刺司马光，苏轼说："你的这个观点，简直就是'鳖厮踢'！"司马光没有听懂，就问："鳖怎能厮踢（用脚踢）？"苏轼冷冷地说："你这就是典型的'鳖厮踢'！"

苏轼创造的这个新词很快就传开了，搞得人人尽知"鳖厮踢"，不仅知道，还活学活用。据说，司马夫人很大度，想给司马光纳妾，可是司马光不领情。有天晚上，司马夫人安排了一个漂亮的丫鬟服侍司马光，打算生米煮成熟饭。不料，司马光生气地对丫鬟说："走开，夫人不在，你来见我干什么？"第二天，很多人都知道了此事，称赞司马光和夫人简直就是司马相如与卓文君的翻版。这时，有个人笑道："可惜司马光不会弹琴，只会'鳖厮踢'！"此话一出，众人都笑翻了。

苏轼与司马光数次争执，并由此产生的嫌隙，很快被官场上一帮嗅觉灵敏的投机者捕捉到了，他们觉得有机可乘，开始琢磨着如何扳倒苏轼。

3

苏轼因为毒舌得罪程颐，恐怕是中国古代文化史上最不该发生的"事故"。是的，是事故，而不单单是故事。

程颐，字正叔，洛阳伊川人，世称伊川先生，是北宋理学家和教育家，占据学术界的领导地位，与哥哥程颢并称"二程子"。程颐这个人不苟言笑，总是一副刚方庄重、凛然不可侵犯的样子，非常无趣。这种内敛古板的性格与苏轼外向率真的性格简直就是格格不入，让这样的两个人同朝为官，迟早会产生矛盾。

元祐元年（1086）九月初一，宰相司马光不幸去世。根据朝廷安排，治丧委员会的负责人由理学家程颐担任。宰相去世，同朝的官员少不了要前去吊唁一番，这是人之常情。问题是九月初一这天，皇帝刚刚带领大臣们举行了明堂降赦大典，这是值得歌颂一番的喜事儿，完事之后，大臣们都准备去吊唁司马光，不料，竟然遭到程颐的阻拦。他给出了一个非常教条的理由，说《论语》里早就讲过"子于是日哭，则不歌。"——孔子如果在这一天哭泣过，就不再唱歌了——所以大家不能刚刚举行完大典喜事就去吊丧。这时，官员中有人怼道："孔子是哭则不歌，又不是歌则不哭。"当时苏轼也在场，他早就看不惯这位程大理学家的古板，这时也忍不住嘴痒，嘲笑程颐道："此乃枉死市叔孙通所制礼也。"

叔孙通是汉代制定礼法的太常。刘邦刚做皇帝那会儿，一帮打江山的兄弟在朝堂上不懂规矩，没大没小，搞得刘邦觉得自己这个皇帝做得很没面子。结果，叔孙通就出来搞了一套礼法，这才让刘邦找到了做皇帝的感觉。苏轼说程颐是叔孙通，本来问题不大，可他加了一个定语"枉死市"，这下问题就大了，这相当于说程颐就像是棺材板里爬出来的叔孙通——分明是笑他为千年老古董啊！

所以，苏轼一说，众人都大笑不止，而程颐呢，自然是气得不行。

程颐见阻拦不住，犟脾气也上来了，竟然抢在众人前头，告诉司马光的儿子："不得接受吊唁！"苏轼同一帮朝臣碰了一鼻子灰，气愤不过，便开口骂道："颐可谓鏖糟陂里叔孙通。"鏖糟陂是开封城外十五里的一块沼泽地，素以脏乱差闻名——程颐啊，你可真是烂泥地里爬出来的叔孙通啊！

程颐主持办理司马光的丧事，一切遵照古礼，把遗体装进绸缎做的锦囊中，然后再装进棺材。苏轼实在看不下去，就指着锦囊说："还欠一物，当写信物一角，送上阎罗大王。"——光用锦囊算什么，还应该送些礼品信物之类的给阎罗王才行——对程颐的迂腐古板进行毫不留情的挖苦。

经过了这样三番两次的毒舌攻击，苏轼算是彻底把程颐给得罪了。从此，他们彼此都看对方不顺眼，苏轼认为程颐是矫揉造作的伪君子，程颐认为苏轼是一介轻浮浇薄的酸文人。更为严重的是，此后程颐的弟子们开始把苏轼及其门人当作政治对手，时时刻刻针锋相对，进行攻讦，形成了历史上著名的洛党（程颐派）与蜀党（苏轼派）之争。鹬蚌相争，渔翁得利，以章惇为首的新党，成为党争获利者，重回朝廷中枢。苏轼的仕途继"乌台诗案"之后，一步一步走向了低谷。

4

君子可以得罪，因为君子心宽，不会耿耿于怀；小人只可远离，不可得罪，因为小人阴鸷，一旦得罪了，他们的报复之心就是一颗随时会引爆的炸弹。陈希亮、王安石、欧阳修和程颐都是君子，苏轼虽然因为毒舌得罪过他们，但是他们对苏轼没有实质性的报复和伤害。可是，苏轼得罪过的另外三个小人，却直接导致了他仕宦生涯的坎坷，那伤害之大、程度之深，只有苏轼自己能够体会得到。

苏轼得罪的第一个小人是李定。李定，字资深，扬州人，是王安石的学生，政治上有一套，但是人品不行，主要是不孝，司马光曾骂他禽兽不如。李定当泾县主簿时，他的母亲仇氏去世了，按照礼法规定，他应该离开官场回家守孝三年，但是，为了不影响仕途，李定就隐瞒了母亲去世的事，后来这件事被其他人知道，他狡辩说，不知道自己是仇氏所生，所以就没有服丧。为什么这么说呢？原来他的生母仇氏早年间被李定的父亲休掉了，然后改嫁他人。不管怎么说，李定不孝的帽子是戴定了。鉴于此事，有人向朝廷写折子弹劾他。苏轼也是弹劾者之一，他的折子显得有分量得多，因为他采用了对比的手法，把李定的不孝揭露得淋漓尽致。苏轼拿来作对比的人叫朱寿昌，是当时官场上的一个大孝子。朱寿昌的母亲也是早年改嫁，母子分离长达五十年，做官之后的朱寿昌一直不忘寻找生母，熙宁三年（1070），他甚至弃官入秦，断荤吃素，刺血写经，求神灵保佑自己能找到生母。功夫不负有心人，朱寿昌终于在同州偶遇了自己的生母，并赡养终老。苏轼拿朱寿昌和李定一比较，谁孝谁不孝，一目了然，对李定的杀伤力就可想而知了。

后世普遍认为，正是因为苏轼这一次严重得罪了李定，导致李定到御史台任职后，要苦心孤诣炮制"乌台诗案"搞垮苏轼。

5

苏轼得罪的第二个小人是吕惠卿。吕惠卿，字吉甫，号恩祖，泉州人，是王安石变法中的二号人物。此人最大的污点是背信弃义，反复无常，行为无耻，人格低劣。他本来是王安石的政治同盟，在王安石的提携下扶摇直上，可是当他身居相位后，却反过来陷害王安石。你说这种人苏轼恨不恨？当然恨！元祐元年（1086）三月，朝廷特诏苏轼免试为中书舍人，负责起草朝廷诏令。不久，吕惠卿被贬官，责授建宁军节度副使，建州安置。按照安排，本来这份贬官的诏令该由刘贡父拟写，刘贡父是官场老手，知道这是得罪人的"脏活"，就推说自己身体不舒服，改由苏轼接手拟写。苏轼早就对吕惠卿窝了一肚子火，也没有想太多，只顾痛快，在诏书中对吕惠卿骂了个酣畅淋漓。诏书不长，不妨抄录如下，让读者朋友见识一下苏轼的毒舌功夫：

凶人在位，民不奠居；司寇失刑，士有异论。稍正滔天之罪，永为垂世之规。具官吕惠卿,以斗筲之才,挟穿窬之智。谄事宰辅,同升庙堂。乐祸而贪功,好兵而喜杀。以聚敛为仁义,以法律为诗书。首建青苗,次行助役。均输之政,自同商贾;手实之祸,下及鸡豚。苟可蠹国以害民,率皆攘臂而称首。先皇帝求贤若不及,从善如转圜。始以帝尧之心,姑试伯鲧;终然孔子之圣,不信宰予。发其宿奸,谪之辅郡;尚疑改过,稍畀重权。复陈罔上之言,继有砀山之贬。反复教戒,恶心不悛;躁轻矫诬,德音犹在。始与知己,共为欺君。喜则摩足以相欢,怒则反目以相噬。连起大狱,发其私书。党与交攻,几半天下。奸赃狼藉,横彼江东。至其复用之年,始倡西戎之隙。妄出新意,变乱旧章。力引狂生之谋,驯至永乐之祸。兴言及此,流涕何追。迨予践祚之初,首发安边之诏。假我号令,成汝诈谋。不图涣汗之文,止为款贼之具。迷国不道,从古罕闻。尚宽两观之诛,薄示三危之窜。国有常典,朕不敢私。可。

这篇饱含激愤的诏书,可谓犀利无比,大快人心,但是因为用力过猛,其副作用也是显而易见的,苏轼得罪的不仅仅是一个吕惠卿,而是整个变法集团,这个举动让苏轼的仕途更加坎坷。

6

苏轼得罪的第三个小人是章惇。章惇,字子厚,号大涤翁,建宁军浦城(今福建省南平市浦城县)人,出身世族,博学善文,相貌俊美,高傲自负。起初,苏轼和章惇是关系不错的朋友。

宋英宗治平元年(1064),苏轼和章惇等几个官吏相约去进行户外活动,要过一座悬空万丈的独木桥,苏轼胆小,硬是不敢过桥。章惇胆子大,平步过桥，神色不动。后来，苏轼拍着章惇的后背说："子厚他日必能杀人。"章惇问为什么这么说，苏轼回答："能自判命者，能杀人也。"

苏轼的预言在多年以后果然应验了，然而位居权相的章惇一心想置之死地的人不是别人，正是苏轼。为什么章惇一定要除掉苏轼呢？除了你死我活的残酷的政治斗争因素外，另有一个原因，就是苏轼的毒舌曾经得罪了章惇。

元祐初年，苏轼和章惇同在京城为官。有个夏日，章惇在家中袒腹而卧，恰好苏轼进来了，章惇就摩挲着肚皮问："你说我这里面装的是什么？"他之所以这样问，当然是希望苏轼能够回答"是学识""是韬略""是格局"之类的奉承话。可是，苏轼不是一般人，他是有名的毒舌男啊，当然不可能顺着章惇的心意拍马屁，他来了个一针见血，回答道："都是谋反的家事。"这当然是玩笑话，可章惇却对苏轼说的话心存芥蒂。

章惇虽说是士族出身，却是个私生子。他的父亲章愈年轻的时候，行为放浪，荷尔蒙旺盛，与守寡的岳母杨氏有一腿，生下了章惇。为了遮丑，杨氏差点将章惇按在马桶里溺死，幸亏杨氏的老母心慈，救起章惇，并用一个大盒子装着，让人偷偷地送给了章愈。章愈推算了章惇的生辰八字，认准此儿将来必定大富大贵，就雇佣奶妈将章惇养大成人。这样一段往事，章惇当然很忌讳被人提及。

熙宁九年（1076），章惇到湖州担任知州，苏轼送给他两首诗《和章七出守湖州二首》。章惇一看，脸色骤变，从此对苏轼愤恨不已。原来，苏轼在诗中写了这么两句："*方丈仙人出渺茫，高情犹爱水云乡*。"敏感的章惇怀疑苏轼是在嘲笑他那不怎么光彩的出身。

有了这一过结，做了宰相的章惇一心想除掉苏轼。宋代有规矩，不能杀士大夫，章惇就用贬谪的办法，将苏轼一直赶到海南岛上。那是仅次于直接杀头的一种惩罚，目的就是要苏轼老死蛮荒。

7

苏轼曾说："我性不忍事，心里有话，就如同食物中有苍蝇，不吐不可，不吐不快。"

苏轼的率真，是其长处，也是其短处。如果仅从文学家的角度讲，他的这种率真不失为一种心性上的趣味，很有些意思，因而被人们传颂了近千年。但是，从政治家的角度讲，则是很大的一个问题，其害处是对凝聚力的消解，以及对表面和谐的官场氛围的破坏。政治就是将朋友搞得多多的，把敌人搞得少少的。苏轼显然违反了这一政治规律，他的毒舌起到了完全相反的作用。

其实，苏轼的朋友们早就意识到了这一点。在苏轼刚刚进士及第的时候，欧阳修就把自己的门人晁端彦介绍给他认识。通过一段时间的交往，晁端彦敏锐地发现了苏轼的问题所在，经常劝他要谨言慎行，但是，苏轼听不进去。元祐年间，苏轼的门人毕仲游看到他写的痛骂吕惠卿的诏书后，还写信恳切地劝谏他，明确指出："官非谏臣，职非御史，而非人所未非，是人所未是，危身触讳以游其间，殆犹抱石而救溺也。"——你官非谏臣，职非御史，而非议别人未曾非议过的事情，赞同别人未曾赞同的东西，触犯了许多忌讳的问题，使自己处于险境，这就像抱着石头去营救溺水的人。

然而，苏轼心直口快，有话必说，而且疾恶如仇，又怎么改变得了？正所谓性格决定命运，他在那险恶的官僚社会里，也就只能落得一个政敌环伺、屡遭排挤的命运了。

如果苏轼能够复生，相信每一个热爱他的人，都希望他不要再做毒舌男。

27 避祸之趣：搞不赢就走

纵观苏轼的官场生活，得意的时候少，失意的时候多，一方面跟北宋政坛风云变幻有关，另一方面也跟他跳得高、性子直、嘴巴毒有很大关系。在官场上，他曾遭遇多次大的政治危机，都险些被政治对手搞垮，幸运的是，在每一次危机当中，他最终都能够成功避祸，真的是捶不扁的一粒铜豌豆。

1

苏轼遭遇到的第一个政治危机，是走私案。也正是因为这个案子，苏轼的仕途出现了一个"拐点"。

话说宋神宗熙宁四年（1071），转运使出身的御史谢景温突然给皇帝递了一道奏折，检举揭发时任开封府推官的苏轼存在严重违法乱纪行为，请求朝廷对苏轼进行严肃处理。时任宰相的王安石立马派人进行调查，搞得满城风雨，很多人都为苏轼捏了一把汗。

苏轼究竟犯了什么法呢？按照谢景温的举报所说，在英宗治平三年

（1066），苏轼的父亲苏洵去世后，苏轼和苏辙兄弟俩护送灵柩回到眉山老家，沿途妄冒名义，差借兵卒，更为严重的是走私，利用官船贩运私盐、苏木和瓷器。如果这样的指控属实，苏轼和苏辙两兄弟的麻烦就大了。根据《宋刑统·杂律·官船私载物门》规定："乘官船载衣粮条：诸应乘官船者，所载衣粮二百斤，违限私载，若受寄及寄之者（若受人寄物，及寄物之人）五十斤及一人，各杖二十；一百斤及二人，各杖一百。"仅凭这一条，就可以处置他们兄弟俩，而贩运私盐是重罪，一旦查实，那么与他一道犯罪的各个码头负责检查的官员，甚至他们的上司，都要一同治罪。

现在的问题是，苏轼究竟有没有做这些违法犯罪的事情。朱熹在《名臣言行录》中提到，最早告苏轼黑状的人不是谢景温，而是苏轼的表弟。原文是这样说的："轼有表弟与轼不叶，介甫召之，问轼过失。其人言向丁忧贩私盐苏木等事。介甫虽衔之未以发。"意思是说苏轼与表弟不和睦，王安石就把他的这个表弟找来，问他知不知道苏轼有什么过失，这个表弟就说了苏轼贩运私盐、苏木等情况。这就很让人怀疑这个表弟所说的话的真实性究竟有几成？再看看这个告黑状的谢景温是什么人？他是王安石的亲戚——谢景温的妹妹嫁给了王安石的弟弟王安礼——显然是王安石的政治同盟，由他出来告状，公正性又有多少？再者，告状的时间是熙宁四年（1071），揭发的案子发生在治平三年（1066），中间隔了五六年，如果苏轼果真违法，当时为什么不告发？种种疑问的存在，不得不让人觉得这八成是一桩诬告案件。

为什么要选择在这个时候诬告呢？因为这个时候，苏轼刚好有一个"提干"的机会——翰林学士范镇向神宗皇帝举荐苏轼担任谏官。在王安石等主张变法的人看来，这是不可接受的，因为苏轼是反对变法的中坚分子，跳得高，嗓门大，已经先后向皇帝呈送过《议学校贡举状》《谏买浙灯状》《上神宗皇帝书》和《再上神宗皇帝书》,俨然已经成为反对派的意见领袖。为了不破坏改革大局,王安石对这样的意见领袖式的人物,当然要全力打压。所以,他们不失时机地来了这么一手,把政治问题经济化,告苏轼走私,阻止他担任谏官的职务。

起初朝廷严令彻查,似有将兴大狱的阵势,着实把苏轼等一帮人吓得不轻。不过,吉人自有天相,好人不孤单,总有人相帮。当初推荐苏轼的范镇大人在这时站了出来,在神宗皇帝面前替苏轼说了话,"苏轼在治平年间丧父,韩琦赠银三百两、欧阳修赠了二百两,苏轼都没有收下,现在谢景温说他走私,那能赚几个钱?想想看,天下哪有不接受大把的赠银,而去冒险走私,获取蝇头小利的道理?"

不仅范镇替苏轼说话,司马光也替苏轼辩诬。一次,神宗对司马光说:"苏轼不是个好官,韩琦的赠银他不收,却去走私。"司马光大义凛然地说了这么一段话:"责人当察其情,轼贩鬻之利,岂能及所赠之银乎?安石素恶轼,陛下岂不知?以姻家谢景温为鹰犬,使力攻之,臣焉能自保?不可不去也。且轼虽不佳,岂不贤于李定?定不服母丧,禽兽之不如,安石喜之,乃欲用为台臣,何独恶于轼也?"司马光的这段话翻译过来就是:责罚一个人应该看具体情况,苏轼贩运所赚的钱能超过那些赠银吗?王安石一向讨厌苏轼,皇上您是知道的。现在,王安石利用自己的亲戚谢景温作鹰犬,用力攻击苏轼,使得我觉得我恐怕也难自保,不得不离开朝廷了。虽说苏轼不是好官,但是总比李定那个家伙强吧。李定不为母守丧,简直禽兽不如,王安石却偏偏喜欢他,还打算让他到御史台任职,为什么唯独讨厌苏轼呢?

司马光的这番说辞就是向神宗皇帝指出,苏轼走私案的本质,是王安石出于政治目的故意对苏轼进行打压、排挤和陷害。

不管怎么说，王安石、谢景温他们的这一招的确奏效。虽然经过一番彻查，苏轼所谓的走私案并没有真凭实据，但是经过一番折腾，王安石不仅有效阻止了苏轼升任谏官，而且还让苏轼的名声大为受损，给神宗皇帝留下了"苏轼非佳士"的印象。苏轼感到压力很大，他不是工于心计的人，对于文学，他信手拈来，可是对于朝堂上的党派之争，他却束手无策，他在官场斗争中甚至不如自己的弟弟苏辙。面对王安石、谢景温他们的陷害，他哑口无言，就像一只待宰的羔羊。

吓出一身冷汗的苏轼，觉得还是三十六计走为上，于是向朝廷申请离开京城，当个地方官。神宗觉得这个办法行得通，就批示道："与知州差遣"——到地方上当个一把手吧。不料，王安石把守的中书省不同意，跟神宗表明苏轼只能到颍州去当二把手。神宗就想了个折中的办法，改批道："通判杭州。"——到东南第一大都会杭州当二把手。

至此，苏轼的走私案才算告结，他有幸躲过了政治对手的第一波攻击。

2

苏轼没有料到，第二波攻击来得更加猛烈，更加让他措手不及，堪称"精准打击"。

离开京城的苏轼，如果为人低调一点，也许就不会遇到如此糟糕的情况。可是，低调不是苏轼的作风。想想看，让一个外向型的喜欢评论时事的"公知大V"突然噤声，该有多难，多么不现实。从熙宁四年（1071）七月离开京城到元丰二年（1079）七月再次回到京城，这八年时间里，苏轼先后做过杭州通判、密州知州、徐州知州和湖州知州，在地方上着实干出了一番成就，还得到过朝廷的表彰。同时，他也致力于舆论宣传，主要是通过写诗、作赋、填词的方式,对地方的山水风情进行包装推介,对自己的行政成效广而告之,对新法实施的弊端进行揭露。在变法的改革派来看,前面两种行为还好,不能说完全是"盛世赞歌",但基本上算主旋律,充满正能量,可是第三种行为就有问题了,那可是会破坏改革大业的,必须得想办法让苏轼闭嘴。

正是基于这样的政治考量,当权派一直在寻找机会抓住苏轼的把柄,试图将其搞垮。首先发难的不是别人,竟然是苏轼曾经的朋友沈括。

沈括,字存中,浙江钱塘人,是个科学家,留在世上最有名的著作就是《梦溪笔谈》。这部著作总结了我国古代主要是北宋时期的许多科技成就,在我国和世界史上有重要地位,英国学者李约瑟称沈括是"中国科学史上最卓越的人物",《梦溪笔谈》是"中国科学史的里程碑"。

人有两面性,沈括在科技方面很行,在做人方面不行,是个反复无常的小人。

熙宁六年(1073),沈括作为两浙路察访使,也就是钦差大臣,到杭州检查工作。临行前,神宗特地对他说:"苏轼通判杭州,卿其善遇之。"——叮嘱他对苏轼要好一些。可是这家伙到杭州后,与苏轼交往论旧,心生嫉妒,讨要了数首苏轼新近的诗作,回到京城进行研读,并加以批注,然后还把这些诗作交给了神宗皇帝,说苏轼的这些诗作"词皆讪怼"。他之所以这样做,一方面是嫉妒苏轼,另一方面是想讨好当权派,以谋得更好的职务。幸亏神宗皇帝不糊涂,没有听信他的话,苏轼才躲过一劫。令人佩服的是,苏轼心胸宽广,有人将沈括的丑行告诉他时,他只是自嘲地说:"不忧进了也。"意思是不愁没有人把我的诗作进献给皇上了。

沈括的这件事其实是一次预警,可惜苏轼的政治嗅觉比较迟钝,这从他的自嘲中可以感受得到。在这之后,他还是按照自己的方法去工作、生活、娱乐，以及表达对新法实施的诸多不满。

苏轼所处的时代，已经是一个印刷技术比较成熟的时代，嗅觉灵敏的商人们发现了一个商机，就是把苏轼的作品搜集整理并印成书去卖，非常畅销。到元丰初年，书商们已经策划出版了《苏子瞻学士钱塘集》和《元丰续添苏子瞻学士钱塘集》两部畅销文集，赚了个盆满钵满。殊不知，此举恰恰是给当权派们打击苏轼递了刀子。

元丰二年（1079）五月二十日，苏轼调任湖州知州。按照惯例，他向朝廷上表致谢。他做梦也没有想到，就是这篇官样文章，一下子让他的政敌们抓住了把柄。六月二十七日，御史台的官员何正臣首先发难，指出这篇谢上表存在重大政治错误，说文章中的"知其愚不适时，难以追陪新进；察其老不生事，或能牧养小民"等句子，是"愚弄朝廷，妄自尊大"，还说："一有水旱之灾，盗贼之变，轼必倡言归咎新法，喜动颜色。轼所为讥讽文字，传于人者甚众，今独取镂版而鬻于市者进呈。"——这等于是说苏轼诋毁新法，罪证确凿。

御史台的另一个官员舒亶趁机在神宗面前添油加醋，说："臣伏见知湖州苏轼进谢上表，有讥切时事之言，流俗翕然，争相传诵，忠义之士，无不愤惋。"

紧接着，苏轼曾经得罪过的李定出场了，他时任御史中丞，就是御史台的一把手。他列举了苏轼的四大罪状，句句表明苏轼怨怼和谤讪的矛头都是针对神宗皇帝，非常具有挑拨性。

御史台是什么？那可是中央行政监察机关，专门负责纠察、弹劾官员、肃正纲纪，相当于现在的纪委监察部门。三名御史台官员同时指控苏轼犯有严重的政治错误，这还了得？宋神宗终于不淡定了，立即下令严查苏轼。

李定等人得旨，一阵狂喜，立即派皇甫遵带了两名随从，直奔湖州，火速拘捕苏轼。苏轼的好友驸马王诜很够意思，得到消息后，立即派人告诉苏辙，苏辙又派王适兄弟先于皇甫遵赶到湖州给苏轼报信。苏轼得到消息，匆忙办理请假手续，让通判祖无颇代理知州。皇甫遵他们到达知州衙门后，故意摆出一副凶神恶煞的样子，搞得衙门里人心惶惶，一片混乱。苏轼虽然知道他们是来逮捕自己的，但是不知所为何罪，一时束手无策，就躲在后厅不敢出来。

还是祖无颇冷静些，告诉苏轼："事已至此，还是出去见他们为好。"

苏轼问："那是穿便服还是官服呢？"足见他这时慌乱得完全没有了章法。

祖无颇说："现在还不知道什么罪名，当然是穿官服了。"

苏轼这才一身官服出来见皇甫遵。皇甫遵板着脸，一言不发，故意制造紧张气氛。

苏轼战战兢兢地说："我多次激恼朝廷，你今天前来，想必是来赐我死罪的。死，我接受，只求能与家人诀别。"

皇甫遵冷冷地说："还没有那么严重。"

一旁的祖无颇这才想起向皇甫遵索要诏令。看到诏令上只是让苏轼革职进京，大家都暗暗松了口气。但是，皇甫遵故意使坏，让随从将苏轼五花大绑，想立即押走苏轼。苏轼夫人王闰之和孩子们见此阵势，吓得哭天抢地。

苏轼见此情景，反倒冷静了下来。他想起了一个典故——当年，宋真宗求贤，有人推荐了杨朴。真宗很高兴，就召见杨朴，并让他当场作诗。杨朴说自己不会作诗。真宗就问："你来之前，有人作诗送行吗？"杨朴说："臣的妻子写了一首诗——'且休落魄贪杯酒，更莫猖狂爱咏诗。今日捉将官里去，这回断送老头皮。'"想到这里，苏轼对妻子说："你就不能像杨朴的妻子一样，也送我一首诗吗？"王闰之熟悉这个典故，不禁含泪失笑，目送着丈夫被皇甫遵带走。

苏轼被皇甫遵一路押解，走的是水路。在皇甫遵故意营造的高压态势下，苏轼的心理承受力变得越来越弱，几次都想投进水里一了百了，幸亏两个差役看得紧，他没得到机会。

从八月十八日入狱到十二月二十九日出狱，苏轼在御史台的大牢里整整关了四个月又二十天。这是他人生的至暗时刻，李定等御史台的一帮人对他进行严刑讯问，要他承认自己的诗集中有谤讪朝廷的反动作品。那个时候，苏轼吃尽了苦头，经常被审案的官员肆意地辱骂斥责，关在他隔壁牢房的苏颂后来回忆说："遥怜北户吴兴守，诟辱通宵不忍闻。"

那时，苏轼整天提心吊胆，战战兢兢。有一天，家里送来的牢饭里有一条鱼，苏轼的心顿时凉到了底，以为死期将至，怀着无比悲凉的心情写了两首诗留给弟弟苏辙，其中一首特别感人：

> 圣主如天万物春，小臣愚暗自亡身。
> 百年未满先偿债，十口无归更累人。
> 是处青山可埋骨，他年夜雨独伤神。
> 与君世世为兄弟，更结人间未了因。

事后才知道，这次其实是闹了一个乌龙。原来，苏轼入狱的时候，曾经跟儿子苏迈商量过，如果在外面听说皇上要杀自己，就在牢饭里放一条鱼，其他时候都不要送鱼。不料这天苏迈临时有事，来送饭的家人不知内情，就在牢饭里放了鱼。

据《汉书·薛宣朱博传》记载，御史台中有柏树，野乌鸦数千栖居其上，故称御史台为"乌台"，亦称"柏台"。苏轼的这起案件由监察御史告发，又在御史台的监狱受审，所以历史上称为"乌台诗案"。

我们知道，"乌台诗案"后的苏轼，最终保住了性命，被贬到黄州，一待就是四年四个月，于是一个旧的苏轼消失了，一个新的苏东坡诞生了。正如当代学者余秋雨所说："黄州成就了苏东坡，苏东坡也成就了黄州。"

那么，在这样一场突如其来的大灾难中，苏轼最终又是如何脱罪的呢？

这首先得益于他的好记性。他能够把过去写的诗作逐一讲解分析给审案的官员听，以证明自己的清白。李定就曾在崇政殿外，对同列的官员说："苏轼确是奇才！"别人不敢搭腔，李定自言自语地说："二十一年前所作诗文，引经援史，随问随答，无一字差错，此非奇才而何？"

其次，得益于一帮重要人物出手相救。第一个出面的是左相吴充。有一天，吴充问神宗："魏武帝何如人？"神宗说："何足道。"吴充说："陛下动以尧舜为法，薄魏武，固其宜也，然魏武猜忌如此，犹能容祢衡，陛下以尧舜为法，而不能容一苏轼，何也？"神宗惊道："朕无他意，止欲召他对狱，考核是非尔，行将放出也。"第二个出面的是王安石的弟弟王安礼，也就是谢景温的妹夫，有一天，他对神宗说："自古大度之君，不以言语罪人，苏轼以才自奋，以为爵禄可以立取，但自来碌碌如此，心里不免缺望，今一旦置于理，恐后世谓陛下不能容才。"神宗说："朕本不欲深谴，将为卿赦之。但去，勿泄漏此言，轼方贾怨于众，恐言官要为此加害于你。"第三个出面的是章惇。这个时候，他还没有跟苏轼闹掰。当时王珪指控苏轼在杭州写的一首诗《王复秀才所居双桧》中的两句"根到九泉无曲处，世间唯有蛰龙知"是对神宗皇帝大不敬，并煽风点火道："陛下飞龙在天，苏轼以为不知己，而求知于地下的蛰龙，这不是不臣又是什么？"神宗当然不糊涂，没有听这个家伙忽悠。章惇在一旁说："龙者，非独人君，人臣也可以称龙。"神宗也说："自古称龙者多得很，如荀氏八龙、孔明卧龙，也都不是人君。"王珪被反驳得无话可说。第四个出面的是王安石，这时他已经退隐金陵，他写信给神宗，说："岂有盛世杀才士者乎？"最关键的是神宗的祖母——光献太皇太后曹氏，她在生命的最后时刻，也替苏轼说话。当时，她的病情很重，神宗要大赦天下为其祈寿。太皇太后说："不用大赦天下，但需放出苏轼就够了。"此外，苏辙一再请求贬自己的官来为哥哥赎罪；元老级干部张方平也写信给神宗求情。只是因为张方平的儿子胆小，没有把信寄出，不过，这反倒是一件幸运的事情，因为人们事后发现张方平差点好心办坏事，他的那封求情信言语之间存在问题，如果真的被神宗看到，恐怕只会对苏轼不利。

第三，得益于苏轼的淡定。一天夜里，苏轼在牢里正要睡下，狱卒押进了一个人。此人一进来后倒头就睡，苏轼没有太在意，自顾睡去，很快就鼾声如雷。四更天时，苏轼被人推醒，一看正是之前被押进的那人。那人对苏轼连声说："恭喜苏大人！"然后打开牢门，走了。事后，苏轼才知道，此人原来是皇帝派来的"卧底"，专门试探苏轼到底有没有焦躁不安。结果，苏轼安心大睡，完全就是一副没有做过亏心事的样子，所以，这个卧底便向苏轼道喜，言外之意：皇上不会杀你了。

3

"乌台诗案"是苏轼仕途中的不幸，也可以说是他人生中的大幸。这次的挫折使得他能够静下心来，反思自己的前半生，从而完成一次心灵的净化，以及人生境界的提升。事实也是如此，贬谪黄州的苏轼，文学创作能力和哲学思辨能力实现了巨大飞跃，他的文学创作在其儒释道兼容的哲学基座上，矗立起了一座享誉千年的丰碑。

如果说"乌台诗案"还不完全是无中生有的诬陷，那么，后来发生的"竹寺题诗案"，则完全是卑鄙无耻的诬告。

让我们把时间跳到元祐六年（1091）三月。时任杭州知州的苏轼被召回京城，这预示着他即将被委以重任，因此引起了洛党人士的极度不适。因为苏轼曾经得罪程颐，洛党人士一直想除掉苏轼。这一次，分属洛党阵营的贾易、赵君锡等人，也效仿当年御史台的李定之流，从苏轼的诗作中挑毛病，企图炮制出又一件"乌台诗案"。

他们找来找去，终于找到了一首诗，这首诗被他们认定是"极其反动"的"黑文艺"。这首诗便是元丰八年（1085）苏轼路过扬州竹西寺时所题三首诗中的一首，题目是《归宜兴留题竹西寺•其三》，全诗如下：

此生已觉都无事，今岁仍逢大有年。
山寺归来闻好语，野花啼鸟亦欣然。

此诗写的是农夫喜庆丰收。这难道有什么问题吗？在我看来，这首诗根本没有问题，相信你也这么觉得。但是，洛党的贾易、赵君锡偏偏说它有问题。问题在哪？问题不在诗句本身，而在写诗的时间。贾易等人说，苏轼写这首诗时，正处在神宗皇帝驾崩不久的国丧期间，本该兆民举哀，可苏轼却在那"闻好语"，还说什么连野花小鸟都开心，这还得了？简直就是大逆不道嘛！他们的原话是："可谓痛心疾首而莫之堪忍者。"

如果这个案子被坐实，那就是砍头的死罪。在这个关键时刻，苏轼的好兄弟苏辙挺身而出，为自己的兄长进行辩护，而且言语铿锵有力，对贾易、赵君锡等人进行了反击。

他的辩护主要基于两点。一是针对写作时间。苏辙辩护说："我哥哥写这首诗是在神宗皇帝去世两个月以后，根本不是在国丧期间。不信的话，可以去扬州查看当年的碑刻，那上面清清楚楚地标有写作时间。"这点很关键，直接给指控者来了个釜底抽薪。二是针对"闻好语"。苏辙说："这诗里的'闻好语'根本就不是贾易、赵君锡你们认为的那个样子，真实的情况是，当年我哥在竹西寺旁的道路上，见十几个老人聚在一起说话，其中一个双手合十感叹道：'闻道好个少年官家。'——听说新登基的皇上是个英才少年。我哥听闻此言，心中实在高兴，就写下了'山寺归来闻好语，野花啼鸟亦欣然'这样的诗句。"

垂帘听政的太皇太后高氏是个明白人，对这个案子的本质也有清楚的认知，明白此案皆因党争而起。为平衡双方，最终她决定对苏轼、贾易、赵君锡都作降职处理。

经历此案，苏轼对官场的险恶和人心的叵测有了更加深刻的认识，再也不愿意留在京城这个是非之地，于是不断向太皇太后递交申请，请求到外地去做官。元祐六年（1091）八月，回京不到半年的苏轼，最终被调到颍州任知州，仍然保留龙图阁学士的头衔。

这已经是他第二次因为党争的困扰，而选择做"苏跑跑"了。

上一次是在元祐元年（1086）十一月。那时，他刚刚奉调回京不久，第一次主持进士院候选馆职的考试，这次考试的题目也是他出的。结果，就是这次的考试题被人抓住了把柄。挑事的还是洛党人物，名叫朱光庭，他是洛党领袖程颐的门生。他指控苏轼在试题中"谤讪先朝"，要求朝廷予以惩治。为此，苏轼不得不一再进行自我辩护，搞得心力交瘁。后来，历史学家称苏轼的这次政治危机为"学士院风波"。

从走私案到"乌台诗案",再到"学士院风波",苏轼已历经了三次政治危机,他实在是有些怕了,也厌倦了这种无聊的党争,就动了离京外任的想法,而且这种想法越来越强烈,于是他接连上了四道奏章,请求到地方去任职。但是,太皇太后一直不准。为什么呢?有一次,她亲口对苏轼说出了原因,她说:"学士今日的进用,正是神宗皇帝的遗愿。"原来,当年苏轼被贬黄州,神宗皇帝在吃饭时,每当看到苏轼的诗文,就会停下筷子,看得入迷,还常常脱口夸赞:"奇才!奇才!"那情景给高皇后留下了深刻印象,所以,每当苏轼请求外放时,她都会说:"你一定要尽心尽力侍奉官家,以报先帝知遇之恩啊!"

苏轼当然愿意效命于朝,但是树欲静而风不止,在接下来的日子里,苏轼所遭受到的无端攻击一直没有停息。他深刻地意识到,如果自己再不走,就真的有被剿灭的危险。于是,他又开始频繁申请外任。

元祐四年(1089)三月十六日,太皇太后终于批准他以龙图阁学士的身份外任杭州知州。这是一种高职低配的安排,但是,苏轼打心眼里高兴。搞不赢,我就走,不与人家计较长短,这就是他的天性。

4

元祐七年(1092)二月,朝廷下令调苏轼以龙图阁学士充淮南东路兵马钤辖知扬州军州事,也就是到扬州当军政一把手。九月,苏轼以兵部尚书兼差充南郊卤簿使被朝廷召回京城。十一月,苏轼迎来了官场生涯的高光时刻,升任为端明殿学士兼翰林侍读学士、礼部尚书。

身兼两个学士职,而且还要给皇帝当老师,在当时,这种情况是非常罕见的,这让苏轼倍感压力,倒不是说他担心自己的能力不足,而是担心

"必致人言"——惹得他人说闲话。

苏轼的顾虑在不久之后就变成了现实。

元祐八年（1093）三月，御史董敦逸连续四次上奏弹劾苏轼，另一个御史黄庆基紧跟其后，连续三次弹劾苏轼。他们采用的仍然是捏造事实、大搞诬陷那一套，指控苏轼援引党羽和亲戚入朝为官，培养个人权势；指斥先朝，谤讪先帝；强买曹姓人抵当田产等。黄庆基在弹劾奏章中说："苏轼天资凶险，不顾义理，言伪而辩，行僻而坚，故名足以惑众，智足以饰非，所谓小人之雄，而君子之贼者也。"言辞之狠毒可见一斑。

面对董黄联手，七次弹劾，苏轼真的是有口难辩，郁闷至极。左相吕大防看清了董黄之流的真实意图，赶紧上奏，一针见血地指出："自元祐以来，言事官有所弹击，多以谤毁先帝为辞，非惟中伤善类，兼欲摇动朝廷，意极不善。若不禁止，久将为患。"苏辙也上奏替兄长辩护。至关重要的是，此时，太皇太后高氏仍然是苏轼最大的靠山。她最终决定将董敦逸和黄庆基双双贬官。得到这个消息后，苏轼心里才算有了底，赶紧上札子进行自我辩护。

这次政治危机总算过去了。苏轼再次萌生逃离是非之地的想法，他上奏朝廷，请求外放越州。但是，太皇太后还是没有批准。本来苏轼还要继续努力争取外放，结果一场突如其来的变故分散了他的精力。

元祐八年（1093）八月初一，苏轼的夫人王闰之不幸病逝，年仅四十六岁。苏轼刚刚办理完亡妻的后事，紧接着，又迎来了更大的变故。同年九月初三，太皇太后高氏因病崩逝于寿康殿。

苏轼最大、最硬的后台塌了，其仕途从此开启持续低迷的模式。元祐八年九月，他如愿以偿，以本官出知定州；绍圣元年（1094）四月，他因讥刺先朝的罪名被贬为英州知州，这是他仕途中第二次遭贬；同年八月，再贬惠州,这是第三次遭贬;绍圣四年(1097)四月,他责授琼州别驾,昌化军安置,也就是被赶到了极度蛮荒的海南岛上。这是苏轼一生当中第四次遭贬,已经到了贬无可贬的地步,准确地说,这种流放是一种仅次于死刑的处罚。

5

苏轼一生中多次被贬,人们普遍认为他是不幸的,其实,在这大不幸中,还有许多幸运是眷顾苏轼的,使得苏轼屡屡逢凶化吉,转危为安。想想看,以苏轼疾恶如仇、心直口快的性格,能够在众敌围攻中全身而退,这是不是巨大的幸运?给苏轼带来幸运的,当然是那些在关键时刻出来为他站台的人。

三十六计走为上,不与敌人硬杠。苏轼的选择不是懦弱,是策略,本质就是"与世无争"。

28 奉道之趣：我本一道士，奈何入红尘

苏轼身上颇有道家风骨，与很多道士关系密切，根据他自己所说，如果当年不出川参加科举考试，且一考即中的话，他极有可能会成为一名道士。纵观苏轼一生，命途多舛，道教朋友在生活上给予了他巨大的帮助，道教思想也深深影响了他。

1

我们通常说苏轼具有道家思想，信奉道教，这其实说的是他思想中的两个层面，道家思想和道教信仰是两码事。道家和道教，看起来共着一个"道"字，都尊崇老子，也就是老聃李耳，但是本质有很大不同。道家尊黄帝、老子为创始人，并称黄老，那是致敬理论奠基人；道教是把老聃当作神仙，则是偶像崇拜，前者是哲学，后者是神学。道家倡导自然的世界观和方法论；道教则研究如何长生不老。道家讲求天人合一，遵循自然规律；道教却执着于对生老病死这一自然规律的抵抗。所以，道家和道教，同源不同归。

苏轼熟读老庄著作，在学术上诚心接受老庄强调的自然超脱观念，主张自由无拘，独立无束。应该说，这种思想对苏轼的生活和文学创作的影响极为深刻。这从他的赤壁二赋等著作中完全可以看得出来。

这里我们不讨论苏轼的道家思想，单说他的道教崇拜，看看他作为一个道教信徒的鲜为人知的一面，这也许更加有趣。

北宋是一个崇道的时代，特别是宋真宗时期，这种崇拜的思想达到了高潮。这是为什么呢？因为宋真宗要利用道教来巩固自己的统治，所以对道教特别推崇，几乎到了痴迷的地步。因为宋真宗的皇位是意外得来的，所以他总是怀疑有人要谋权篡位，再加上当时他与辽国萧太后订立了屈辱的澶渊之盟，担心被天下人瞧不起，所以就想要借助神力来巩固自己的统治。他追封轩辕黄帝为赵氏先祖，还宣称自己梦见神仙下凡，向他颁赐天书，肯定他做皇帝的合法性。上有所好，下必甚焉。宋真宗推崇道教，百姓皆知，从此道教就十分盛行，到了宋仁宗时期，虽然光芒有所遮蔽，但热度不减。

巴蜀之地，崇山峻岭，是道教野蛮生长的温床，蜀人信奉道教完全是情理之中。苏轼的父亲苏洵就是一位铁杆的道教信徒，至今在四川眉山还流传着苏洵向道教仙人求子的故事。

这位仙人就是"送子张仙"张远霄。据《续文献通考》和《四川通志》记载：张远霄，唐代道士，眉山人。此人得道的故事很神奇：有一天，少年张远霄在白鹤山上遇到一位老人拿着一把竹弓和几只铁弹在叫卖，老人说弹弓能辟疫病，所以价格高。张远霄是玩弹弓的高手，就高价买下了弹弓。老人很高兴，当场又传给他一些法术。这时，张远霄才注意到老人是重瞳。过了很多年，张远霄路过白鹤山，看到一座重瞳仙翁的石像，有人对他说："这就是你的师父啊！"张远霄这才恍然大悟，最终得道成仙。

成仙后，他经常游历人间，看到谁家有灾气，就用弹弓发弹，将疫魔驱散。很快，他的威名传遍人间，人们称他为"张仙"。张仙所持弹弓的"弹"，与"诞"谐音，暗含"诞生"之意，所以人们也将他奉为"诞生之神"。张仙的道场在眉山蟆颐观。

话说苏洵与程氏结婚后，生有女儿，就缺儿子。天圣庚午年（1030）的一天，苏洵在重九玉局观无碍子肆中看见了一幅张仙的画像，便解下随身的玉环换取画像，将其挂在家中，每天焚香祷告。有天晚上，苏洵梦见张仙对他一笑，向天发了两弹。后来，程夫人果然就为他生下了两个儿子：苏轼和苏辙。

所以，苏家人一直笃信，苏轼和苏辙两兄弟来到人间，是道教仙人所赐。

天师道创始人张天师，本名张道陵，相传是武林高手，具有斩妖除魔的法力，活了一百二十多岁。苏家大门、卧室、书房，甚至蚊帐上，都有张天师的画像。年幼的苏轼就有一个梦想：学习张天师，遁入深山老林，当一名法术高超的道士。

2

苏轼不仅出生与道教沾着边，他的早期教育更是与道教紧密相关。

宋真宗时期，全国各地遵照朝廷命令都建有天庆观。少年苏轼读书的地方是眉山的一座天庆观。他的老师是一位道士，叫张易简。这位张道长很有学识，而且为人正直善良，坚持因材施教，无论学霸还是学渣，都在他的教导下而有所成长。苏轼和另一个同学陈太初都是学霸，深得张道士的青睐。

苏轼在道观读书大约有三年，张道士对他的影响极为深刻，即使在五十多年后，晚年的苏轼还常梦见这位张道士。元符二年（1099）三月十五日，谪居儋耳的苏轼曾专门写过一篇《众妙堂记》，文中记述了他在梦中回到天庆观北极院，与他的老师张道士谈论哲理问题。在梦里，张老师还是当年的模样。

苏轼在天庆观的同学陈太初很有意思。苏轼曾写过一篇文章《道士张易简》，其中就专门讲述了这位太初同学的尸解故事。什么是尸解呢？道教认为，道士得道后可以遗弃肉体而仙去，或不留遗体，只假托一件衣服、一根拐杖、一把长剑等物品，遗世而升天，这就叫尸解，说得好听些，就是羽化成仙，说得直白些就是死了。少年陈太初也是学霸，长大后当过郡里的小吏，再后来做了道士。有一年过年，汉州街上许多穷人没有衣食，挨冻受饿，陈太初就以道士身份向汉州知州吴师道化缘，然后将所获衣食和钱财，全部散发给街上穷人，他自己则回到州府衙门外，坐在石阶前尸解了。知州吴师道派遣一个吏卒把陈太初的尸体运到野外火化。吏卒很不痛快，骂道："道士是个什么东西？大过年的，让我搬运死人！"不料，陈太初突然微笑着睁开眼睛，说："不麻烦你搬运！"说完，自己站起来，走到城外的金雁桥下，盘腿坐着死去。火化时，全城的人都看到陈太初影影绰绰地出现在火焰上面。

我们读苏轼讲述的这个故事，分明可以感觉到苏轼对太初同学行为的赞许，以及得道成仙的羡慕之情。这也说明，苏轼对道教是真爱、真信，道教思想已经深入他的内心。据宋洪迈《夷坚志》丙志卷十三中记载，苏轼曾经自称"铁冠道人"。

3

我们之所以觉得苏轼有意思，就在于他不是圣人。他很接地气，食五谷杂粮，完全是个凡夫。但是，苏轼又不是俗子，他的想法和追求通常与常人有异。比如说，深受道教影响的他，就特别相信炼丹，迷信丹药可以延年益寿。

道教徒认为，人经过修炼可以长生，甚至羽化成仙，而修炼又分两种途径，一是修炼法术；二是炼制丹药。炼丹又分为"内丹"和"外丹"，所谓"内丹"，大致就是修炼丹田气；所谓"外丹"，就是对丹砂等天然矿石进行冶炼，经过物理或化学反应之后，得到颗粒状的含汞合金。道教认为，这种颗粒物是难得的长生不老的仙药，吃了就可以尸解成仙，而现代科学认为，那其实就是毒药，长期吃肯定会让人死亡。据唐代白居易说，当年韩愈就是服用丹药后去世的。

苏轼的修炼活动，开始于谪居黄州期间，确切地说，应该是从元丰三年冬至开始的。他曾在黄州天庆观里闭关修炼七七四十九天。具体修炼什么呢？既然是闭关，估计没有多少人能看得到。不过，苏轼曾在《安国寺记》中说，自己闭关那段时间，主要练习"辟谷术"和"气功"。后世也有人认为，他在练瑜伽。

苏轼更是炼丹的狂热发烧友。他曾给武昌太守朱寿昌写信，请教炼丹的方子，在自己的家里——临皋亭开辟了一间设备俱全的炼丹室。有方子，有设备，当然还得有原材料。他就写信给好朋友王巩大谈炼丹心得，并向其索要朱砂。

在《阳丹诀》中，苏轼对炼丹过程有详细记载，跟实操手册差不多：

冬至后斋居，常吸鼻液，漱炼令甘，乃咽下丹田。以三十瓷器，皆有盖，溺其中，已，随手盖之，书识其上，自一至三十。置净室，选谨朴者守之。满三十日开视，其上当结细沙如浮蚁状，或黄或赤，密绢帕滤取。新汲水净，淘澄无度，以秽气尽为度，净瓷瓶合贮之。夏至后，取细研枣肉，丸如梧桐子大，空心酒吞下，不限丸数，三五日后服尽。夏至后仍依前法采取，却候冬至后服。此名阳丹阴炼，须清净绝欲，若不绝欲，其砂不结。

他说，炼丹要具有虔诚之心，必须清心寡欲，"若不绝欲，其砂不结"，而炼丹具备的条件和要求则相当苛刻，近乎变态。文中所说的"鼻液"是什么东西？鼻涕吗？当然不是。如果是的话，那简直太恶心了。其实，这是断句错误引发的误解。正确的断句是：常吸鼻，液漱炼令甘，乃咽下丹田——意思是说，常做深呼吸，将口中的唾液来回搅动，直到觉得有些甘甜，然后吞入腹中。"以三十瓷器，皆有盖，溺其中，已，随手盖之，书识其上，自一至三十"——就是尿满三十个瓷杯子，盖上盖子，编上号。做什么呢？等待尿蛋白沉淀，然后将沉淀物多次过滤净化，得到白色无味粉末，再拌上枣泥，做成药丸，空腹用酒服下。

——说实话，这种"阳丹阴炼"法，看后真的很令人不适，真佩服我们的"铁冠道人"苏大学士当年能将这种药丸吞下。

有阳丹，当然就有阴丹。《阴丹诀》是这样记载的：

取首生男子之乳，父母皆无疾恙者，并养其子，善饮食之，日取其乳一升，少只半升已来亦可。以朱砂作鼎与匙，如无朱砂银，山泽银亦得。慢火熬炼，不住手搅如淡金色，可丸即丸，如桐子大，空心酒吞下，亦不限丸数……

此阳丹阴炼、阴丹阳炼，盖道士灵智妙用，沉机捷法，非其人不可轻泄，慎之！慎之！

什么意思呢？苏轼说，将头胎生男孩的女人的乳汁，放在文火上熬炼，用朱砂锅具，勺子慢慢搅动，直到人乳凝结，最后制成药丸，空腹用酒送服。这就是"阴丹阳炼"法。苏轼最后叮嘱道，这种炼丹方法只有道行高的道士才能够掌握，不能向世俗浅薄之徒泄露秘方，千万千万要谨慎！

苏轼炼的丹究竟有没有作用呢？客观来讲，应该没什么用。苏轼患有严重的痔疮，服用百药都未痊愈，就是一证。后来，苏轼被贬儋州，为了控制口腹之欲，一连多日杜门谢客，一个人在家或坐，或卧，清虚自守，他的痔疮才得到缓解。

4

苏轼诚心奉道，然而也并不是什么样的道士都信，他毕竟是才华横溢、眼界极高的顶流文化人，没有两把刷子的人物，根本入不了他的法眼。所以，在苏轼身边的道士们，基本上都道行高深，精通修炼，而且对士大夫文化有着极深的了解，或精通诗文，或工于书画，或擅长乐器演奏。

眉山道士陆惟忠好丹药，通术数，能写诗，被苏轼称为"诗人陆道士"。苏轼在给他写的墓志铭中说："呜呼多艺此黄冠，诗棋医卜内外丹。"可见他具有写诗、下棋、行医、占卜、炼丹等多种才能，算得上是复合型人才。除了在道教方面的切磋探讨，苏轼与这个陆道士在文学方面的交流也相当频繁，很多时候都是通过互相唱和的形式进行交流的。苏轼在黄州时，陆惟忠专门从眉山赶过来与他结识，不仅给苏轼讲述了老同学陈太初的传奇故事，还"出所作诗，论内外丹指略"。苏轼在惠州时，陆惟忠写下"投醪谷董羹锅里，掘窖浮游饭碗中"的诗句，苏轼读到后，非常高兴，专门做了记录。

西蜀南充道士杨世昌是个画家，善画人物、山水，传世的有《崆峒问道图》绢本，描绘了轩辕黄帝到陕西崆峒山访仙人广成子，询问治身成仙法术的传奇故事。画面中，一石榻上放置木几，前铺兽皮，一位长髯仙人斜坐在榻上，微闭双眼，正在倾听一位下跪的执笏朱衣王者的恳切陈辞。画中人物刻画细腻，游丝描衣纹轻和流畅，具有极高的艺术水准。杨道士还是一位洞箫演奏家，苏轼在《赤壁赋》中说，元丰五年七月十六，"苏子与客泛舟游于赤壁之下"，客人中就有这位杨道士。在这次的"水上小型派对"中，杨道士做了一次精彩的洞箫吹奏，从而引发了苏轼和他之间关于人生的哲学对话。苏轼对杨道士的演奏进行了艺术描写："其声呜呜然，如怨如慕，如泣如诉；余音袅袅，不绝如缕。舞幽壑之潜蛟，泣孤舟之嫠妇。"——这次的演奏恰似天籁。

道士戴日祥则善于弹琴。他的琴声悠远清亮，苏轼曾在诗中称赞道："弹琴石室中，幽声清磔磔。"苏轼还在《游桓山记》中记载："登桓山，入石室，使道士戴日祥鼓雷氏之琴，操《履霜》之遗音。"用雷氏琴演奏《履霜》，这叫名器奏名曲，一说明讲究，二说明演奏者水平之高。唐代有个雷氏家族，善于造琴，技艺传承了三代共计九位造琴家，他们所造的琴被称为"雷琴""雷公琴""雷氏琴"，是乐器里的大品牌。《履霜》是古代名曲，相传为西周尹国国君尹吉甫之子伯奇所作，其中有个悲惨的故事。史书记载："伯奇无罪，为后母谮而见逐，乃集芰荷以为衣，采楟花以为食。晨朝履霜，自伤见放，于是援琴鼓之而作此操。曲终，投河而死。"说伯奇被后母进谗言而遭流放，就以荷叶为衣，以花为食，日子过得很凄惨，一天早晨从霜上走过，联想到自己的命运，于是谱写了《履霜》曲进行演奏，曲罢，投河而死。

道士邵彦肃也善弹琴。在苏轼的诗中有"仍呼邵道士，取琴月下弹"的记述。有位姓武的道士善于弹奏《贺若》曲，苏轼听了，写诗道："琴里若能知贺若，诗中定合爱陶潜。"

现在看来，苏轼除了迷恋炼丹、追求长生不老之术这件事让人难以接受之外，他在与道士的交往过程中还是取得了很多收获。苏轼与道士的交游活动，除了交流修炼心得，还包括游山玩水、谈论文学艺术等。这些不仅为困顿中的苏轼带来了心灵的慰藉，帮助他度过人生至暗时刻，还给他提供了文学创作素材和创作灵感。比如在《赤壁赋》中，苏轼写道："客亦知夫水与月乎？逝者如斯，而未尝往也。盈虚者如彼，而卒莫消长也。盖将自其变者而观之，则天地曾不能以一瞬。自其不变者而观之，则物与我皆无尽也。"这里的水与月、变与不变的一番议论，就体现出道家以及道士对他的影响。

5

苏轼奉道，在崇尚道教的宋代，算得上是紧跟潮流，非常时髦。为了体现自己的"先进性"，他曾自称"玉堂仙"，谪居儋州时，甚至自号"铁冠道人"。苏轼晚年提举成都玉局观，所以，后人尊称他为"苏玉局""玉局老""玉局翁"等，他的绘画技法也被人称为"玉局法"。这些名号都带有极为浓厚的道教色彩。

所以，在人们的心目中，远离朝堂与江湖的苏轼已经不是官员，更像一位得道高人，甚至经常有人谣传他羽化成仙了。据《东坡志林·东坡升仙》记载：苏轼贬居黄州时，好友曾巩去世，时人就盛传苏轼和曾巩一起升天，像唐代诗人李贺一样，被玉皇大帝招去写文章了。后来，苏轼被贬儋州，京城又传出新的流言，说他得道后，乘一叶小舟到海上成仙了，只在家里留下一件平时爱穿的道服。

因此，后世称苏轼为"坡仙"，还是蛮有道理的。

我本一道士，奈何落凡尘。苏轼晚年被贬儋州，回首往事时，曾沉痛感慨道："轼龆龀好道，本不欲婚宦，为父兄所强，一落世网，不能自逭。然未尝一念忘此心也。"

不得不说，苏轼的确像是一位被做官耽误的道士。

29 信佛之趣：西方不无，但个里着力不得

苏轼虔诚奉道，可是当他走到生命尽头的时候，给予他临终关怀的并不是道士，而是僧人。

建中靖国元年（1101）七月二十八日，苏轼在弥留之际，身边没有一个道士，只有好友维琳方丈。维琳凑近苏轼的耳边，大声说："端明宜勿忘西方。"——端明学士一定不要忘记西方极乐世界啊！苏轼喃喃回应道："西方不无，但个里着力不得。"——西方世界不是没有，但是不能使力求取啊。好友钱济明也对苏轼说："固先生平时履践至此，更须着力。"——先生一生都在践行佛法，这个时候更应该使力啊！苏轼弱弱地回应道："着力即差。"然后，安详地闭上了眼睛，再也没有醒来。

在生命的终点，苏轼说出了自己对佛法的终极领悟。

1

苏轼的宗教信仰是兼容并蓄的，既奉道，也礼佛。这与他的原生家庭有很大的关系。四川是天府佛国，名山宝刹众多，苏轼的家乡眉州紧邻着

佛教四大名山之一的峨眉山，离著名的乐山大佛也不远。苏轼的父亲苏洵，信道也信佛，与僧人交往甚密，云门宗高僧圆通居讷和宝月大师惟简都是他的朋友。苏轼的母亲程老夫人则笃信佛教。苏轼在《十八阿罗汉颂叙》中说，他们家曾藏有十八罗汉像，经常设茶供养，以企佛佑。父母是孩子最初的老师，他们对苏轼思想和情感的影响当然是深刻的，也是长远的。

信佛的程夫人厌恶杀生，居住在纱縠行的时候，她严禁苏轼和苏辙两兄弟及婢仆捕鸟取卵。久而久之，苏家宅院的园子里，鸟雀与人和平相处。小鸟们把鸟窝筑得很低，苏轼他们一帮小孩子能俯身而视，但他们不会伸手掏鸟窝，而是趁着大鸟外出觅食的当口去观察雏鸟，并找些食物喂食。看到雏鸟张嘴接受食物，他们也都开心极了，获得了满满的幸福感。

受程夫人的佛心感召，苏轼也厌恶杀生，甚至养成了只吃"自死物"的习惯。在杭州做官时，苏轼发现钱塘人每天要杀鹅百只，心中就很不忍。有一天晚上，他经过一家屠宰场，听见群鹅哀号，如泣如诉，不禁心中凄然，顿时有了买下那些鹅的冲动。只是当时实在没有地方安置这批待宰的鹅，才没有付诸行动。不过，这件事一直让他不能释怀。他想，如果人人都能像王羲之那样，做个爱鹅的人该多好。后来，他到徐州做知州，在城外看见屠户当众杀狗剥皮，血腥得很，心中又大不忍。他引用孔子的话说："弊帷不弃，为埋马也。弊盖不弃，为埋狗也。"——马和狗死后都是要掩埋的，不忍心吃它们的肉，又怎么能忍心杀狗剥皮呢？看到那些没有掩埋处理的狗骨头，他更是哀痛不已。再后来到黄州，他也力劝好朋友陈季常千万不要为了招待他而"杀生"。

苏轼最初接触佛教，是在十岁以后。庆历三年（1043），苏轼八岁，开始他在天庆观北极院跟从张易简道士学习，思想上受道教影响较深。在天庆观大约学了三年，毕业后，他又从学于父。他也曾到寺庙求过学，据

《蜀中名胜记》卷十二《眉州》载:"……栖云寺,东坡少时读书寺中。"在《子由生日,以檀香观音像及新合印香银篆盘为寿》一诗中,苏轼也说过:"君(苏辙)少与我师皇坟,旁资老聃释迦文。"这里的"释迦",指的就是佛学。

青年时期的苏轼心中是有佛的。他的父母去世时,他曾将父母生前最珍爱的遗物捐赠给寺庙,包括禅月罗汉画像,以及吴道子的画作等,还撰写赞颂文:"佛以大圆觉,充满河沙界。我以颠倒想,出没生死中。……愿我先父母,与一切众生,在处为西方,所遇皆极乐。人人无量寿,无往亦无来。"目的就是为父母超度,祈祝父母能够在另一个世界里享福。

苏轼真正喜欢上佛书,大约是在任凤翔签判的时候。在凤翔任上,他随同事王大年(王彭)"居相邻,日相从"学习佛法,真正接触到了佛教。在《王大年哀辞》中,苏轼说:"予始未知佛法,君(王大年)为言大略,皆推见至隐以自证耳,使人不疑。予之喜佛书,盖自君发之。"可见,青年苏轼是受王大年影响,才开始研读佛书,了解佛法。在嘉祐六年(1061)所作的《凤翔八观》中,苏轼初次以佛教题材入诗,其中第四首诗歌咏了唐代雕塑家杨惠在凤翔天柱寺所塑的维摩像,表现出他对维摩诘居士的崇拜。

苏轼真正潜心于佛教,与僧侣密切交往,应该是从谪居黄州时开始的。这是他人生正处于低谷的时期,他心中的郁闷需要排解和释放,通过什么来实现呢?一是道教,二是佛教。初到黄州时,苏轼没有落脚处,就暂住在寺庙——定惠院中,住持和尚颙师对他很不错,给予了种种方便。安顿下来之后,苏轼才有心思四处转一转,看一看,于是就有了《定惠院寓居月夜偶出》《寓居定惠院之东杂花满山有海棠一株土人不知贵也》《卜算子·黄州定惠院寓居作》等脍炙人口的文学作品。

黄州城南三里,有一座宝刹叫安国寺,是苏轼经常去洗澡参禅的地方。那里的住持继莲和尚也是苏轼的好朋友。

2

安国寺始建于唐显庆三年(658),鼎盛时期占地一千多平方公里,寺内殿舍5000余间。北宋天圣年间(1023—1032),韩琦投奔其兄——黄州知州韩琚时,就住在安国寺内发愤读书,终于考中了进士,并于嘉祐年间任枢密使,成为一代名臣。

韩琦是苏轼非常尊敬的前辈。是否因为这一层关系,苏轼才特别喜欢舍近求远,到安国寺沐浴参禅呢?我们不得而知。不过,黄州至今仍有这样一个传说:苏轼初来黄州,暂住定惠院,和僧人一同吃饭,饭后,总是在一棵山楂树下散步,写了一些很好的诗。不久,黄州知州徐君猷、鄂州知州朱寿昌热诚相待,常以酒宴相邀,并一同常游安国寺,苏轼就这样认识了安国寺的僧首继莲。继莲非同一般,皇帝曾赐予他袈裟,七年后又赐给他法号,但是,继莲始终没有接受赐号。有一次,苏轼与继莲谈及此事,继莲说,做人应该"知足不辱,知止不殆",也就是说,在荣誉面前要懂得适可而止。继莲的话让苏轼感触很深,他也因此联想到了自己的遭遇和处境,颇受启迪,从此就经常到安国寺沐浴参禅,聆听佛法。

传说的真假暂且不论,可以肯定的是,那时候的苏轼每月都要到安国寺去沐浴,然后焚香默坐,自我反省,进入到物我两忘、身心皆空、烦恼皆抛、自由自在的境地。他在《安国寺浴》中描绘了当时的心理体验:

老来百事懒,身垢犹念浴。衰发不到耳,尚烦月一沐。

> 山城足薪炭，烟雾濛汤谷。尘垢能几何，儵然脱羁桎。
> 披衣坐小阁，散发临修竹。心困万缘空，身安一床足。
> 岂惟忘净秽，兼以洗荣辱。默归毋多谈，此理观要熟。

元丰三年（1080）闰九月十九日，在《答毕仲举》中，苏轼透露了自己学佛的初衷："学佛老者，本期于静而达。静似懒，达似放，学者或未至其所期，而先得其所似，不为无害。"他学佛的目的，并不是为了穷究其义理，以期出生死，超三乘，而是为了"静而达""以待外物之变"。

宋代最具影响力的佛教宗派是禅宗。禅，全称"禅那"，源于梵文，意译"静虑""思维修"等，意思就是静中思虑，心绪专注地深入思考佛教义理。禅师们不太注重指导士人研读佛经，而更看重通过日常活动，包括世俗化的谈论，乃至艺术交流等，影响士人的思想、情感和价值观。这当然就很对苏轼的口味，所以，谪居黄州的苏轼重在参禅，远离世事纷扰，寻求内心安宁，寻找精神自由。

禅宗有很多流派，有"一花开五叶"的说法。唐代后期，有沩仰宗、临济宗、曹洞宗。五代时产生了云门宗和法眼宗。到了北宋，沩仰宗和法眼宗逐渐消失，曹洞宗声势不大，云门宗和临济宗风头强劲，对禅学感兴趣的士大夫主要跟这两宗的禅师们走得近。

在苏轼身上曾经发生过这样一件有趣的事——在禅宗这所进修学院里，本来在 A 系混得风生水起，拥有一大批同学的苏轼，最终完成毕业论文时，导师却是 B 系的主任，而这个系主任仅仅跟他这个学生有一面之缘。

这是怎么回事呢？

苏轼平时交往的僧人有怀琏、维琳、参寥、佛印等，从宗派关系上讲，都是属于云门宗，也就是 A 系，而苏轼在庐山悟道时，对其指点并嗣法的则是临济宗黄龙派的大禅师——东林常总，也就是 B 系的主任。

元丰三年（1080），神宗皇帝下诏，将庐山东林寺改为禅宗寺院，聘请常总禅师为开山住持。元丰七年（1084）四月，苏轼离开黄州，沿江东下，二十四日夜，住在庐山北麓的圆通寺。然后，转道南下，去筠州见弟弟苏辙。

这期间发生了一件神奇的事，苏轼到筠州高安看望弟弟苏辙，将要到的前一晚，苏辙和临济宗禅师真净克文、云门宗禅师圣寿省聪住在一起。睡到半夜，真净克文忽然坐起来说："我刚才突然梦到我们一起拜谒了五祖戒禅师。不思而梦，是什么祥兆呢？"五祖戒禅师是云门宗和尚，卒于苏轼出生的前一年，也就是宋仁宗景祐二年（1035）。苏辙听真净克文这么说，就推醒圣寿省聪，圣寿说："我刚才也梦见戒禅师了。"于是，三人起床对坐，笑着感叹道："梦竟然有相同的哟！"不一会儿，就有人来报告说，苏轼已经抵达了奉新。于是，苏辙和两位禅师一起，到城南建山寺迎候，见面之后说到梦中事。苏轼问："戒禅师出生在哪里？"大家回答说："在陕西。"苏轼说："我十几岁的时候，常常梦见自己是僧人，来往于陕西。"接着，苏轼问，"戒禅师长什么样子？"有人回答："戒禅师有一只眼睛没了。"苏轼说："我母亲即将生我的时候，梦见门前来了一位僧人，身体瘦弱，而且少了一只眼睛。"又问道，"戒禅师在哪里去世的？"有人回答："在高安大愚，享年五十岁。"这又巧了，话说这年苏轼正好四十九岁。所以，大家都推定五祖戒禅师就是苏轼的前世，而这个戒禅师又是苏轼的好友——云门宗禅师大觉怀琏的师祖。苏轼认可自己是戒禅师转世的这个说法，后来他写信给真净克文禅师说："戒和尚不识人嫌，强颜复出，亦可笑矣。既是法器，愿痛加磨砺，使还旧观。"从此以后，苏轼常喜欢穿和尚衣服。

关于应梦的奇事，几年前苏轼也曾遇见过。元丰四年（1081）正月二十一日，谪居黄州的苏轼"夜梦一僧破面流血，若有所诉"。第二天，苏轼到岐亭去拜访陈季常，经过一座破庙，看到有尊仪制甚古的阿罗汉像，面目被人为损毁了。苏轼联想到前夜的梦，便将这尊罗汉像装车带回黄州，修葺一新后设龛安置，供奉在黄州安国寺。为此，苏轼还写过一篇《应梦罗汉记》。

言归正传。在筠州见过苏辙后，大约在五月中旬，苏轼从筠州返程，和云门宗禅僧参寥子一起，登上庐山，写下了著名的《题西林壁》诗："横看成岭侧成峰，远近高低各不同。不识庐山真面目，只缘身在此山中。"这是一首具有哲理和禅趣的作品。除了有这一收获外，苏轼还与临济宗黄龙派的东林常总禅师见了面，在论"无情话"之后，实现了禅宗所谓的"顿悟"，并被公认为常总禅师的法嗣，也就是佛法传承人。

佛教将人类和动物称为"有情"，将植物和无生物称为"无情"。所谓"无情话"，是指墙壁瓦砾之类的"无情"物像佛一样，一直在演说着根本大法，从未间断，只是一般人听不到罢了。

佛教典籍《嘉泰普灯录》和《五灯会元》中，都明确记载了苏轼的"顿悟"过程：

内翰苏轼居士，字子瞻，号东坡。宿东林日，与照觉常总禅师论无情话，有省，黎明献偈曰："溪声便是广长舌，山色岂非清净身。夜来八万四千偈，他日如何举似人。"

这段记载表明，苏轼顿悟后认为，溪中轰隆阵响的水流声，便是佛陀以广长舌说法的法音，听溪声就等于是在聆听佛法；看到庐山的美好景色，就像看到佛陀庄严清净的妙相一样。——有如此心得，证明苏轼已然心包太虚，量周沙界，思想境界得到了极大提升。也就是说，在禅宗这所进修学院里，苏轼凭借论文——这首题为《赠东林总长老》的偈诗，顺利毕业了。

3

苏轼的僧人朋友，都是能给予他切实帮助的真朋友。有的给予他工作上的支持，有的给予他生活上的帮助，有的给予他心灵上的慰藉。

苏轼担任杭州通判时，为了疏浚杭州六井，仲文、子珪、如正、思坦等四位僧人共同担任工程项目负责人，协助苏轼顺利完成修井任务；十六年后，苏轼担任杭州知州，六井之一的沈公井又告淤塞，已经七十岁的子珪和尚出来帮助他进行修井工作。子珪和尚从前已经获得过朝廷赐予的紫衣，这一次苏轼上奏朝廷，为他请得"惠迁"的师号，以表彰他两次为修井所作的贡献。

担任杭州通判时，苏轼与上天竺住持辩才法师交情很深。苏轼的二儿子苏迨生来体弱多病。三岁多还不会走路，辩才法师为其摩顶祝赞，没有几天，苏迨就能下地行走。苏轼被贬惠州后，长子苏迈身在宜兴，他非常惦念自己的父亲，奈何关山难度，音讯难通，非常忧愁。苏州定惠院的僧人卓契顺得知后，对苏迈说："你何必那么忧愁，惠州不在天上，只要坚持走下去，总有走到的时候，我愿意替你带家书去惠州，探问苏学士的消息。"他不仅这么说，还马上付诸行动，从苏州出发，徒步跨江渡河，翻山越岭赶往惠州。在旅途中，卓契顺生了病，但是他没有放弃，仍然坚持晓行夜宿，终于在绍圣二年三月初二抵达了惠州，给苏轼带来家人的消息，以及苏州定惠院守钦长老的诗作《拟寒山十颂》和佛印的书信。苏轼既感激又感动，不禁老泪纵横。

卓契顺在惠州住了半个多月后准备回苏州。苏轼想酬谢他，就问他需要些什么。卓契顺说："我因无所求才来惠州的，如果有所求，我就应当上京城去。"苏轼实在过意不去，卓契顺于是表示希望能得到苏轼的一幅字。苏轼欣然铺纸着墨，为卓契顺写了一幅陶渊明的《归去来兮辞》。

至于给苏轼带去心灵慰藉的僧人，那就太多了，聚拢来几乎可以做一场大法会。

苏轼谪居黄州时，诗僧参寥特地从杭州赶来黄州，陪伴在他身边。苏轼将参寥和巢谷都安排在雪堂居住，他们一起吟诗作文，一起观赏山水景色。参寥原名昙潜，后来苏轼给他改名道潜，是宋代诗僧之翘楚，其诗超群脱俗，清丽可爱，深得苏轼赏识。有学者统计，在苏轼诗文中，110次提到参寥，36次提到参寥子，共计146次，是苏轼诗文中提到最多的僧人。[①]

在苏轼众多交往的僧人中，佛印和尚恐怕是知名度最高的一位。佛印是云门宗禅师，法名了元，字觉老，俗姓林。苏轼居黄州时，佛印在庐山归宗寺当住持，彼此有着密切的交往。民间至今流传着很多苏轼与佛印之间的故事，最有趣的莫过于"八风吹不动，一屁过江来"的故事——

苏轼在黄州时，有一天诗兴突发，做了一首诗："稽首天中天，毫光照大千；八风吹不动，端坐紫金莲。"他还叫人将诗送给佛印，让他进行品读。佛印看后，提笔在诗笺上批了"放屁"两字，交给仆人带回黄州。苏轼看到批语，非常恼火，决定亲自过江上庐山，去跟佛印理论一番。哪知见面后，佛印笑着对他说："你赋诗说自己能够'八风吹不动'，为什么被这'放屁'两个字激得过江来，要和我理论呢？"苏轼听了，惭愧不已，灰溜溜地回到黄州，再修佛功。

---

① 注：数据依据孔凡礼点校《苏轼文集》（中华书局1986年版）统计。

这个传说只是有趣，但是未必真实。不过，从中倒是可以看出苏轼和佛印两人关系非同一般。

维琳禅师是苏轼任杭州知州时，聘请主持径山寺的长老，也是在苏轼生命之灯即将熄灭时，给予苏轼临终关怀的大禅师。建中靖国元年（1101）六月，苏轼在常州病倒，维琳禅师得知消息，冒暑远道而来探望苏轼，到达时已经是七月二十六日。苏轼虽然病入膏肓，但神志还清醒着，他们彼此之间尚能作偈互答。

为了向维琳解释自己所写偈诗中"神咒"的典故，苏轼提笔写下了一生中的绝笔，内容涉及佛教，一共三十一字："昔鸠摩罗什病亟，出西域神咒三番，令弟子诵以免难，不及事而终，后二日属纩。"

二十八日，苏轼已到生命的最后时刻，维琳禅师在他的耳边大声说："端明勿忘西方！"

苏轼气息微弱，答道："西方不无，但个里着力不得。"一直陪在身边的晚辈钱济明，这时也凑近苏轼耳边说道："至此更须着力！"苏轼答："着力即差！"钱济明又问："端明平生学佛，此日如何？"苏轼答："此语亦不受。"儿子苏迈上前询问后事，苏轼没有回答，因为他已经永远地睡去了。

苏轼终究不是彻底的佛教徒。

4

在古代，读书人为了仕进，一般都会把儒家经史作为必修课，而把佛道作为选修课。在是否选修和如何选修等问题上，由于个人心性志趣的不同，最终的选择也各不相同。有的人拒斥"异教"——只信孔孟，坚决抵制佛老；有的人看破孔孟，皈依佛老；还有的人兼容并蓄，必修和选修统统拿下，融会贯通，为我所用。

　　苏轼就是后一种人。根据苏辙回忆，必修课成绩优秀的苏轼，在选修时最先接触了道教，因此受《庄子》影响非常大，之后又读了佛教书，最终必修和选修通吃，儒家的"入世"，道家的"忘世"，佛家的"出世"，在苏轼的思想中获得融会杂糅——他以儒家精神为担纲，以道家精神为养气，以佛家精神为超脱，构建起一种"外儒内禅"的独特的人生观和艺术观。

　　所以，人们在欣赏苏轼的诗词、文赋和书画时，能够感受到其中散发出浓郁的儒、道、释的气息和神韵。

30 归葬之趣：身在郏县，魂归岷峨

古人讲究叶落归根，认为人死之后能够安葬在自己的出生之地，那就是一种圆满。建中靖国元年（1101）七月二十八日，苏轼在常州走完了他多灾多难却又妙趣横生的一生。他没有归葬于四川眉州眉山，尽管那里安葬着他的父母和原配夫人，而是被安葬在距离眉山千里之遥的河南郏县。这是为什么呢？

1

郏县，从唐武德四年（621）到北宋崇宁四年（1105），一直是汝州管辖的一个县。而这个汝州，仿佛注定跟苏轼脱不了关系。

元丰七年（1084）春的一天，宋神宗觉得苏轼谪居黄州已经长达四年多，基本达到了惩戒的目的，便不再与宰相商量，直接以"皇帝手札"的形式，做了一个人事调整——让苏轼量移汝州，官职跟原来一样，检校尚书水部员外郎汝州团练副使。不过，"量移"可是个具有特殊含义的动词，多指官吏因罪远谪，然后遇赦酌情调到近处任职。此番操作的潜台词就是：

好运就要降临喽。苏轼接到新的任命，心中自然高兴，但是他没有直接北上，而是沿长江向东，到庐山参了禅，到筠州看了弟弟，到江宁拜访了王安石，然后到达了常州宜兴，去到那里后，他就不想走了，于是特地给神宗皇帝递交申请书，请求在常州定居下来，并获得了神宗的批准。也就是说，苏轼压根就没有去汝州当那个一文不值的团练副使。

虽然这一次苏轼没有去汝州，但是苏轼一生中其实先后五次到过汝州。嘉祐元年（1056）三月，苏轼、苏辙与父亲苏洵一起，离开眉山到京城赶考；嘉祐二年（1057）四月，苏轼母亲程夫人去世，苏轼、苏辙兄弟回家奔丧；嘉祐四年（1059）十月，苏轼、苏辙服丧期满回朝；嘉祐六年（1061）十一月，苏轼赴凤翔任签判。这四次走的都是许洛大道，中途都经过了汝州。而第五次到汝州，则是三十多年后的绍圣元年（1094），当时苏辙在汝州任知州，不久，苏轼也外放出京。他先是在定州任知州，后来被贬往英州，为了筹措路费，苏轼经过汝州，与苏辙相会，一起住了十多天。苏辙带着苏轼一起到郏城（也就是郏县）的小峨眉山游览。兄弟俩同登黄帝钧天台，放眼远眺，发现"峰峦绵亘，状如列眉"，青山绿水，风景如画，酷似家乡峨眉山。这时的苏轼将近六旬，官场失意，大有人生迟暮之感，便与苏辙议定，将来退休后就到这个地方一起隐居。

这是一次真心的约定，在兄弟俩的心中留下了深深的印记，以至于在几年后，当苏轼病入膏肓时，他还特地写信嘱托苏辙："即死，葬我嵩山下，子为我铭。"

2

建中靖国元年（1101年）七月二十八日，在维琳禅师的陪伴下，一代文学大家苏轼安详地闭上了双眼，享年66岁。这是农历天干纪年的算法，他出生的那年是宋仁宗景祐三年（1036），也就是农历丙子年十二月十九日，出生21天也算1岁，所以到他去世时是66虚岁。如果按照公历纪年算，他出生的这一天是公元1037年1月8日，到他去世时，则是64周岁。

人们习惯说苏轼享年66岁。为其添寿，是因为爱戴与尊敬。

身在许昌的苏辙得到兄长去世的消息时，已是九月初。巨大的悲伤让苏辙老泪纵横，想到兄弟俩从前的种种往事，苏辙颤抖地拿起笔，写下《祭亡兄端明文》来悼念自己的亡兄。接着，他派遣自己的第三子苏远携带祭文前往常州吊唁，帮助苏迈等人料理丧事。

次年春天，为了将苏轼与王闰之同穴安葬，苏迈到汴京惠济道院，将继母王闰之的灵柩迁出，同时迁出的还有苏迨夫人欧阳氏的灵柩①。四月二十三日，两具灵柩途经许昌，苏辙率领全家，举行了隆重的路祭。

遵照苏轼遗愿"即死，葬我嵩山下"，苏辙将苏轼灵柩连同王闰之、苏迨妻欧阳氏，以及自己的三儿子苏远之妻黄氏的灵柩，一同安葬在嵩山脚下郏城县的小峨眉山。那里北望嵩岳，南瞰汝水，土厚水深，风水甚好。此处有一块属于苏家的土地，是苏辙在汝州为官时购买的田产。

葬在这小峨眉山的苏家土地上，仿佛就是葬在故乡。

3

苏家祖茔，本在眉州，有西茔和东茔两处，一处在眉山县修文乡安道里，一处在彭山县安镇乡可龙里，相隔四十余里。

嘉祐二年（1057），苏洵夫人程氏去世，安葬在眉州东茔。墓旁有一眼深井，常年不竭，相传在朗月之夜，有一位白发老翁在泉边或坐或卧，

---

① 注：苏迨夫人欧阳氏的灵柩也暂厝于汴京惠济道院。

如有人靠近，老翁便消失在井中，故名"老翁井"。苏洵曾写有《老翁井铭》，在文章中告诫两个儿子，不论将来多么腾达，最终都要叶落归根，归葬于此，"传于无穷"。

九年后，苏轼夫人王弗和父亲苏洵先后在京城去世。那时，苏轼、苏辙两兄弟仕途正顺，风头正劲，朝廷赐给他们大量银绢，很多达官贵人也都送了祭礼，一百三十多人写了祭奠文章，送葬的车子据说有两千多辆。苏轼、苏辙两兄弟乘官船，从京城出发，浩浩荡荡运送两具灵柩归葬于眉州东茔。这无疑是苏家从先祖苏味道起几百年来最风光的一次葬礼。后来，苏轼在族茔周围的山岗上栽下三万棵松树，郁郁葱葱，蔚为壮观。这就是"短松冈"，这个地方因一首《江城子》，千百年来一直被人们牢牢记着，"料得年年肠断处，明月夜，短松冈。"

苏轼最终没有归葬于眉州东茔短松冈，很重要的一个原因，是受当时条件的限制。苏辙在《再祭亡兄端明文》中说过，苏轼曾经也有百年归世后回到故乡眉山，与父母和原配夫人王弗葬在一起的心愿，只是因为山高水长，路途遥远，无法实现。

苏轼去世十一年后的政和二年（1112），苏辙在颍昌去世。他也没有归葬于眉州东茔，而是选择和苏轼一起安葬在郏城县的小峨眉山，人称"二苏坟"。元至正十年（1350）冬，郏城县尹杨允拜谒"二苏坟"，认为"两公之学实出其父老泉先生教也，虽眉汝之墓相望数千里，而其精灵之往来，必陟降左右"，于是在苏轼和苏辙的两坟之间，建了苏洵的衣冠冢，并称"三苏坟"。如今，"三苏坟"西边还有苏簟、苏符、苏箕、苏籀、苏筌、苏筹的坟茔。这六位都是苏轼的孙子辈，人称"苏氏六公子"。

现在，河南郏县人民依托"三苏坟"，建起了一座"三苏园"，"三苏园"是一处不错的风景区，格局大，视野开阔；底蕴厚，题咏众多；植被密，翠柏葱茏。"三苏坟"就坐落在园子的最深处，一字排开，居中者便是苏洵的衣冠冢，右边是苏轼墓，左边是苏辙墓。墓碑静立，封土堆垒，翠柏环拥，肃穆清幽，吸引着全国各地的游客前来拜谒。

四川眉山也有"三苏坟"，那里的苏洵墓葬着苏洵的真身，两厢陪伴的是他两个儿子的衣冠冢。

4

几百年来，关于苏轼、苏辙兄弟归葬于郏县的因由，除了我们上面提到的主流说法之外，还有其他不同的说法。比如清代的毕沅认为，宋代有不成文规定，出生地在中原以外的朝廷官员，死后可在汴京附近方圆五百里以内选地安葬。这是一种政治待遇，苏轼当然愿意援例。

还有一种说法，颇有新意。说渝州（今重庆）有个叫赵谂的读书人，非常有才华，在绍圣元年（1094）参加进士科考试，以第二名的优异成绩及第。元符年间，已经是太常博士的赵谂回到渝州省亲，听说苏轼、苏辙双双被贬谪，就非常气愤，认为是奸臣当道，谋害忠良，于是就地振臂一呼，起事造反，打出的旗号就是"清君侧之奸"。结果当然是没有成功，赵谂九族被诛杀。这次赵谂谋反，本来完全是他自己的事儿，就因为起因是二苏被贬，当时就有人别有用心地企图牵连苏轼、苏辙。对于当时处在人生低谷的二苏来说，这当然不是什么好事。此案一直到苏轼死后才结案。在此背景下，苏轼、苏辙兄弟俩当然不敢有返川归乡之想，否则，被政敌抓住把柄，结果可想而知。

这些观点不能说完全没有道理。把它们综合起来看，也许就是苏轼和苏辙两兄弟之所以选择归葬于郏县的真正原因。

"是处青山可埋骨，他年夜雨独伤神。"这是苏轼写的《狱中寄子由》中的句子，那时，他因"乌台诗案"而被关在御史台的大牢中，生死未卜。后人将这两句诗镌刻在三苏坟院前红石牌坊的两侧石柱上，与坊楣正中"青山玉瘗"四字相映衬，倒是十分地恰当。

5

"归去来兮，吾归何处？万里家在岷峨。"哎，千里之外的眉山，身体是回不去了，但是魂灵呢？应该是可以的吧。

郏县的三苏坟院内，遍植柏树，郁郁葱葱。人们也发现了一个非常奇特的现象，这些柏树都保持着一个姿势——统一向西南方向倾斜。从地理方位看，四川的眉山正好处在郏县的西南方向，于是，人们愿意相信，那些柏树也许就是二苏魂灵的化身，它们倾斜的姿势，其实是俯身在遥望，遥望那回不去的千里之外的故乡。

这当然是浪漫主义的想象，寄托着人们对二苏未归葬于眉山的复杂情感。

相传，清顺治初年，郏县知县张笃行有一次拜谒三苏坟，深夜时忽然听见门外雨声大作，就准备去看雨景，可开门一看，但见屋外月明星稀，哪里有什么雨？惊诧之下，发出"风声瑟瑟，雨声哗哗，风大不鼓衣，雨大不湿襟"的感慨。于是，人们把"苏坟夜雨"看作是三苏坟独特的现象。

其实，那"雨声"就来自于柏树林。那是微风拂过柏林时，发出的哗啦哗啦的声响，时远时近，忽高忽低，如怨如慕，如泣如诉。人们之所以觉得那像雨声，是因为人们觉得，苏轼和苏辙两位好兄弟生前一直没有兑现"夜雨对床"的约定，到了这九泉之下，终于可以"夜雨团聚"了。

说到这里，相信每一个苏迷都愿意相信，那哗啦啦的声响不是风吹树叶的声音，分明就是夜雨声。

附录一：

苏轼历任官职表

序号	官职	品级	任命或到任时间	任职地点	备注
1	主簿	从八品	嘉祐五年（1060）	福昌	未到任
2	大理评事、判官	从六品	嘉祐六年（1061）十一月十九日	凤翔	
3	判登闻鼓院	从六品	治平二年（1065）正月	汴京	
4	直史馆	从六品	治平二年（1065）二月	汴京	
5	殿中丞直史馆判官告院	从六品	熙宁二年（1069）二月	汴京	
6	殿中丞直史馆判官告院兼判尚书祠部	从六品	熙宁四年（1071）	汴京	
7	推官	从六品	熙宁四年（1071）	开封	
8	通判	从六品	熙宁四年（1071）四月	杭州	
9	知州	正六品	熙宁七年（1074）九月	密州	
10	知州	正六品	熙宁九年（1076）十二月	河中	未到任
11	知州	正六品	熙宁十年（1077）四月	徐州	
12	知州	正六品	元丰二年（1079）四月二十九日	湖州	

13	检校尚书水部员外郎，黄州团练副使	从八品	元丰二年（1079）十二月二十九日	黄州	
14	汝州团练副使	从八品	元丰七年（1084）四月	汝州	未到任
15	知州	正六品	元丰八年（1085）五月	登州	
16	礼部郎中、起居舍人	正五品	元丰八年（1085）五月	汴京	
17	中书舍人	正四品	元祐元年（1086）三月	汴京	
18	翰林学士、知制诰、侍读	正三品	元祐二年（1087）八月	汴京	
19	翰林学士、知制诰、侍读、权知礼部贡举	正三品	元祐三年（1088）八月	汴京	
20	龙图阁学士、知州	正三品	元祐四年（1089）三月	杭州	
21	翰林学士承旨、知制诰、侍读	正三品	元祐六年（1091）三月	汴京	
22	龙图阁学士、知州	正三品	元祐六年（1091）八月	颍州	
23	龙图阁学士、知州	正三品	元祐七年（1092）二月	扬州	
24	兵部尚书兼差充南郊卤簿使	从二品	元祐七年（1092）八月	汴京	
25	端明殿学士、翰林侍读学士、礼部尚书	从二品	元祐七年（1092）十一月	汴京	
26	端明殿学士、翰林侍读学士、知州	从二品	元祐八年（1093）九月	定州	
27	知州	正六品	绍圣元年（1094）四月	英州	未到任
28	宁远军节度副使	从六品	绍圣元年（1094）八月	惠州	
29	别驾	从八品	绍圣四年（1097）四月	琼州	
30	团练副使	从八品	元符三年（1100）九月	舒州	未到任
31	朝奉郎、提举玉局观	正三品	元符三年（1100）十一月		外州军任便居住

注：本表主要参考《苏东坡官场笔记》（桂园 著）和《苏轼传》（王水照 崔铭 著）。

附录二：

苏轼时代历任皇帝、皇后及年号

序号	皇帝	皇后	年号及跨度	公元纪年	苏轼主要活动
1	宋仁宗 赵祯	曹氏	景祐年（5）	1034–1037	景祐三年十二月十九日出生
			宝元年（3）	1038–1040	
			康定年（2）	1040–1041	
			庆历年（8）	1041–1048	
			皇祐年（6）	1049–1054	
			至和年（3）	1054–1056	至和元年娶王弗
			嘉祐年（8）	1056–1063	嘉祐二年进士及第
2	宋英宗 赵曙	高滔滔	治平年（4）	1064–1067	治平三年六月运送父亲灵柩归蜀
3	宋神宗 赵顼	向氏	熙宁年（10）	1068–1077	熙宁元年娶王闰之
			元丰年（8）	1078–1085	元丰二年遭遇乌台诗案，被贬黄州

4	宋哲宗 赵煦	孟氏	元祐年（9）	1086-1094	元祐七年十一月官至端明殿学士、翰林侍读学士、礼部尚书
			绍圣年（5）	1094-1098	绍圣元年四月贬知英州，八月再贬惠州，绍圣四年七月贬儋州
			元符年（3）	1098-1100	元符三年五月遇大赦，量移廉州，后官复朝奉郎，提举成都玉局观
5	宋徽宗 赵佶	郑氏	建中靖国（1）	1101	建中靖国元年七月二十八日病逝

后 记

读者朋友在读完这本书之后,不知是否会思考这样一个问题:究竟是什么原因成就了苏轼这样一位千年难遇的文艺顶流?

关于这个问题,我们的书中当然有答案。比如,书中讲到了苏轼的原生家庭,讲到了苏轼的个性禀赋,讲到了文化潮流趋势等等,应该说,这些都是成就"千年英雄"苏轼的客观因素,属于微观层面。

那么,从更加宏观一些的角度看,又怎样呢?

所谓时势造英雄,如果把苏轼放在更加宽广的视野里考察,我们会发现,苏轼这个文艺"顶流明星"的出现,至少具有天时、地利、人和等三大因素。

先说天时。苏轼生长在宋仁宗景祐三年到宋徽宗建中靖国元年之间,活了64周岁。宋代是中国古代历史上经济与文化教育十分繁荣的时代。著名史学家陈寅恪说:"华夏民族之文化,历数千载之演进,造极于赵宋之世。"陈寅恪所说的"造极"的"赵宋之世",主要是指宋仁宗统治时期,社会财富在中国封建时代是最为丰厚的。如此优厚的经济基础和丰富的文化背景,孕育了苏东坡这样的文化奇才。宋仁宗到宋徽宗期间,前后经历了五个皇帝，发生过"熙宁变法""元祐更化"等大事件，可谓是一个变革的时代，这给了苏轼足够大的政治舞台和表达空间。宋代也是对读书人最为礼遇的时代，宋代叶梦得的《避暑漫抄》记载，宋太祖赵匡胤曾密镌一碑，立于太庙寝殿之夹室，谓之誓碑，碑文为"不得杀士大夫及上书言事人"。所以，在宋代，知识分子可以自由上书言事、批评时政，而不必太过担心因言获罪。正因有这样的制度保障和社会风尚，苏轼才敢于自由地表达，尽管发生了"乌台诗案"，但最终有惊无险。试想，苏轼如果生长在文字狱最盛的满清，他一定不敢乱说，因为乱说就要人头落地。所以说，苏轼生活在北宋中叶是得其天时。

再说地利。苏轼的故乡在四川眉州，北宋以前属于蜀王孟昶的统治区域，远离中原战乱，对儒家文化火种的保存胜于中原。李一冰在《苏东坡传》的开篇就阐述了在这个历史背景下，蜀地人被涵养出的独特文化性格，"蜀人擅辞辩，坚强独立，不认为世上有所谓权威存在……所以苏轼从政，每每站在当权派的反对立场，奋不顾身地为事理争论。"这是地利的含义之一。地利的第二层意思，是指苏轼首次获罪时的被贬之地为黄州，第二次是惠州，第三次是儋州，这个地理排序极为重要，因为就地理环境而言，这三地的蛮荒程度依次递增。当年养尊处优的苏东坡被首贬黄州，境遇落差虽大，但还不至于山穷水尽，毕竟黄州还算中原之地，能够"长江绕郭知鱼美，好竹连山觉笋香"，有猪肉可炖煮，有赤壁可泛舟，有禅院可栖身，有东西南北客可雅集。不妨假设一下，如果他首次被贬的地方是极度蛮荒的儋州，那么这个境遇落差就完全超出了他可以承受的范围，面对这种情况，再坚强乐观的人恐怕都得崩溃。

第三就是人和。苏轼的成功，首先得益于他有一位好母亲，其次才是好父亲，再次就是三位好伴侣。在职场上，他进京赶考，深得文坛盟主欧阳修赏识，后来又受到了皇帝、太后、太皇太后等人的青睐。在江湖中，他有一帮真诚的朋友，还有一群追随他的铁杆粉丝。在这些人当中，欧阳修的提携对苏轼极为重要，可以说，没有欧阳修，苏轼的仕进之路会艰难得多。当时的当权派中，韩琦、王安石都对苏轼持怀疑态度，如果苏轼的人生第一考碰到的主考官是王安石，那么他能否一夜成名就很难说。王安石曾对同僚说过，如果他是考官，就不会录取苏轼。

之所以要补充说明这些，是想提醒读者朋友：尽管你可能会觉得苏轼是个"神人"一般的存在，但其实他只是一个相当走运的"凡人"。

而把苏轼还原成一个没有一丝"神性"的凡人，对于苏迷来说是很重要的。

没错，苏轼是很多人喜欢的文学大家。我们是爱苏轼神一般的人设吗？显然不是。我们真正喜爱的，其实是这位大家身上的人情味、烟火气，甚至是缺点。这也是笔者要尽量把苏轼的故事写得通俗的原因。

苏学如海。在编写本书的过程中，笔者参阅了大量关于苏轼的传记作品和研究文章。比如林语堂的《苏东坡传》，王水照、崔铭的《苏轼传》，李一冰的《苏东坡传》，曾枣庄的《三苏评传》，朱刚的《东坡十讲》，苏灿、张忠全的《苏轼为官之道》，桂园的《苏东坡官场笔记》，孙涛的《东坡拾瓦砾》，王琳祥的《苏东坡谪居黄州》，谈祖应的《苏东坡传奇》等。在此，向所有致力于研究苏学的专家、学者致以诚挚的谢意！

策划编辑易涵辰对本书的结构布局提出了重要的意见和建议，在此一并感谢！

最后需要说明的是，写作本书的初衷是对苏学现有研究成果进行通俗化普及，而不是做学术研究。限于学识水平，书中难免存在疏漏错讹，敬请读者朋友批评指正。

作者

2022 年 5 月